La nuit écarlate

HEATHER GRAHAM

La nuit écarlate

BestSellers

Titre original : KISS OF DARKNESS

Traduction française de JULIE ALBIZZI

Photos de couverture

Gargouille : © JASON LANGER/GETTY IMAGES
Château : © NEIL HOLDEN/PLAINPICTURE
Ciel : © ROYALTY FREE/JUPITER IMAGES
Colonne : © ROYALTY FREE/JUPITER IMAGES
Lune : © ROYALTY FREE/DYNAMIC GRAPHICS

83/85, boulevard Vincent-Auriol, 75646 PARIS CEDEX 13.

Tél. : 01 42 16 63 63

Service Lectrices — Tél. : 01 45 82 47 47

www.harlequin.fr

ISBN 978-2-2802-3136-7 — ISSN 1248-511X

Amis lecteurs, visitez La Nouvelle-Orléans ! Cette ville merveilleuse, avec son patrimoine exceptionnel, a encore besoin de notre aide. La situation dans le golfe du Mexique reste très difficile, mais tous les dollars que nous autres touristes pourrons déverser dans les boutiques, les restaurants et les hôtels de cette région seront bienvenus.

Prologue

Après des années de combats, la terre était gorgée de sang et le sang allait encore couler.

Ian et le roi, côte à côte sur leurs chevaux dans l'air glacé du soir, regardaient l'ennemi rassembler ses troupes en contrebas.

— Maudits soient-ils ! jura le roi entre ses dents.

Il tourna la tête vers son chevalier.

— Par le Christ, quand donc ce prince cessera-t-il de répandre le désastre ? Il ne s'est donc pas encore lassé de vouloir se prouver l'égal de son père ! Ils sont trop nombreux, Ian… S'ils atteignent le village, nous les verrons déployer une sauvagerie inouïe, uniquement parce que cet homme cherche à faire mentir sa réputation de mollesse.

Derrière eux, à cheval lui aussi, le Père Gregore psalmodiait en latin. Ce moine-soldat accompagnait depuis des lustres son souverain dans la guerre qu'il menait pour reconquérir son territoire.

Le vent tourna. Ian leva les yeux vers le ciel. La nuit allait bientôt tomber, plus tôt encore ce jour-là qu'à l'accoutumée, avait dit Gregore, car c'était la nuit de la lune du diable.

Gregore était un grand astronome, ainsi qu'un remarquable guérisseur qui avait permis à de nombreux hommes de survivre à leurs blessures. Fils d'un Ecossais highlander, ambassadeur à la cour du Pape, il avait fait sa prêtrise à Rome. D'après les légendes locales, sa mère était sorcière.

Il s'était conduit étrangement tout au long du jour, marmonnant et jurant plus qu'à l'ordinaire. Maintenant qu'ils jaugeaient l'ennemi pour décider de leur riposte, il semblait encore plus étrange. Ian le respectait, même s'il se méfiait des incantations qu'il l'entendait prononcer dans un langage inconnu de lui, car il avait affronté l'ennemi à leurs côtés des centaines de fois, vu tomber autour de lui des membres de sa famille, des amis.

— Ce sont les acolytes du diable, grommela le moine.

Ian ne répondit pas, mais un frisson glacé courut le long de sa moelle épinière. Il tendit le doigt vers l'amoncellement rocheux qui leur faisait face, de l'autre côté de la rivière.

— Voilà où nous devons les arrêter, dit-il.

— Ils attaqueront de jour, objecta le roi.

— Je crains le contraire, hélas.

Le roi se figea, très droit sur sa selle, fixant le point que le chevalier venait de lui désigner.

— C'est à cet endroit qu'habitent les miens…

Ian le savait. Mieux qu'un autre peut-être même. Le roi s'était marié par amour et sa femme avait bravé l'opposition de sa famille pour l'épouser, mais ils avaient vécu séparément durant de longues périodes et le souverain avait fondé une autre famille.

L'une de ses filles illégitimes, Igrainia, venait d'atteindre sa majorité. Elle était dame d'honneur de la reine, qui la traitait avec bonté. Comme son père, la jeune fille faisait preuve d'un tempérament indomptable, téméraire et loyal. Elle avait hérité la beauté de sa mère défunte, native de l'île de Skye. Elle maniait l'arbalète avec dextérité, n'hésitant pas à se battre, et sa langue pouvait se montrer aussi cinglante que ses flèches. Avec son rire franc, ses saillies espiègles, son charme, elle symbolisait tout ce pour quoi Ian se battait : l'âme libre et sauvage de cette terre d'Ecosse. D'abord, il avait admiré cette jeune fille indépendante et fière, puis il l'avait aimée. Parfois, allongé sur le sol dur, oubliant les bruits de la nuit et l'odeur du sang, il retrouvait dans ses rêves le parfum et la douceur de sa peau.

Il se tourna vers le roi.

— Sire, ils n'attendront pas le jour…

Pointant le doigt vers le ciel, il ajouta :

— Le Père Gregore l'a dit : c'est la lune du diable. Ils s'aideront de sa lueur, aussi ombreuse et rougeâtre soit-elle.

Soudain le roi blêmit, saisissant Ian par le bras. Ce dernier suivit le regard de son suzerain et retint un cri. Sous leurs yeux, la troupe ennemie accueillait à grand bruit une escouade d'éclaireurs à cheval qui faisaient un retour triomphal, dans un fracas de sabots, poussant des cris sonores. Igrainia, meurtrie, couverte de boue, mais le dos droit et le regard méprisant, leur apparut, solidement maintenue dans les bras d'un cavalier.

— Un tribut pour notre grand roi ! hurla le cavalier.

Il arrêta son cheval devant le prince félon et jeta la

jeune fille à terre. En dépit du choc, elle se releva, le souffle court, redressa le menton et toisa l'usurpateur du regard.

Ce dernier la dévisagea aussi, puis évalua son escouade.

— Le reste de vos hommes ? demanda-t-il.

— Morts, répondit l'homme, en crachant. Elle les a tués.

— Ma reine ?

— Elle s'est échappée pendant que celle-là décimait nos guerriers…

Le prince, qui remplaçait la bravoure par la ruse et le courage par la cruauté, fixa de nouveau Igrainia, puis parcourut lentement les alentours du regard. D'une voix forte, dont l'écho résonna dans le défilé rocheux que noyait une pénombre inquiétante, il hurla :

— Elle périra comme périssent les traîtres ! Dès que la lune sera levée, nous la mettrons à mort !

Le cheval d'Ian piaffa au bord de la falaise. Le roi posa de nouveau la main sur le bras de son compagnon.

— Attendez…

— Non, j'irai ! cria le chevalier, bouillonnant de rage. J'irai seul…

— C'est la lune du diable, maugréa le moine. Igrainia est perdue.

— Je ne la laisserai pas mourir sans combattre !

Il se tourna vers son roi.

— C'est votre fille, votre chair et votre sang ! Elle a sauvé beaucoup d'hommes au péril de sa vie. Il faut la secourir !

— Vous iriez en vain à la mort. Ils savent que

nous sommes tout près et que nous les entendons, lui répondit le roi. Nous devons agir autrement.

Ian resta un long moment silencieux, puis il déclara :

— Il y a un moyen.

Du doigt, il montra les falaises déchiquetées qui surplombaient la rivière, au nord-ouest, là où elle n'était plus guère qu'un ruisseau. D'étroits passages que l'ennemi ne pouvait connaître permettaient de s'y faufiler.

D'autres chevaliers s'approchèrent. On échafauda un plan.

— Venez voir ! cria soudain le Père Gregore.

Le roi releva la tête, un pli soucieux en travers du front. Il donna l'ordre aux autres de reprendre leur position, puis ramena sa monture juste au bord de la falaise.

Ian l'imita, le cœur serré.

En contrebas, les soldats ennemis se livraient à un jeu cruel avec Igrainia, se la jetant les uns aux autres comme un pantin. Elle ne criait pas. La vie lui avait enseigné à être stoïque.

L'un des hommes l'attrapa, l'attira à lui, puis hurla : elle lui avait mordu la lèvre et l'avait frappé à l'aine d'un violent coup de genou.

— Bon Dieu, je vais la tuer ! s'écria-t-il, en tirant son épée.

Le prince félon éclata de rire.

— Déjà ? Allons, range donc ton arme ! Tu n'es pas de taille à affronter cette sorcière. Seul notre compagnon de cette nuit pourra en venir à bout.

— Il parle du diable en personne, commenta Gregore. Ne bougez pas encore, ajouta-t-il à l'attention d'Ian.

Le prince félon leva la main. De la horde des cavaliers et de la piétaille qui l'entourait surgit un homme, plus grand que les autres, drapé d'une cape noire, le visage dissimulé par un heaume noir également. Il s'approcha de la jeune fille.

Ian sentit son sang bouillonner dans ses veines. Il serra les dents, luttant désespérément pour ne pas foncer.

L'homme noir servait l'ennemi depuis longtemps. Ian l'avait déjà affronté sur les champs de bataille et, lors de leur dernière rencontre, il l'avait gravement blessé.

Le combat avait été sauvage. Il avait enfoncé sa lame dans la gorge de l'autre et, voyant le sang jaillir et l'homme s'effondrer, à bout de souffle, il en avait conclu qu'il l'avait définitivement vaincu.

Ensuite, cependant, le bruit avait couru que l'homme n'était pas mort, qu'il avait appelé Satan à son aide.

Satan lui avait envoyé l'une de ses concubines, qui avait scellé d'un baiser un pacte. Non seulement le chevalier noir avait survécu, murmurait-on, mais il était devenu invincible. On ne parlait alors plus de lui qu'à voix basse, avec terreur, en le désignant sous le nom de « Maître ».

Maintenant, cet être infâme tenait la fille du roi en son pouvoir.

Certes, Igrainia lutterait. Ian en était convaincu, tout comme il savait, le cœur lourd déjà, qu'après la lutte, la jeune fille mourrait. Et lui, impuissant sur le sommet de la colline, il n'avait aucun moyen d'intervenir pour la défendre, ni de périr à sa place.

Pourtant, au lieu de se débattre, elle resta immobile, dévisageant fixement le chevalier maudit qui marchait vers elle. Il releva la visière de son heaume. Dans la lueur rougeâtre de la lune, on distinguait à peine son visage. Il recouvra entièrement la jeune fille d'un pan de sa cape.

A cet instant, elle réagit, hurla, tempêta, se tordit en tout sens et finit par se dégager, la main collée sur son cou. Avec la vitesse de l'éclair, elle s'empara de l'épée d'un soldat, debout à la gauche du prince, et souleva l'arme pesante au-dessus de sa tête. Le chevalier noir recula ; le soldat qui se tenait derrière lui, moins rapide, reçut le coup.

Avant qu'Igrainia ait pu frapper de nouveau, une douzaine d'hommes s'étaient jetés sur elle. En quelques minutes, ils l'avaient ligotée et traînée vers un arbre au pied duquel ils entassèrent des fagots. La jeune fille ne cessa pas un instant de les maudire et cria vers le prince félon :

— Vous aussi, vous mourrez par le feu ! Vos entrailles brûleront tandis que votre âme impie s'engloutira dans les flammes éternelles !

L'homme à la cape noire balaya le paysage du regard.

— Toi qui vois cette scène, Ian, cria-t-il à la ronde, sache que mon pouvoir est infiniment plus grand que ce que tu peux imaginer. Cette femme est mienne ! Essaie donc de la sauver, si tu l'oses !

Puis il mit feu au bûcher.

Le Père Gregore fit un signe de croix, marmonna une prière et tira son épée.

Ian ne pouvait plus attendre. Il passerait outre aux

ordres. Mais le roi avait au même instant fait signe à ses troupes hagardes de foncer vers la vallée.

Ils déferlèrent alors sur l'adversaire, leurs cris stridents résonnant dans la nuit. Ils chevauchaient avec la fureur sanguinaire des berserkers, leurs ancêtres, ces guerriers vikings dont le sang coulait dans leurs veines. Les soldats ennemis les dépassaient en nombre, mais beaucoup d'entre eux étaient des mercenaires stipendiés, indifférents, au fond, à l'issue du combat.

Eux, au contraire, se battaient pour leur terre natale.

Ian avait l'odeur du feu dans les narines. Il entendit Igrainia crier son nom. Elle n'appelait pas au secours ; c'était un cri de deuil, d'une tristesse infinie, comme s'il surgissait du fond de la tombe. Il l'appela à son tour, de toutes ses forces : dans sa rage, sa voix éclata comme un coup de tonnerre et fit trembler le sol. Il fonça au mépris du danger. A ce moment précis, la mort n'avait plus d'importance. Parvenu à l'arbre, il plongea dans les flammes, insensible aux brûlures qui lui mangeaient la chair. Il coupa les cordes d'un coup de lame, mais Igrainia tomba dans ses bras, sans vie...

Un rugissement de colère lui échappa. Il reposa à terre le corps inerte de sa bien-aimée et chercha des yeux l'homme à la cape, sans le trouver d'abord. Puis il le sentit dans son dos. Il fit volte-face, brandit son épée, para le premier coup et frappa de taille et d'estoc.

L'obscurité, dense, teintée d'écarlate, l'engloutissait. Il pivota une dernière fois, prêt à brandir de nouveau son arme, les bras douloureux, les muscles raidis.

Il n'y avait plus personne. Plus rien.

Même plus Igrainia.

Des soldats ennemis surgirent de nouveau, se rapprochant subrepticement. Son instinct le sauva : il se tourna juste à temps pour assommer l'un d'eux et le combat reprit, plus frénétique encore.

Les épées s'entrechoquaient. Les haches fendaient les crânes. Ils trébuchaient tous, glissaient sur le sol à présent détrempé de sang.

On entendit le son d'un cor et, soudain, le combat cessa. Apporté par la brise, l'écho d'un rire démoniaque retentit tout près d'Ian.

Un piège ! Ils étaient tombés dans un piège... Depuis le début. Les soldats qu'ils venaient de décimer n'étaient qu'une petite fraction des troupes ennemies : d'autres arrivaient en trombe dans la passe, fraîches, rapides, bien supérieures en nombre.

Ian pivota juste à temps pour trancher la gorge du fantassin qui, derrière lui, s'apprêtait à lui plonger sa lame dans le dos. Il vit alors son roi, luttant un peu plus loin. Ecrasant les corps mutilés et sanglants, il le rejoignit et, sauvagement, se mit à combattre à ses côtés, résolu à frapper jusqu'à son dernier souffle.

S'il devait mourir, la mort serait la bienvenue. Celle qu'il aimait n'était plus et il n'avait plus d'autre espoir, avant de mourir, que de retrouver son corps.

— A l'abri ! hurla le roi dans le fracas des épées.

Quelques-uns des hommes avaient amené un cheval. Faisant rempart de leurs corps, ils poussèrent leur souverain vers la monture. Une cornemuse se mit à jouer. Une partie des vaincus s'éparpilla dans les cavernes et les galeries rocheuses, dont ils connaissaient tous les recoins.

Derrière eux, la bataille continuait à faire rage. Certains restèrent sur place, se sacrifiant pour protéger la fuite des premiers. Il fallait des survivants pour, un jour, reprendre la lutte.

Ian regarda le ciel. La pleine lune était aussi rouge que le sol ensanglanté sous ses pieds. Une brume s'était levée, cramoisie. Il avait l'impression d'évoluer dans un brouillard sanglant. Dans son âme, il se sentait déjà mourant.

Son heure était venue. Il ne maudissait ni Dieu, ni le destin. Il avait perdu celle qu'il aimait : il priait pour qu'il y ait vraiment un paradis et qu'il puisse l'y retrouver.

Il ferma les yeux une brève seconde, les rouvrit, hurla un avertissement et se replongea dans la mêlée.

Il abattait les ennemis, les uns après les autres, dans une fureur et un désespoir aveugles. Ce qui nourrissait sa rage, ce n'était plus l'idée d'une conquête ou d'une victoire : c'était parce qu'ils avaient tué sa bien-aimée.

Il frappait dans une vapeur rougeâtre, sans savoir si c'était la brume ou la sueur mêlée de sang qui lui brouillait les yeux. Il prit vaguement conscience d'une présence à ses côtés, entendit le murmure d'une incantation. Puis il reçut un coup violent sur la tête, s'effondra et sombra dans un abîme obscur, une nuit infinie couleur cinabre.

Il rouvrit les yeux dans la pénombre et s'étonna d'éprouver des sensations. Dieu avait-il refusé de l'accueillir ? Il sentait de la chaleur autour de lui, entendait un feu crépiter. Il fut certain, alors, qu'il n'était pas mort.

Une ombre massive se dessina sur la paroi, puis se matérialisa : c'était le Père Gregore, qui s'approchait avec de l'eau. L'étrange moine lui souleva la tête dans sa main puissante pour le faire boire.

— La bataille… ? lui demanda Ian.

— Finie… Depuis longtemps… Buvez à petites gorgées.

Il regarda autour de lui. Ils se trouvaient dans une caverne. Il n'aurait su dire si c'était le jour ou la nuit et il n'avait pas la moindre idée de l'heure. Il vit seulement que le brouillard rougeâtre s'était dissipé. On ne sentait plus ni l'odeur de la chair brûlée, ni l'atroce pestilence du sang et de la mort.

— Depuis combien de temps suis-je ici ? demanda-t-il encore.

— Très longtemps…

— Igrainia… Je l'ai arrachée aux flammes et elle a disparu. Je dois la retrouver !

Le moine le contempla longuement.

— Oui. Vous devez la retrouver, dit-il enfin à voix basse.

— Je dois me dépêcher.

Gregore leva la main.

— Il vous faut d'abord guérir.

— Je n'ai pas le temps !

— Vous presser ne changera rien, objecta l'autre, en s'asseyant près de lui.

La lueur du feu jouait sur les méplats de son visage.

— Pour vous guérir, Ian, j'ai besoin de votre aide. Je

ne suis pas complètement faiseur de miracles. Et pour Igrainia… Elle sera votre quête. Son âme immortelle vous appelle.

— Mais alors…

— Beaucoup de choses se sont produites. Il faut m'écouter. Vous avez beaucoup à apprendre.

Le feu pétillait, jetant des étincelles. Ian plongea les yeux dans ceux du moine…

Et, seulement alors, il commença à comprendre.

1

S'efforçant d'ignorer le bruit des conversations, le craquement des chaises, le tintement des verres, Jessica Fraser se concentrait sur la musique, un air de jazz, mélodieux et rafraîchissant. Les yeux fermés, elle aurait voulu oublier tout ce qui l'entourait, le travail, l'avion qu'elle allait prendre, même les amis très chers qui l'accompagnaient. Depuis qu'elle s'était installée à La Nouvelle-Orléans, des années plus tôt, elle était amoureuse non seulement de la ville elle-même, de son histoire, mais aussi de son atmosphère sonore et vibrante, de sa musique. Surtout de sa musique… Les yeux clos, elle s'isolait, laissant le jazz envahir son âme et l'apaiser.

Peu de gens auraient jugé ce bar de la rue Bourbon « apaisant », mais elle, elle ressentait une douce sensation de calme. Elle eut pourtant soudainement l'impression que quelque chose n'allait pas. Elle ouvrit les yeux pour regarder autour d'elle, avec la désagréable certitude qu'on l'observait.

— Jessica, tu m'écoutes ? lui demanda son amie Maggie Canady, en lui donnant un coup de coude.

— Excuse-moi… Qu'est-ce que tu disais ?

— Que tu devrais dessiner un modèle de maillot de bain pour les femmes un peu plus corpulentes qu'elles ne le souhaitent.

— Pourquoi tu ne prends pas simplement l'un de ces nouveaux « tankinis » ? suggéra Stacey LeCroix.

Stacey était jeune, jolie et mince comme un roseau. Elle aidait Jessica à tenir son Bed-and-Breakfast et à concevoir des vêtements, deux activités secondaires de Jessica qui gagnait avant tout sa vie comme psychologue.

Maggie soupira.

— Les tankinis n'avantagent pas vraiment les femmes affligées d'un gros derrière et de bonnes cuisses, ma fille !

Jessica ne put s'empêcher de rire, en regardant, de l'autre côté de la table, Sean Canady, le mari de Maggie, un homme grand et bien bâti, au visage taillé à la serpe, un atout précieux dans son métier de flic.

— Tu devrais dire à ta femme qu'elle n'a pas de « bonnes cuisses », Sean…

Sean repoussa une mèche brune sur son front et, docilement, répéta à sa femme :

— Maggie, tu n'as pas de bonnes cuisses.

Il était rare d'entendre Maggie parler de futilités. D'ordinaire, elle s'inquiétait plutôt du sort de la planète et de l'humanité, consciente qu'il y avait à l'œuvre dans le monde des forces malfaisantes, naturelles ou non. Elle était prête à agir lorsque c'était nécessaire, sans obsession. C'est ainsi que depuis plusieurs mois, elle s'investissait beaucoup dans la « renaissance » de La Nouvelle-Orléans, dévastée par l'ouragan Katrina. Maggie était une femme superbe, à la magnifique chevelure auburn, aux yeux noisette pailletés d'or, et qui ne se faisait d'ordinaire aucun souci sur son physique.

— Si ça se trouve, je dois chacun de mes centimètres supplémentaires à mes trois enfants, dit-elle, mais je rêve tout de même d'un maillot de bain joli et confortable. Tu essayeras d'en concevoir un, Jessica ? Jessica ? Allô ? Tu es là ?

Jessica sursauta, toujours en proie à cette impression dérangeante qu'une paire d'yeux était braquée sur elle. Elle fouilla la salle du regard, cherchant à découvrir qui pouvait bien l'observer. Mais personne n'avait l'air le moins du monde intéressé par leur table.

Elle avait commencé à se sentir nerveuse avant même d'arriver au bar. Inutile de chercher plus loin : c'était l'imminence de son départ pour cette conférence qui la rendait nerveuse.

— Oui, bien sûr, répondit-elle, en s'efforçant de revenir à la conversation. Si tu veux un maillot un peu couvrant, je peux t'en dessiner un.

— Tu ne pourras pas être bronzée partout, objecta Stacey à Maggie.

Jessica regarda son assistante. La jeune femme, pas très grande, mais pleine d'assurance et débordante d'énergie, se montrait parfois péremptoire.

— Toute cette conversation est…

Jessica allait dire « inepte » : elle s'interrompit juste à temps et retint une grimace, étonnée de se découvrir aussi fébrile. Comme si elle avait envie d'être ailleurs, sans savoir où et de faire autre chose, sans savoir quoi. La perspective de cette conférence à l'étranger, indiscutablement, l'agitait.

Un homme s'approcha de leur table. C'était Bobby Munro, le petit ami de Stacey. Grand, brun, beau garçon, il était flic dans la brigade de Sean.

Bobby salua Sean de la tête.

— Bonsoir, lieutenant...

— Je te croyais au travail, Bobby, lui dit Stacey.

— J'y suis. Je surveille une soirée privée, au coin de la rue, mais j'ai fait un saut pour souhaiter bon voyage à Jessica. Et te dire bonjour, bien sûr.

Il se planta derrière la jeune femme, l'embrassa sur les cheveux et regarda Jessica.

— Tu seras prudente, hein ?

— Ce n'est qu'une conférence !

Elle faillit demander aux autres si, eux aussi, avaient l'impression que l'on surveillait leurs moindres faits et gestes, mais elle se tut. Sean était flic. S'il soupçonnait quoi que ce soit, il le dirait. Elle était juste un peu tendue à l'idée de se rendre en Roumanie, voilà tout.

Bobby les salua de la main et s'éloigna.

Sean se pencha vers elle.

— Je te trouve bien nerveuse, pour quelqu'un qui va simplement intervenir dans un colloque... Est-ce parce que c'est à l'étranger ?

— La Roumanie n'est pas la jungle, Sean ! Elle fait partie du monde civilisé.

— Nous devrions t'accompagner.

— Ne sois pas ridicule !

— Je pourrais..., commença Stacey.

— Rien du tout ! J'ai besoin de toi ici, pour le Bed-and-Breakfast, l'interrompit Jessica. Je le répète, il s'agit d'un simple colloque.

— N'empêche que tu es sacrément stressée, reprit Sean. Tu veux quelque chose à boire ?

— Je ne suis pas stressée !

C'était faux et le ton agressif qu'elle avait employé le disait clairement.

— Excuse-moi, Sean… Simplement…

Elle se tut pour regarder ses amis et comprit qu'elle ne supporterait plus de rester assise avec eux, à bavarder de tout et de rien. Feignant un bâillement, elle demanda :

— Vous ne m'en voudrez pas si j'y vais ? Je pars tôt demain et je suis fatiguée.

— Je le savais, insista Sean. Ce voyage t'inquiète.

— Non, c'est juste un peu de nervosité. Je préfère rentrer.

— Je t'accompagne, dit Stacey, en se mettant debout. C'est dommage que tu partes pour le travail, Jessica. Tu as besoin de vacances. Je ne t'ai jamais vue dans cet état. A mon avis, les psychologues auraient encore plus intérêt que d'autres à consulter des psys ! Tu devrais louer un chalet en montagne, par exemple. C'est tout de même bizarre, cette conférence. Qui a jamais vu un congrès de psychologues en Roumanie ?

— J'ai l'habitude de voyager, ne t'inquiète pas. En fait, ce sera presque comme des vacances et je compte bien jouer les touristes.

— Tu vas visiter le château de Dracula et te promener dans des forêts brumeuses, en écoutant le cri des loups-garous ? lui demanda Maggie.

— Exactement, répondit Jessica, en souriant. Je serai de retour dans une semaine.

Sean se mit à rire.

— Je pense que Jessica n'a rien à craindre des vampires et des loups-garous. Elle habite ici depuis des années et La Nouvelle-Orléans, c'est la ville du vaudou, je vous le rappelle. Sans oublier tous les cinglés qui se prennent pour des zombies.

— Il a raison, dit Jessica à Maggie.

— Je sais. Mais tout de même… ça ne me plaît pas, fit Maggie.

— Vous êtes gentils de vous inquiéter pour moi, mais je suis sûre que ce voyage en Roumanie sera très intéressant. Maintenant, je vous laisse. Bonne nuit.

Jessica les embrassa tous, puis s'en alla. Au passage, elle salua de la main le trompettiste, Big Jim, debout sur la scène.

D'une carrure impressionnante, Big Jim jouait avec une délicatesse et une subtilité étonnantes qui contrastaient avec son physique. Fin musicien, c'était aussi un psychologue instinctif, pourvu d'une profonde intuition, peut-être héritée de ses ancêtres : plusieurs membres de sa famille étaient connus dans les milieux vaudous. Il était devenu l'ami de Jessica dès qu'elle s'était installée en ville, comme Sean et Maggie.

Il la regarda et secoua la tête en soupirant. Puis il articula silencieusement :

— Prends garde à toi.

Elle répondit sur le même mode :

— Comme toujours.

Il n'eut pas l'air rassuré pour autant. Fils d'une prêtresse vaudou maintenant défunte, il était bien placé pour savoir que les apparences étaient parfois trompeuses. Jessica baissa la tête pour dissimuler un sourire. Ce brave Big Jim, si attentif… Pour elle, c'était presque un grand frère. Un grand frère noir comme l'ébène.

Un autre des musiciens de l'orchestre, Barry Larson — un trentenaire efflanqué originaire du fin fond du Midwest — couvrit son micro de sa main libre.

— Dis-moi, beauté, fais un bon voyage et reviens-nous sans encombre, d'accord ?

— C'est promis.

Barry était sympathique et un peu excentrique. Aux tout débuts, elle avait craint qu'il n'ait le béguin pour elle, mais il n'avait jamais rien dit et avait fini par devenir l'un de ses bons amis.

Elle sortit dans la rue, heureuse de constater que le Quartier Français retrouvait son visage d'antan, animé et même un peu déjanté. A 11 heures du soir, les rues étaient noires de monde.

La jeune femme longea rapidement les trois pâtés de maisons qui menaient chez elle et, arrivée devant son portail, observa le ciel. L'atmosphère changeait. *Il va pleuvoir demain*, se dit-elle.

Elle s'avança en hâte jusqu'à sa porte, soulagée de savoir que son gardien, Gareth Miller, était dans son cottage, l'ancien fumoir situé au fond du jardin. Gareth lui était précieux. En échange d'un logement, il gardait l'œil sur la maison, veillait sur Stacey et sur elle-même. C'était un être taciturne, une sorte de hippie introverti, un peu avachi, les cheveux emmêlés et trop longs, mais propres. Avec lui, elle savait sa maison en de bonnes mains.

En dépit de cette certitude, elle s'arrêta de nouveau dans l'allée pour regarder la voûte nocturne. Le même sentiment d'urgence que dans le bar l'assaillit, la conviction qu'elle devait agir, sans attendre. Mais pour faire quoi ?

Peut-être ses amis avaient-ils raison, finalement. Elle avait vraiment besoin de vacances. A moins qu'elle ne soit en train de perdre la boule.

Elle faillit éclater de rire à cette idée de vacances, alors même qu'elle éprouvait cette curieuse sensation de devoir se précipiter, d'intervenir avant un événement quelconque…

Ou avant l'arrivée de quelqu'un ?

En tout cas, elle ne pouvait rien faire pour l'instant qu'aller se coucher. L'avion partait tôt le lendemain matin et elle serait dedans.

Elle ne parvint pas à s'endormir. Allongée sur son lit, elle attendait que les heures passent.

Au milieu de la nuit, elle sortit sur son balcon, qui surplombait la rue. Elle adorait sa maison et avait eu beaucoup de chance de pouvoir l'acheter. L'ouragan Katrina et l'inondation qui avaient détruit une bonne partie de la ville avaient par miracle causé très peu de dégâts dans le Quartier Français. La maison était très grande et, pour couvrir les frais, Jessica l'avait transformée en un Bed-and-Breakfast luxueux, qu'elle gérait avec l'aide de Stacey. Son cabinet de psychologue, situé ailleurs, marchait bien : ce métier lui convenait à la perfection. En complément, elle concevait des costumes pour les différents groupes du carnaval de mardi gras.

Une brise légère soufflait, apportant l'écho de la musique et des rires de la rue Bourbon. Jessica regarda le ciel encore une fois. Curieusement, elle y discernait une lueur rougeâtre et, plus elle regardait, plus la lueur se répandait, tandis que l'ombre semblait devenir tangible et l'envelopper.

— C'est absurde, murmura-t-elle.

Elle s'imagina sur le divan d'un psy en train de dire :

— Je ne *vois* pas l'obscurité… je la *sens*.

Un frisson la parcourut. L'ombre s'épaississait, menaçante. Une ombre cramoisie, comme un rôdeur malfaisant autour de sa maison…

Une fois encore, la jeune femme se sentit épiée. Pourchassée.

Elle rentra dans sa chambre et referma la porte-fenêtre, s'efforçant de se raisonner. Mais une peur irrationnelle s'était emparée d'elle. Une peur comme elle n'en avait pas ressenti depuis longtemps.

De l'intérieur, elle scruta le ciel, persuadée que la nuit devenait de plus en plus rouge.

Ses amis, eux aussi, avaient paru inquiets. C'était pour cela qu'elle se sentait anxieuse à la perspective de ce voyage. Leur inquiétude avait fini par déteindre sur elle.

C'était idiot ! Le thème de la conférence l'avait enthousiasmée et elle s'était engagée à faire une intervention. Elle ne pouvait plus reculer, maintenant, même si son enthousiasme était tombé. Elle se demanda ce qui avait bien pu changer entre-temps.

Brusquement, la tête lui tourna. Le monde extérieur parut se déformer autour d'elle, changer. Elle n'était plus dans sa chambre, mais face à une très haute falaise en haut de laquelle se tenait un homme d'une taille exceptionnelle, vêtu d'une cape noire, que le vent faisait tourbillonner.

Cet homme, elle le savait, elle le *sentait*, était l'incarnation du mal.

C'était lui, cet être malfaisant, surgi de la nuit des âges, comme un souvenir lointain, impossible à éclaircir, qui la poursuivait.

Le Maître.

Le nom avait jailli dans son esprit sans qu'elle fasse d'effort pour le trouver.

La vision s'évapora aussi vite qu'elle s'était matérialisée. Jessica se retrouva dans le silence de sa jolie chambre, à peine troublé par les bruits de la rue.

Oui, elle perdait la boule, se dit-elle avec agacement. Elle retourna se coucher et finit par s'endormir.

L'aéroport où Jessica atterrit était inondé de lumière. Un bâtiment moderne, tout en vitres. Pourtant, la jeune femme avait l'impression que l'obscurité de la nuit lui collait à la peau, qu'une ombre la suivait à la trace. En arrivant à la douane, elle fit brusquement demi-tour, convaincue d'avoir entendu des pas derrière elle. Elle avait tellement l'impression qu'on la pistait, qu'une haleine froide lui frôlait la nuque, qu'elle faillit céder à la panique et crier. Elle crut même entendre une voix de basse prononcer son nom. Un spasme glacé la parcourut.

Mais il n'y avait personne derrière elle. Personne de suspect, en tout cas. Uniquement des gens pressés, anxieux ou moroses, qui couraient dans tous les sens, sans lui prêter la moindre attention.

Il faisait nuit, lorsqu'elle arriva enfin à destination. En gagnant sa chambre, dans un superbe hôtel historique, elle eut de nouveau l'impression qu'une ombre noire la suivait.

Elle verrouilla la porte avec soin et resta un moment debout pour surveiller la poignée, le cœur battant, en se répétant qu'à force de travailler avec des paranoïaques asociaux, elle finissait par avoir peur de tout.

Rien ne se passa.

Elle s'éloigna d'un pas.

Alors, elle entendit un léger déclic, comme si l'on avait tenté d'ouvrir. Puis, encore, l'écho chuchoté de son nom, accompagné cette fois d'un ricanement sinistre.

Tu ne m'échapperas pas. Où que tu puisses aller, je te retrouverai.

— Alors, tu viens avec nous ? insista Mary.

Elle était assise au bord du lit de Jeremy, dans l'ancien monastère du XVIIe siècle converti en auberge de jeunesse où ils séjournaient.

— Je n'en reviens pas d'avoir eu cette invitation ! s'étonna-t-elle encore. Cette fille, dans la rue, m'a abordée et m'a tout expliqué. C'est un club privé qui organise la soirée. Elle a dit que des gens allaient venir de toute l'Europe. Ça se tiendra dans les ruines d'un vieux château. Au café, j'ai entendu un couple de Hongrois dire qu'il était impossible d'avoir accès aux night-clubs locaux, surtout ceux qui organisent des soirées « vampires » gothiques. Et moi, je suis invitée ! Et ce n'est pas tout : figure-toi qu'ils ont fait venir comme hôtesse une dominatrice très célèbre. Même des stars viennent ici, en Transylvanie, pour être vues dans ce genre de fête. Je t'assure que c'est le truc le plus excitant que nous ferons jamais, Jeremy !

Mary était un ravissant feu follet débordant d'énergie, aux yeux bleus brillants et aux cheveux blonds. Jeremy était désormais assez mûr pour savoir pertinemment que ce n'était pas pour sortir avec *lui* qu'elle insistait autant. Elle avait très envie d'aller à cette soirée, mais elle avait peur et ne voulait pas y aller sans ses amis, tout simplement.

Lorsqu'ils étaient encore au lycée, Jeremy aurait fait n'importe quoi pour lui plaire. Il n'était pas très doué au football, mais avait réussi à intégrer l'équipe parce que Mary faisait partie des pom-pom girls. Elle aimait les musiciens : il avait appris à jouer de la guitare. Lui qui détestait se mettre en avant, il était devenu l'un des leaders de l'établissement, dans le seul espoir d'attirer son attention. En dépit de tous ces efforts démonstratifs, il n'en avait pas moins conservé quelques solides principes moraux qui le rendaient encore plus séduisant aux yeux de toutes les jeunes filles… sauf de la principale intéressée !

D'accord, il avait choisi l'université de Tulane, à La Nouvelle-Orléans, en grande partie pour suivre Mary. Mais maintenant, il avait dépassé ce stade. A vingt-deux ans, il allait passer son diplôme avec les félicitations du jury puis chercher un emploi intéressant ou, le cas échéant, poursuivre ses études. Depuis ses dix-huit ans, il avait pris quinze centimètres et passé des heures au gymnase pour muscler ses épaules et son torse. Il était sérieux et studieux, deux qualités dont Mary se moquait, mais que les autres étudiantes semblaient apprécier. A une époque, il avait idolâtré Mary ; maintenant, il la voyait de manière plus objective, plus réaliste, même s'il l'aimait toujours. C'était pour cela qu'il avait accepté de l'accompagner pour leurs dernières vacances de printemps. Evidemment, leur destination n'avait rien à voir avec l'Angleterre, sans parler de l'Italie ou de la France.

C'était en Roumanie qu'ils étaient venus. Ils avaient commencé par Bucarest, puis avaient exploré la Valachie et gagné la Transylvanie où, à Shigisoara, ils avaient dîné dans la maison natale de Vlad Tepes, transformée en restaurant. Vlad Tepes, faut-il encore le préciser, passé à la postérité sous le nom de Dracula…

Ils avaient parcouru des villages médiévaux, visité des dizaines d'églises, écouté des conférences sur l'histoire et l'architecture. Tous les guides parlaient anglais. Les Roumains, pragmatiques, savaient les Américains disposés à dépenser beaucoup d'argent pour se frotter aux mythes et aux légendes et acheter des dizaines d'objets-souvenirs.

Leur groupe comptait une vingtaine d'étudiants qui, par bonheur, s'entendaient bien. Mieux encore : quelques jours auparavant, ils avaient croisé une délégation de psychologues venus du monde entier et qui comptait dans ses rangs Jessica Fraser, que Jeremy avait entendue quelques années plus tôt lors d'une conférence organisée dans son lycée. Elle avait passé l'après-midi avec eux et soutenu qu'elle se souvenait fort bien de lui. Il avait un peu le béguin pour elle. Comparée à Jessica, Mary commençait même à lui sembler superficielle et pas très intéressante.

Cette histoire de soirée gothique le mettait mal à l'aise. Il avait déjà entendu parler de ce genre de manifestation. On racontait qu'outre les scènes de « bondage » habituelles, les organisateurs se prenaient pour de véritables vampires.

— Ça ne me dit rien qui vaille, cette soirée, Mary…

— Arrête, s'il te plaît ! Je suis étudiante en journalisme. Tu imagines le reportage que je pourrais faire ?

La vision qu'avait Mary de son futur métier les avait déjà entraînés dans des situations périlleuses. Pendant six mois, cependant, Jeremy y avait échappé, parce qu'il s'était engagé dans une relation sérieuse avec une jolie étudiante en littérature anglaise. Malheureusement, la jeune fille avait dû arrêter ses études quand sa mère était tombée malade et n'avait jamais réapparu à l'université. D'abord, ils s'étaient appelés tous les soirs, puis les coups de fil s'étaient espacés, de même que les e-mails. Finalement, ils s'étaient complètement perdus de vue.

Voilà pourquoi il était là, en Transylvanie, face à Mary prête à profiter de lui de nouveau. « Profiter » ? Non, il était un peu injuste. Mary avait toujours été une très bonne amie.

— Je persiste à penser que ce n'est pas une bonne idée.

Mary se mit à rire.

— Allons, Jeremy, il est temps que tu oublies Melissa, non ? Qu'est-ce qui t'arrive ? Tu ne sais plus t'amuser ? S'il te plaît… On en trouve de plus en plus, de ces clubs privés spéciaux. J'ai même lu dans le journal qu'il y en a un à La Nouvelle-Orléans où les gens viennent de partout parce qu'ils peuvent y faire tout ce qu'ils veulent.

— Oui, ce genre de rituels débiles, comme s'entailler le pouce et se le sucer mutuellement ! C'est lamentable, Mary…

— Pas du tout. Personne n'est obligé de faire ce dont il n'a pas envie. La femme qui a écrit cet article disait qu'elle s'y est bien moins fait draguer que dans un bar.

— Peut-être parce qu'elle était vieille et moche ! D'ailleurs, s'il y a déjà eu des articles là-dessus…

Mary soupira.

— Je veux voir ce qui se passe ici pour comparer avec les Etats-Unis, Jeremy. Ecoute, moi j'y vais de toute façon, avec ou sans toi. Je ne serai pas seule, puisque Nancy a accepté de venir. Mais ce serait mieux avec un mec. Je veux dire, ce serait mieux qu'on nous accompagne. Si tu ne viens pas, qu'est-ce que tu vas faire ? Jouer toute la nuit à ton nouveau jeu vidéo ?

— J'ai conçu ce jeu, Mary, et c'est grâce à lui que je vais trouver du travail.

La jeune fille se leva et vint lui prendre la main.

— Je tiens tellement à ce reportage, Jeremy. S'il te plaît ! Viens avec nous…

— Bon, bon, d'accord. Je viendrai…

— Je savais que tu ne me laisserais pas tomber !

— Ecoute, Mary, quand je donnerai le signal du départ…

— On t'obéira. C'est promis. Arrête de t'inquiéter. Je retombe toujours sur mes pieds.

— Bon, comment on y va, à ces ruines ? demanda-t-il.

— On se retrouve dans un sentier de montagne et une carriole à cheval vient nous chercher. C'est génial, non ?

Elle secoua la tête, sans cesser de sourire.

— Je ne sais pas pourquoi cette fille m'a invitée, moi. Parce que j'ai de la chance, j'imagine.

Parce que tu es très jolie, corrigea intérieurement Jeremy.

Pour ne pas gâcher son plaisir, il se tut. Il irait, puisqu'il l'avait promis, mais l'idée ne l'enchantait pas.

Quand Mary partit se changer dans sa chambre, il descendit faire un tour dans la rue. Les psychologues invités au colloque étaient hébergés juste en face de l'auberge de jeunesse, dans un ancien palais de justice transformé en hôtel quatre étoiles.

Il y entra et demanda Jessica Fraser à l'accueil. On lui répondit qu'elle était sortie pour la soirée.

Pourquoi se sentait-il aussi anxieux ?

Il hésita, puis laissa un message à l'intention de la jeune femme.

Par précaution.

Mieux valait que quelqu'un sache où ils étaient.

2

Le vieil amphithéâtre était bondé d'étudiants venus du monde entier. Bryan MacAllistair n'en revenait pas du silence religieux dans lequel ils écoutaient son intervention depuis le début. Dans la pénombre, une nouvelle page PowerPoint apparut sur l'écran. Il n'avait plus que deux ou trois points à aborder.

— Vous avez ici un croquis du XVIIIe siècle qui représente Katherine, comtesse Valor, considérée comme l'une des plus belles femmes de son époque. On l'a accusée de crimes si abominables que les pièces de son procès ont été placées sous scellés et, par la suite, ont disparu dans un incendie. Etait-elle réellement un monstre, ou a-t-elle été victime d'un esprit malfaisant ? Comme la comtesse Bathory, elle faisait partie de l'aristocratie et, à l'instar de bien d'autres, s'est enrichie en devenant l'une des maîtresses de Louis XIV. Elle se serait livrée, chez elle, à des pratiques de sorcellerie en compagnie de membres de la Cour. Après avoir été condamnée pour sorcellerie mais aussi pour meurtre, elle s'est échappée par miracle de la prison et certains de ses contemporains ont raconté qu'elle s'était transformée en fumée, pour s'envoler de la Bastille. A l'époque, il y avait encore des chasseurs de sorcières et la récompense promise était si élevée qu'on l'a cherchée aux quatre coins du continent. Un autre conférencier reviendra plus longuement sur le personnage, mais son histoire, vous allez voir pourquoi, est liée à notre sujet. En effet, l'hypothèse communément admise est qu'elle avait signé un pacte avec un suppôt de Satan — un personnage connu sous le nom de « Maître ». Or, d'après la légende, ce nom dérive d'un vieux terme babylonien désignant un démon né des entrailles d'une lamie. Dans la mythologie, les lamies sont des femmes qui suçaient le sang de leurs propres enfants : c'est l'une des représentations les plus anciennes des vampires. Katherine se serait réfugiée ici, en Transylvanie, pour chercher aide et protection auprès du Maître, qui y avait établi son royaume.

» Cependant, furieux parce qu'elle avait mené ses manigances sans faire appel à lui, il lui refusa son aide et c'est ici, dans ces montagnes noyées de brume, que les chasseurs de sorcières l'ont finalement retrouvée. Elle avait parcouru des milliers de lieues mais, isolée, sans disciple, elle n'avait personne pour monter la garde quand elle dormait. Ses poursuivants l'ont surprise et lui ont aussitôt tranché la tête. On raconte qu'un cri affreux s'est échappé de ses lèvres après sa mort et qu'elle a versé plus de sang qu'une douzaine de femmes réunies. Jugeant que l'avoir décapitée ne suffisait pas à éradiquer toute malfaisance en elle, ils ont taillé son corps en morceaux qu'ils ont fait brûler dans un brasier entretenu durant treize jours et treize nuits. Le chiffre treize, vous le savez, est celui du sabbat des sorcières et aussi celui des convives de la Cène, le fatal banquet au cours duquel le Christ fut trahi. Quoi qu'il en soit, lorsqu'ils en ont eu fini avec elle, elle était vraiment morte.

» Maintenant, est-il exact qu'elle buvait le sang de jeunes vierges pour pratiquer des rites magiques à l'intention des nobles, mais aussi du roi lui-même ? A-t-elle été au contraire victime de rumeurs colportées par des jaloux ? N'est-elle devenue un monstre que par la suite, avec le temps ? Je terminerai sur ces questions qui restent ouvertes, en vous remerciant pour votre attention…

Il salua de la main les étudiants rassemblés et descendit de l'estrade dans un tonnerre d'applaudissements. Il remonta rapidement l'allée, pressé de s'échapper. Si, officiellement, il était venu comme enseignant, il était surtout sur la trace d'un monstre.

Quand il avait su qu'on l'invitait en Transylvanie, il avait promis à son ami, Robert Walker, professeur d'histoire à l'université de La Nouvelle-Orléans, qu'il ferait une intervention. Il avait tant bien que mal casé son discours entre d'autres rendez-vous et, maintenant, il prenait du retard.

Il s'était beaucoup déplacé, ces temps derniers, pour pister ce qui ressemblait bel et bien à la résurrection de pratiques maléfiques. Il y avait des années qu'il étudiait le mal que des hommes pouvaient faire à d'autres hommes, au nom de certaines croyances.

Il sortit du bâtiment et marcha jusqu'à la Grand-Place. Là, bien qu'il fût pressé, il s'arrêta pour examiner le ciel, qui ressemblait à une eau trouble. Une lune en croissant s'était levée, nimbée d'un halo rougeâtre qui se diffusait dans la pénombre comme une tache de sang.

Bryan n'aimait pas l'aspect de cette nuit. Il hâta le pas pour regagner son hôtel.

Dans le hall, il s'immobilisa, saisi d'un pressentiment. Il y avait quelque chose, ou quelqu'un derrière lui... Il se retourna, ne vit rien ni personne. Peu importait : il avait été suffisamment prévenu lors de son passage à Londres et savait ce qui l'attendait.

— Votre clé, professeur, dit l'employé derrière le comptoir.

— Merci.

Il balaya de nouveau le hall du regard.

Puis, se rappelant son retard, il se précipita vers l'escalier.

Jessica sirotait son vin, tout en contemplant le feu qui crépitait dans la cheminée. Les flammes la fascinaient. Jaunes, rouges, parcourues d'étincelles bleues, elles ondoyaient, s'élevaient, bondissaient, léchant la pierre séculaire de l'âtre...

— Vous n'êtes pas d'accord, mademoiselle Fraser ? Vous ne trouvez pas que la société est la cause de bien des problèmes rencontrés par nos enfants ? Surtout nos sociétés modernes, avec leurs bombes et leurs guerres ?

Jessica tourna les yeux vers l'homme, un universitaire allemand râblé et bavard. Ils discutaient depuis un moment des thérapies de l'angoisse chez les adolescents. Elle cligna des yeux, se rendant compte qu'elle n'avait aucune idée de ce qu'il disait depuis dix bonnes minutes au moins. Elle était intervenue à la tribune le matin même, évoquant les fantasmes névrotiques chez les jeunes et les meilleurs moyens de les remettre d'aplomb. L'Allemand, apparemment séduit par ses idées, n'avait pas cessé depuis de l'interroger.

Elle mourait d'envie de lui échapper et d'aller faire un tour dehors.

Pourquoi, d'ailleurs ? Pourquoi ce besoin subit de se retrouver à l'air libre, alors même qu'elle avait peur des ombres nocturnes ?

Parce qu'il faut savoir affronter ses peurs : c'était l'une de ses théories.

— Oui, c'est une époque difficile, acquiesça-t-elle avec un sourire, en se mettant debout.

Le fait de contempler le feu l'avait apaisée comme l'aurait fait un calmant. Elle se sentait sereine. Tout, autour d'elle, respirait la normalité.

— Si vous voulez bien m'excuser…, reprit-elle. Il est tard et je ressens les effets du décalage horaire. Bonsoir.

L'impulsion de fuir, et même de se cacher, l'envahissait de nouveau. Elle dut prendre sur elle pour ne pas sortir en courant du restaurant.

Elle consulta sa montre, contrariée de voir qu'il était encore plus tard qu'elle ne le pensait.

D'un pas leste, elle traversa la place pour regagner son hôtel.

Affronter ses peurs… C'est ce qu'elle avait toujours fait et qu'elle ferait encore.

Au milieu de la place, elle se figea, regarda le ciel et frissonna. La nuit était rouge.

Elle entendit un bruit derrière elle et se retourna

brusquement, la gorge nouée. Ce n'était qu'un couple âgé qui se promenait, main dans la main. Elle reprit sa marche. Un souffle glacé lui frôla la nuque. Comme si l'obscurité la talonnait, menaçante… Elle pivota de nouveau sur ses talons. La place était déserte. Elle se remit en route d'un pas plus vif, en s'efforçant de se raisonner. Ne pas céder à cette angoisse absurde qui la poussait à se précipiter vers l'hôtel brillamment éclairé.

Quand elle atteignit la porte, pourtant, elle courait presque. Un homme sortait, une femme séduisante à son bras. Leurs silhouettes se détachaient sur la lumière du hall et ils riaient. Jessica le reconnut : c'était un célèbre acteur de cinéma américain. Il lui tint la porte. Sans manifester qu'elle l'avait reconnu, elle le remercia et fonça à l'intérieur.

Là, au moins, il n'y avait ni ombres, ni présence obscure. Jessica poussa un soupir, maudissant son imagination. Elle s'approcha du comptoir et demanda sa clé en souriant. C'étaient des clés d'un ancien modèle, de celles que l'on dépose à l'accueil en sortant. L'employé la lui remit avec un billet à son intention.

Elle parcourut le message, qui provenait du jeune étudiant qu'elle avait croisé plus tôt dans la journée. Un pli soucieux lui barrait le front. Elle leva les yeux vers le concierge, un homme grisonnant, de belle prestance.

— Pouvez-vous me dire où se trouve le commissariat ? lui demanda-t-elle.

Elle éprouvait de nouveau un profond malaise. Même dans le hall éclairé, elle *sentait* une présence fantomatique, tout à la fois sombre et rougeâtre.

Il était temps d'agir.

D'agir vraiment.

— Regarde ! s'écria Mary, au comble de l'excitation. C'est sûrement elle, la dominatrice dont parlaient les Hongrois !

Jeremy suivit la direction de son doigt. La nouvelle venue ne passait pas inaperçue… Un masque de cuir noir lui cachait le haut du visage. Elle avait la peau blanche et les cheveux aile de corbeau. Un pantalon de cuir noir la moulait, soulignant les courbes parfaites de ses hanches et de sa taille. Au-dessus, elle portait un chemisier de mousseline noire sous lequel pointait une poitrine ferme et haut placée. Jeremy dut regarder à deux fois pour s'assurer qu'elle avait, sous son chemisier, un bustier collant, couleur chair. Ainsi vêtue, elle était bien plus subtilement érotique que si elle avait dévoilé son corps. Le jeune homme se força à baisser les yeux : cette femme mettait sa libido en émoi malgré lui.

Tout lui semblait bizarre depuis que Mary, dans l'après-midi, lui avait parlé de cette soirée. Ils avaient fait le trajet, au cœur de la forêt, dans un carrosse noir tiré par deux chevaux noirs. Mary débordait d'enthousiasme. L'étrange véhicule semblait tout droit sorti d'un film d'horreur du premier âge du cinéma, tout comme le brouillard qui noyait le paysage. Nancy, une jolie rouquine également étudiante en journalisme, était tout aussi excitée que Mary. Elle ne cessait de regarder par la vitre, en s'écriant à tout bout de champ :

— Vous vous rendez compte ? C'est incroyable !

A présent qu'ils se tenaient debout dans le vaste hall où ils venaient de pénétrer, elle répéta :

— C'est incroyable !

Mary lui donna un coup de coude.

— Arrête donc de t'exclamer pour tout ! On va croire que nous tombons de la lune.

Jeremy aurait pu lui répondre qu'ils détonnaient furieusement de toute façon. Les deux filles avaient revêtu des minijupes sur des collants de laine, des bottes et, comme il faisait froid, des pulls et d'épais manteaux. Lui-même avait la tenue de base du touriste moyen : un jean et un pull. Or, autour d'eux…

Les gens arboraient les accoutrements les plus variés. Certains portaient de classiques capes de vampires, mais ils n'étaient pas la majorité. Des femmes étaient seins nus. L'une d'entre elles, une rousse d'une trentaine d'années, était même totalement dévêtue, à l'exception d'un anneau au nombril et d'une ceinture en argent. Un bel homme noir au corps d'athlète passa près d'eux, en tenue d'Adam, à l'exception d'un pagne flottant. Quelques hommes, accoudés au comptoir avec un verre et une cigarette, portaient des manteaux. Au moins, quelques personnes dans la salle s'étaient rendu compte qu'il faisait froid dehors !

En fait, la plupart des invités étaient habillés de façon normale, ou du moins avaient-ils le corps couvert. Jeremy, qui balayait la salle du regard, vit au bar un homme d'âge mûr en train d'ajuster de fausses canines de vampire.

— Où est la femme qui t'a invitée ? demanda-t-il à Mary.

— Je ne la vois pas, mais cet endroit est immense. Elle est sûrement quelque part.

Elle se fraya un chemin vers le bar, entraînant ses deux acolytes.

— Vous êtes américains ? leur demanda soudain la dominatrice en cuir noir, qui venait de se matérialiser devant eux.

Bizarrement, Jeremy eut l'impression qu'elle n'était pas ravie de les voir. La lueur fugitive qu'il vit dans ses prunelles le fit frissonner.

— Des Américains, c'est certain…, répéta-t-elle. On vous a invités ?

Elle parlait l'anglais avec un fort accent. De près, on voyait qu'elle était d'une grande beauté, avec des traits harmonieux, des yeux sombres. Jeremy se demanda si, dans la vie normale, elle n'était pas mannequin.

Elle se mouvait avec une grâce nonchalante, languide, sensuelle. Son regard avait une hardiesse amusée qui enflamma les sens de Jeremy mais dans lequel, aussi, il devina un avertissement. Elle regarda Nancy et Mary en souriant, puis ramena son attention vers Jeremy et glissa son bras sous le sien. Il se sentit de nouveau bizarrement excité. Pourtant, il n'avait pas l'impression qu'elle le trouvait particulièrement séduisant. Il se demandait même si elle n'était pas en train de jouer la comédie. Mais au profit de qui ?

Evidemment, si, comme l'affirmait Mary, c'était bien elle la célèbre dominatrice, elle devait jouer la comédie en permanence.

— J'ai été invitée par une femme que j'ai rencontrée

en ville, lui expliqua rapidement Mary. Elle m'a dit que je pouvais amener des amis.

Ensuite, elle se présenta, présenta les deux autres, mais la femme ne donna pas son nom en échange.

Une lueur indéfinissable passa de nouveau dans son regard, si fugace que Jeremy se demanda s'il ne l'avait pas imaginée.

— Eh bien, jeunes gens, leur dit-elle, vous trouverez là-bas les salles de jeu. La salle de projection se trouve derrière le bar. Nous avons une sélection de films exceptionnelle : hommes et femmes, hommes entre eux, femmes entre elles… Tout ce que l'on peut souhaiter. En haut de l'escalier de pierre, nous avons des boudoirs et, plus loin, mes appartements personnels, mon donjon… Venez m'y rendre visite dans la soirée, si vous osez.

Elle sourit à Mary et Nancy.

— Avez-vous été très vilaines ? Avez-vous besoin de vous confesser ? Nous pouvons arranger ça. Mais d'abord, vous devez prendre un verre. Le cocktail spécial, ce soir, est un Bloody Mary. Juste comme votre nom, Mary. Mignon, n'est-ce pas ? Vous êtes mes invités.

Elle eut un léger rire.

— Disons plutôt que nous réfléchirons plus tard à une forme de rétribution… Pour l'instant, installez-vous au bar et observez.

Elle les dévisagea tous les trois un long moment, puis conclut :

— Je vous dirai quand vous pourrez vous déplacer. Jusque-là, ne bougez pas. Vous m'avez comprise ?

— Oui, répondit Jeremy.

Il se sentait très mal à l'aise dans cette ambiance. Il avait même peur.

La femme se pencha vers eux.

— Surtout, gardez toujours à l'esprit le chemin de la sortie.

— Nous garderons à l'esprit le chemin de la sortie, répéta Nancy.

Elle avait l'air pratiquement hypnotisée. Jeremy se demanda s'il donnait la même impression.

Satisfaite de leur réponse, la dominatrice leur sourit. Sous sa sensualité languide, on devinait de la hardiesse, un tempérament de feu.

Elle les escorta jusqu'au bar et interpella le barman :

— Trois cocktails pour mes amis américains, s'il vous plaît. Tout de suite !

Le barman, un grand type mince d'une trentaine d'années, hocha la tête et s'exécuta sans attendre.

Tandis qu'on préparait leurs boissons, ils prirent place au comptoir, sur de hauts tabourets. Jeremy regarda autour de lui, songeant pour se rassurer que l'endroit ressemblait à n'importe quel night-club, si l'on exceptait les quelques personnes nues et la femme masquée. Près d'eux, deux hommes discutaient en français. Un peu plus loin, un bel homme parlant allemand draguait une jolie blonde.

Jeremy se tourna pour dire quelque chose à la dominatrice, mais elle avait disparu.

— Tout ça est très excitant, chuchota Mary.

— Ben voyons ! Frissons garantis, se moqua Jeremy.

— On ne va pas voir grand-chose, collés au comptoir

toute la soirée, fit remarquer Nancy à voix basse. Nous devrions explorer un peu.

— Cette femme nous a ordonné de rester ici.

— Elle nous a aussi dit d'observer, objecta Nancy. On ne le fera pas en restant plantés sur place !

— Elle nous a dit de ne pas bouger, répéta Jeremy, et de garder en tête le chemin de la sortie.

Mary pouffa.

— Peut-être qu'ils craignent les descentes de police.

Jeremy, l'estomac noué, avait le sentiment que la dominatrice redoutait des choses bien plus dangereuses.

— Ecoute, Jeremy, cette femme n'est plus là. Nous n'allons quand même pas rester ici pendant des heures ! insista Nancy.

— Séparons-nous, suggéra Mary. Personne ne nous adressera la parole, si nous nous déplaçons en bande comme les trois mousquetaires.

— Nous ferions mieux de rester groupés, au contraire, insista Jeremy, très mal à l'aise.

Mary eut un petit rire.

— Ne me dis pas que tu préfères nous avoir pendues à tes basques, alors que l'hôtesse semble te trouver très à son goût !

Lui pensait plutôt que la dominatrice l'avait finement jaugé et jugé trop jeune et trop naïf. En regardant par-dessus la tête des deux Français, il vit qu'elle venait de réapparaître au bar. L'air parfaitement naturel, elle bavardait avec le barman, avait un mot pour les uns et les autres, mais en même temps elle avait l'air de guetter.

De guetter quoi ?

— Vous faites ce que vous voulez, mais moi, je vais voir les boudoirs, annonça Mary, en descendant de son tabouret.

— Et moi, la salle de projection, fit Nancy de son côté.

— Hé, attendez, je ne peux pas me dédoubler ! protesta Jeremy.

Elles s'éloignèrent sans l'écouter. Il s'aperçut que la dominatrice avait observé la scène et paraissait contrariée.

Il finit par partir en exploration lui aussi. Mary avait dû disparaître à l'étage car il ne la voyait plus. Il trouva Nancy debout au fond de la salle de projection. Il s'arrêta sur le seuil, observant les divans rembourrés disposés un peu partout, l'atmosphère rendue opaque par la fumée des cigarettes et du haschisch. Un film porno se déroulait sur l'écran : deux femmes séduisaient un homme et se séduisaient entre elles. A un moment, l'une des femmes maintint l'autre en position allongée ; l'homme eut un rictus, puis mordit le cou de la femme immobilisée, qui parut frémir d'un plaisir intense. Visiblement, l'appât du sang suscitait une immense excitation.

Malgré les chairs étalées sur l'écran, Jeremy ne se sentait absolument pas excité. Il était bien trop tendu pour ressentir autre chose qu'une profonde inquiétude.

Une jeune femme quitta l'un des divans, s'approcha de Nancy et la prit par la main. Nancy la suivit et s'assit avec elle.

L'inconnue était menue, petite et Nancy, qu'il voyait pouffer, était majeure : elle était donc assez grande pour se défendre. Si elle voulait prétexter le journalisme pour jouer à des jeux interdits, libre à elle !

Il rebroussa chemin et s'engagea au pas de course dans l'escalier de pierre, en se répétant qu'ils auraient dû rester tous les trois au bar et se contenter d'observer, comme on le leur avait ordonné.

Il déboucha dans un corridor bordé d'un côté de portes fermées. Ce corridor était très long, à peine éclairé et, sans doute parce qu'on n'en voyait pas le bout plongé dans l'ombre, il semblait interminable. Comme un très, très long plan-séquence dans un film d'horreur.

Sauf qu'il ne s'agissait pas d'un film.

L'estomac noué de peur, Jeremy s'enjoignit à garder son calme et à reprendre ses recherches. Il ignorait complètement derrière quelle porte Mary pouvait se trouver.

Bientôt, il vit — ou plutôt il sentit — une sorte d'ombre dans le couloir. Comme une masse obscure qui venait de surgir et masquait la maigre lueur des chandelles fichées dans des torchères médiévales, tous les trois mètres.

Il faillit tourner les talons de saisissement, dévaler l'escalier et se précipiter à l'extérieur. Certes, il n'avait aucune idée de l'endroit où ils se trouvaient. Le carrosse qui les avait amenés avait traversé une épaisse forêt noyée de brouillard et ils n'avaient pas croisé âme qui vive avant d'arriver dans cette bâtisse qui, du dehors, semblait en effet être un château en ruines, perché au sommet d'une colline. Pourtant, l'envie irrésistible de prendre ses jambes à son cou, de fuir pour se retrouver n'importe où ailleurs le tenaillait, défiant toute logique.

Il résista. Mary et Nancy étaient libres de tenter toutes les expériences qui leur plaisaient, mais il ne pouvait pas les abandonner à ce…

— Péril, murmura-t-il.

Car il savait, au fond de lui, que son appréhension était justifiée. La panique instinctive qui lui étreignait l'estomac ne trompait pas.

L'ombre était là, réelle, palpable, malfaisante, maléfique.

— Où sont les psychologues quand on a besoin d'eux ? railla-t-il à haute voix, pour se rassurer.

Il avait beau se dire que cette ombre provenait d'un effet d'optique, il avait sans cesse envie de regarder par-dessus son épaule. Il sentait quelque chose, derrière lui, qui le suivait… jouait avec lui comme un chat avec une souris. Il humait le danger comme une gazelle dans la savane soudain hume la lionne qui se coule silencieusement dans les herbes.

Il fit brusquement demi-tour.

Personne.

Une fois encore, il tenta de se raisonner. Il se laissait impressionner par l'endroit, la nuit. Il était au beau milieu d'un décor de légendes, avec un ramassis d'imbéciles qui s'amusaient à jouer les vampires. C'était idiot !

Sauf que les fanatiques pouvaient s'avérer dangereux…

Cela dit, l'ombre qu'il devinait n'évoquait en rien un danger *humain*.

Il se tourna vers les portes.

Il fallait qu'ils partent.

— Mary ? appela-t-il, en criant presque.

Il se fichait, maintenant, de ce qu'on pouvait penser d'eux et du désir ridicule des deux filles de faire un reportage sensationnel. Ils devaient quitter les lieux au plus vite.

— Mary ? appela-t-il de nouveau, en ouvrant la première porte.

C'était tout simplement incroyable ! Mary s'estimait largement avertie dans la vie quotidienne, mais ici, elle était aussi naïve que l'agneau qui vient de naître ! Il y avait matière à un article exceptionnel. Les gens allaient adorer ! Le grand public aimait être choqué, provoqué. Rien ne faisait mieux vendre un journal que le sexe ou la violence, s'appuyant sur la curiosité morbide des lecteurs et elle comptait bien vendre le reportage sensationnel qu'elle allait faire de tout ce qui se déroulait sous ses yeux : du sexe et du fantasme. Du fantasme vampirique… On pouvait comprendre que certains types aient envie de jouer les vampires : cela leur donnait du pouvoir sur les femmes. Tout comme certaines femmes aimaient être dominées…

Et elle avait tout cela sous les yeux…

Elle était d'abord tombée sur un ménage à trois en pleine action, si occupé qu'ils ne l'avaient pas vue tout de suite. Puis une voix rauque l'avait invitée à se joindre à eux. Le visage enflammé, certaine d'être devenue écarlate, elle avait refusé en s'excusant et s'était dirigée vers la porte suivante.

Elle avait ensuite découvert une pièce vide, entièrement décorée comme la chambre des tortures d'un ancien donjon, avec des carcans accrochés au mur et sur une table, prêts à l'emploi, des fouets et des chaînes.

Elle avait examiné l'endroit de manière aussi détachée que possible, avec l'œil objectif du journaliste, puis, mal à l'aise, elle était ressortie en frissonnant.

Dans la troisième pièce, au contraire, le spectacle était amusant. Un homme très grand, musclé, vêtu d'un déshabillé en dentelle rose vif, avec des sandales à talons hauts et un porte-jarretelles, s'admirait dans un miroir. Elle s'excusa en retenant un rire et s'éloigna.

C'est en ouvrant la quatrième porte qu'elle eut peur.

A priori, rien n'expliquait cette peur. La pièce semblait vide et presque entièrement plongée dans le noir. Alors que les autres pièces disposaient de bougies et de lampes, celle-ci n'était éclairée que par la lueur du couloir. Tout d'abord, elle ne distingua rien, puis elle aperçut deux pupilles couleur de feu fixées sur elle, du fond de la pièce.

Ses yeux s'accoutumant, elle se rendit compte que c'était un homme, assis tout seul dans l'obscurité. Elle s'excusa de nouveau et sortit en hâte. Pourtant, même après avoir refermé la porte, elle eut l'impression qu'un voile noir l'enveloppait. Le corridor présentait toujours le même aspect, mais quelque chose avait changé. Il s'était assombri, comme si une ombre gigantesque flottait dans l'air.

Ne sois pas idiote ! se dit-elle. *Les chandelles des torchères commencent à se consumer, voilà tout !*

Cependant, une sensation glacée s'infiltra en elle. Elle eut tout à coup besoin de retrouver la foule. De voir des gens. Quelle que soit leur occupation. Même un homme en dentelle rose ou un trio en pleine orgie.

Elle ouvrit la porte suivante. Des fauteuils confortables étaient disposés dans une lumière tamisée. Un immense écran de télévision occupait l'un des murs. Une musique se faisait entendre, en sourdine.

Elle s'avança d'un pas.

— Hello !

Pas de réponse. Brusquement, un vertige l'envahit. La tête lui tourna. Elle ferma les yeux et, sidérée, comprit qu'elle était sur le point de s'évanouir.

Elle lutta pour rester debout en se demandant quelle dose d'alcool contenait le Bloody Mary qu'elle avait bu. Elle rouvrit les yeux. Bizarrement, tout lui sembla légèrement de travers, comme si la pièce avait bougé durant les quelques secondes où elle avait clos les paupières.

Machinalement, elle s'assit. Une scène apparut sur l'écran. Une femme très belle, vêtue d'un élégant peignoir de soie, se brossait les cheveux devant une coiffeuse. Le mobilier de sa chambre était de style victorien, avec une touche Art Nouveau dans le dessin de la coiffeuse. Il y avait une grande armoire aux formes sinueuses et un lit à baldaquin. Une brise soulevait les rideaux avec le même bruissement chuchoté, surnaturel, que la brosse qui passait dans la longue chevelure d'or pâle.

Une ombre se matérialisa bientôt sur l'écran, près de la fenêtre. Tandis que cette ombre prenait forme dans le film, Mary sentit une autre ombre s'élever derrière elle, la frôler. Une onde glacée lui parcourut l'échine, comme si l'on s'amusait à souffler sur elle une haleine de banquise.

Mais il n'y avait rien.

Personne derrière moi, se répéta-t-elle.

Mais ce froid malfaisant, ce murmure rouge et noir…

Les murmures n'ont pas de couleur…

Celui-là si, pourtant. Il était noir comme l'abîme. Avec des reflets écarlates.

Comme du sang.

Lève-toi, Mary, va-t'en! se commanda-t-elle.

Peine perdue. Elle restait paralysée, les yeux rivés à l'écran où l'ombre, après s'être faufilée entre les plis flottants des voilages, s'épaississait, prenait contours.

Mary agrandit les yeux. Ce n'était plus une fiction qu'elle voyait, elle regardait de l'autre côté d'un miroir sans tain ! La scène se déroulait dans la pièce voisine.

Ce devait être un tour de passe-passe, de magie. L'ombre vaporeuse se solidifiait, devenait silhouette, puis se transformait en homme, comme dans les légendes les plus sombres des montagnes des Carpates, en Transylvanie. Cela ne pouvait pas être réel. C'était forcément une mise en scène menée par des employés du night-club, un numéro de prestidigitation, avec de la fumée et des miroirs. Une illusion…

Il lui aurait fallu cesser de regarder, partir.

Mais elle ne pouvait pas.

Ses membres étaient lourds et froids, si froids… Le souffle gelé l'avait pénétrée jusqu'à la moelle, se répandant dans tous ses os. Elle était aussi figée qu'une sculpture de glace et ne pouvait détacher les yeux du drame qui se jouait devant elle.

L'homme surgi de l'ombre était grand, sombre, sensuel. Le regard brûlant, il s'approchait furtivement de la femme assise à la coiffeuse, pas après pas…

Dans le dos de Mary, l'ombre s'alourdissait aussi, le souffle glacial enflait avec force.

Puis, tout à coup, ce fut comme si elle reprenait conscience. Les sourcils froncés, elle baissa les yeux, puis les releva : la scène ne se déroulait plus dans la pièce voisine.

C'était dans un miroir qu'elle regardait.

De manière incompréhensible, la femme blonde assise à la coiffeuse, c'était elle même.

Et l'homme en noir, aux yeux démoniaques, à l'haleine de glace, méphitique comme la tombe, était derrière elle.

Dans le lointain, quelqu'un cria son nom, brisant les chaînes gelées qui la paralysaient.

L'homme né de la nuit s'approcha, ses canines pointues luisant dans l'obscurité. Elle se mit à hurler.

— Vous me dites que ce soir, vous n'avez pas le temps, d'accord, concéda l'Américain. Mais alors, dites-moi quand vous serez disponible. Je suis riche. Je paierai ce que vous voudrez. Quand pouvons-nous prendre rendez-vous ?

La dominatrice ne l'écoutait que d'une oreille. Elle maudissait son interlocuteur de lui avoir fait perdre de vue le jeune Américain et la blonde qui l'accompagnait. Ramenant brièvement son attention vers lui, elle répondit :

— Je suis désolée, mais je ne sais jamais à l'avance

combien de temps je vais ouvrir un lieu. Je ne planifie rien à long terme.

— Mais…, protesta-t-il.

Il était grand, beau, fortuné. Il aurait pu séduire sans difficulté des dizaines de femmes. Seulement, il était venu ici chercher quelque chose de différent, quelque chose de pimenté, sortant de l'ordinaire.

Si seulement il avait su quelle chance il avait qu'elle ne puisse pas s'occuper de lui !

— Je vous prie de m'excuser. J'ai rendez-vous, dit-elle, en tournant les talons, pour se précipiter vers l'escalier.

— Attendez ! cria-t-il, en se lançant à sa poursuite.

La politesse n'était plus de mise.

— J'ai dit : « excusez-moi », fit-elle, en le repoussant brutalement.

Il tomba par terre, le sourire aux lèvres. Il avait eu ce qu'il voulait, finalement.

Elle gravit l'escalier quatre à quatre.

S'essayer à de nouvelles expériences érotiques, c'était une chose. Se sentir prise au piège et isolée, c'en était une autre. Et Nancy se sentait de plus en plus mal à l'aise.

Elle avait pris place sur un divan à côté de cette femme à peu près de son âge, menue et délicate, mais qui tenait sa main dans la sienne d'une poigne de fer. D'abord, elles avaient bavardé, évoquant la beauté du pays et la fascination qu'il exerçait sur les touristes américains, qu'il s'agisse de simples amateurs de légendes, de cinglés aimant jouer les vampires ou même, parfois, de vrais malades persuadés qu'ils avaient besoin de boire du sang.

La femme lui avait raconté qu'elle était danseuse de hip-hop, qu'elle avait longtemps vécu à Amsterdam, qu'elle s'était souvent rendue aux Etats-Unis et appréciait particulièrement un petit village d'Ukraine. Tandis qu'elles devisaient, un film porno tournait à l'écran et Nancy se dit que son deuxième cocktail lui donnait incroyablement sommeil. Elle aurait bien voulu se lever pour se libérer d'une intimité qui devenait franchement inconfortable, mais elle n'arrivait plus à rassembler suffisamment d'énergie. Elle songea vaguement que la femme ne s'était pas présentée.

Après lui avoir pris la main, l'inconnue lui avait lissé les cheveux vers l'arrière. Ces premiers gestes restaient anodins et Nancy s'était dit qu'elle allait la faire parler sur le night-club, lui soutirer des informations en vue d'un article. Par exemple, y avait-il de la drogue qui circulait ? Personne ne lui en avait proposé. Mais elle ne demanda rien, car son deuxième Bloody Mary lui faisait un effet plus qu'inquiétant. Sa compagne se mit à la caresser de manière insistante et Nancy ne parvenait pas à réagir. Elle sentit l'autre lui poser une main sur le genou puis la glisser sous sa jupe. Elle avait l'impression qu'une haleine tiède lui frôlait la gorge, le lobe des oreilles, et pourtant, quand elle levait les yeux, l'autre femme semblait assise assez loin.

— Je… je ne suis pas lesbienne, balbutia-t-elle.

L'inconnue eut un léger rire.

— Faut-il l'être pour tenter des expériences ?

Le simple fait de parler exigeait de Nancy un effort surhumain.

— Je… je dois m'en aller, maintenant.

— Ne partez pas tout de suite. Je peux vous faire découvrir des plaisirs exquis dont vous garderez un souvenir mémorable.

— Je dois y aller…

— Très bien. Partez, alors.

Nancy voulut se mettre debout, mais elle n'y arriva pas. Rien pourtant ne l'empêchait de se lever et la femme ne la touchait pas.

Sauf que… tout semblait trop lourd. La pièce l'engluait. La pénombre lui pesait sur les épaules. Ses jambes étaient comme des boulets impossibles à soulever.

Des doigts effleurèrent ses cheveux et son cou, comme une brise légère, mais avec une telle force de séduction qu'elle frissonna.

Elle devait se lever. Partir en courant.

— Regardez donc l'écran, lui dit l'inconnue. Vous allez voir mon ami.

Nancy tourna les yeux vers le film.

Les scènes pornographiques avaient fait place à quelque chose de très différent, très beau et très perturbant à la fois. Une femme évoluait avec une grâce languide, des voiles de mousseline flottant autour d'elle. Sa chevelure semblait balayer l'écran comme de la soie. L'effet produit s'avérait bien plus provocant que les gesticulations haletantes qui avaient précédé. Nancy ne parvenait ni à se mettre debout, ni à protester. Elle pouvait seulement regarder. Elle sentit les larmes lui monter aux yeux et, soudain, elle eut peur.

Elle crut entendre un chuchotement, mais sa compagne, les yeux rivés sur l'écran, était silencieuse.

Nancy aurait pourtant juré qu'on venait de parler.

« Viens, ma chérie. Montre-moi ta gorge. Laisse-moi m'enivrer de la vie qui court dans tes veines… »

Cette fois, Nancy entendit l'autre gémir doucement. Elle tourna la tête et vit que l'inconnue la regardait d'un air entendu, satisfait, comme un chat tenant un canari entre ses pattes.

— Regardez encore…

Nancy obéit, incapable de faire autrement. Son cœur battait si fort qu'il résonnait à ses oreilles comme des coups de tonnerre. Elle devina que la femme, elle aussi, entendait les battements.

— Là…

L'inconnue tendit le doigt. Nancy écarquilla les yeux.

Dans le coin de l'écran, quelque chose de sombre se dressait, une silhouette gazeuse, rouge et noire, qui se densifiait, s'opacifiait, puis prenait la forme d'un homme, grand, un chapeau rabattu sur les yeux. Il marchait d'un pas lent derrière la femme en mousseline.

La femme se retourna. C'était Mary.

Nancy poussa un cri étouffé.

— Oui, dit l'inconnue d'une voix sifflante. Oui, bientôt…

Mary se retourna, aperçut l'homme et se mit à hurler.

Derrière elle, une porte s'ouvrit brutalement, faisant apparaître Jeremy. L'homme leva les yeux, le visage toujours dans l'ombre. Seul son regard scintillait comme des braises. Il avait des crocs de vampire.

L'irruption de Jeremy ne le troubla pas. Il s'avança vers lui en riant.

— Oui ! stridula de nouveau l'inconnue, à côté de Nancy.

La jeune fille tourna la tête pour la dévisager et retint un cri d'horreur. Sa voisine était métamorphosée. Elle était devenue plus grande. Ses yeux brillaient et ses canines s'étaient transformées en crocs.

Persuadée qu'elle était victime d'une hallucination, Nancy se força à ramener les yeux vers l'écran.

L'homme ricanait toujours. Arrivé devant Jeremy, il détendit le bras et le frappa violemment au visage.

Jeremy, soulevé de terre, vint heurter brutalement le chambranle.

Envahie d'épouvante, Nancy regarda de nouveau l'inconnue dont les pupilles scintillaient. Un rictus de convoitise lui retroussait les lèvres, dévoilant ses horribles dents.

Les regards de cette femme, ses caresses... C'était comme la piqûre d'une araignée venimeuse. Paralysée, Nancy se dit qu'elle allait mourir sans pouvoir lutter. Elle ne parvenait même pas à crier.

Puis il y eut un fracas assourdissant, comme si quelqu'un, sur l'écran, venait de se précipiter à travers la fenêtre dans la pièce où se trouvait Mary. Le bruit, ou peut-être l'arrivée de la personne, changea tout. Nancy s'ébroua, sentit ses sens s'éveiller, ses forces revenir. Sur l'écran, on discernait une nouvelle silhouette, grande, imposante, aux larges épaules. Un homme...

La lutte redevenait égale. Nancy reprit espoir.

L'inconnu portait lui aussi un chapeau à larges

bords et un ample trench-coat de cuir, évoquant une ancienne redingote. Il tenait à la main un objet qui ressemblait à une arbalète.

Rapide comme l'éclair, il banda son arme et resta immobile un moment, comme une vigie dressée face à la folie.

— Oh non ! hoqueta la femme à côté de Nancy. Non !

Sa voix trahissait l'horreur.

Nancy ne distinguait plus l'imaginaire de la réalité, mais elle comprenait, elle aussi, que la situation avait radicalement changé.

Le nouveau venu n'avait pas seulement brisé les vitres. Il avait aussi brisé le sortilège malfaisant qui, jusque-là, paralysait les deux jeunes filles.

3

La dominatrice déboucha au pas de course dans le corridor. Elle n'avait pas prévu cela. Elle n'aurait pas cru que…

Elle ouvrit la porte à la volée, le cœur battant. Ce qui n'était jusque-là qu'une conjecture se confirmait.

Il était bien là.

Et il y avait quelqu'un d'autre dans la pièce, quelqu'un qu'elle ne connaissait pas, mais dont elle percevait le pouvoir.

Elle se raidit, consciente qu'elle n'avait que quelques secondes pour agir.

L'inconnu avait le visage dissimulé sous les bords d'un chapeau. Il brandissait une arbalète, la tête inclinée sur le côté, les yeux rivés sur sa cible.

Elle recula d'un pas.

Qui était-il ?

Au même instant, une clameur s'éleva à l'étage au-dessous. Des cris perçants, des hurlements de terreur.

L'enfer se déchaînait !

Elle hésitait à intervenir, déchirée.

Elle n'aurait pas dû venir seule.

Elle aurait dû prévoir de l'aide. Ne sachant pas exactement à quoi s'attendre, elle aurait dû se faire assister.

Maintenant, elle ne pouvait compter que sur elle-même.

Ici, dans cette pièce, une présence mystérieuse affrontait les forces malfaisantes, mais au-dessous, les hurlements continuaient.

Elle prit brusquement sa décision, pivota sur ses talons et fonça.

Nancy pouvait de nouveau bouger. Le fracas du verre brisé l'avait délivrée.

Elle se leva et hurla de toutes ses forces.

Sur l'écran, la flèche jaillit de l'arbalète, transperçant le monstre à l'épaule. Il cracha, puis poussa un rugissement bestial dont l'écho s'éternisa, assourdissant.

Une main étreignit le bras de Nancy ; ou plutôt une serre. La jeune fille releva les yeux. La femme qui avait tenté de la séduire paraissait plus inhumaine que jamais.

Elle la serrait comme un étau.

Partout dans la salle, c'était le chaos. Les gens se relevaient. Certains, comme elle, criaient, se débattaient…

D'autres, comme la femme, attaquaient avec des sifflements de rage.

Puis quelque chose parut voler à travers la pièce, une ombre fugitive et véloce, quintessence de la nuit. Nancy se mit debout, criant comme une folle et sentit qu'on écartait brutalement la femme qui la retenait.

— Sortez !

C'était un ordre, impérieux. Homme ? Femme ? Elle n'aurait su dire.

En tout cas, elle n'allait pas demander son reste. Elle fila vers la sortie, vérifiant la justesse du proverbe qui dit que la terreur donne des ailes.

Derrière elle, quelqu'un l'appela par son nom. Elle reconnut la voix de Mary, mais elle avait trop peur pour se retourner, peur de perdre la moindre seconde.

Mary la rattrapa, vêtue de cette robe de mousseline que Nancy lui avait vue porter sur l'écran. Des larmes roulaient sur ses joues.

— Il faut sortir ! lui dit-elle.

Dans leur dos, quelqu'un poussa un cri de rage. Un corps traversa la pièce et vint s'écraser sur le comptoir du bar. Elles entendirent un choc sourd, un craquement de vertèbres.

Trébuchantes, elles atteignirent enfin la sortie et émergèrent dans la nuit. Mary se figea sur place.

— Jeremy est encore à l'intérieur !

Elle fit demi-tour, prête à repartir à l'intérieur. Nancy la saisit aux épaules.

— Ne retourne pas là-dedans !

— Jeremy a essayé de me sauver ! Je dois l'aider !

Ses dents s'entrechoquaient de froid.

Un homme qu'elles avaient aperçu au bar jaillit derrière elles. Il les écarta sans ménagement, s'arrêta et chercha frénétiquement autour de lui une échappatoire.

Il posa un instant les yeux sur elles. Il était grand, musclé, mais on lisait dans son regard une terreur égale à la leur.

— Partez, leur dit-il d'une voix blanche, fortement teintée d'un accent allemand.

Puis il se remit à courir, s'arrêta de nouveau, retira sa veste et la lança dans leur direction. Nancy attrapa le vêtement au vol et le drapa sur les épaules de Mary.

— Partez vite ! répéta-t-il.

— Pour aller où ? gémit Nancy.

Mais l'homme s'éloignait déjà, fonçant au hasard dans la forêt.

— Allons-y, Mary… On ne peut pas rester ici, c'est trop dangereux…

— Et Jeremy ?

D'autres personnes se précipitaient dehors. Comme l'Allemand, elles se mettaient toutes à courir vers la forêt, noyée dans le brouillard.

Nancy tenta d'entraîner son amie. Mary était lourde comme du plomb, sans volonté, en état de choc. Le visage livide, elle ouvrait des yeux immenses sans voir et continuait à claquer des dents.

Nancy savait qu'elles n'avaient pas le choix. Elle tira Mary vers ce qui ressemblait à un sentier.

Il y eut un nouveau bruit, mais elles n'y prêtèrent pas attention. Elles devaient fuir au plus vite.

— Allons, viens ! la supplia-t-elle.

Mary consentit enfin à marcher. Le sentier, à travers la brume, devenait plus distinct. Elles s'y dirigèrent d'un pas chancelant.

Quand Jeremy reprit conscience, une onde de souffrance atroce lui vrillait le crâne. Il tenta d'ouvrir les yeux, sans y parvenir. Autour de lui, il entendait des cris, des chocs, des bruits de lutte.

Quelque chose tomba tout près. Il se força à soulever les paupières. Des silhouettes gesticulaient, plongeaient les unes sur les autres dans la mêlée. Il entendit un nouveau bruit de chute.

Garder les yeux ouverts. Ignorer la souffrance. Se mettre debout.

Prenant appui sur la paroi, il entreprit de se relever. Une fois sur ses pieds, il combattit la terrible nausée qui le submergeait, redoutant de s'évanouir encore. Il y eut un dernier fracas assourdi.

Puis ce fut le silence.

Il se retourna, décidé à fuir, mais il vacillait sur ses jambes. Quelqu'un marchait vers lui. Il jeta les bras en avant, conscient qu'il était trop épuisé pour se battre, l'esprit tendu pour rester debout à tout prix. Mais son corps le trahit. Ses jambes se dérobèrent sous lui : il s'affala.

Nancy avait déniché un recoin, à l'abri des arbres, où des branchages bas les protégeaient un peu de la bise glacée. Elle mourait de peur qu'un monstre ne surgisse d'un moment à l'autre, mais il était impossible de faire tout le trajet jusqu'au village avec Mary, qui était pieds nus. Il aurait fallu la porter et Nancy n'en avait pas la force. Et puis, dans quelle direction aller ? Il faisait si noir ! Un bruit se fit entendre, qu'elle reconnut aussitôt, avec un immense soulagement.

Des sirènes. Dieu merci ! Même ici, dans cette

forêt profonde et désolée, au cœur de l'obscurité et du brouillard, il y avait la police…

Ils allaient trouver Jeremy.

— Mademoiselle ?

La voix venait de derrière elle. De nouveau pétrifiée de terreur, elle resta immobile, incapable de se retourner.

C'était une voix d'homme, rauque et basse. Elle n'était pas menaçante…

— Prenez soin de votre ami. La police arrive.

Elle fit volte-face, mais ne vit personne. Si ! Un peu plus loin sous un arbre, elle reconnut Jeremy.

Elle se précipita vers lui, tomba à genoux sur le sol humide et lui releva la tête sur son bras replié.

— Jeremy, tu es vivant ! Parle-moi. Tu es blessé ? Tiens bon. La police arrive.

Il poussa un gémissement et cligna des yeux, fixant la jeune fille comme s'il ne la reconnaissait pas. Puis il battit de nouveau des paupières et essaya de se redresser avec un grognement.

— Comment est-ce que je suis arrivé ici ? murmura-t-il. Mary… Où est Mary ?

Nancy tendit le doigt. Mary, assise sous les branches, regardait droit devant elle, les yeux vides.

Jeremy jeta un coup d'œil à Nancy, lui caressa la joue, puis se leva avec difficulté. Plié en deux, il s'approcha péniblement de Mary.

— Mary ?

Elle ne parut ni le voir, ni l'entendre.

— Oh, Mary ! dit-il, en la prenant dans ses bras.

Elle n'eut pas la moindre réaction. Au bout d'un moment, il l'adossa au tronc et regarda Nancy.

— Viens m'aider à me mettre debout. Je vais aller à la rencontre de la police.

Nancy obéit.

— Toi, reste avec Mary…

Le sang coulait sur son front. Nancy ouvrit la bouche pour protester, puis se tut. Ils avaient besoin d'aide.

Dans la forêt silencieuse, après le départ de Jeremy, elle entendit l'écho assourdi de cris de terreur, mêlés au hurlement des sirènes.

Quelques minutes plus tard, elle vit les voitures de la police arriver entre les arbres. Le jet clignotant des gyrophares, maintenant, inondait la nuit obscure.

Il y avait des policiers partout, secourant les gens éparpillés sous les arbres, les blessés, ceux qui étaient en état de choc.

— Nous sommes sauvés, Mary, dit-elle doucement, en étreignant son amie, puis elle se mit à pleurer.

A travers ses larmes, elle voyait le ciel, strié de rouge et de noir.

Comme ensanglanté.

Contrairement à d'autres personnes, qu'on avait amenées dans les locaux de la police après les avoir rassemblées devant le château, paniquées et hurlant, Jeremy, sérieusement blessé au crâne, avait été transporté à l'hôpital avec Mary, et c'est à l'hôpital qu'on était venu l'interroger.

L'officier Florenscu, assis sur une chaise près du lit, l'écoutait lui faire le récit des événements.

Le regard sombre et le front plissé, comme en proie à une forte contrariété, il secouait la tête aux paroles du jeune homme. Il jeta un coup d'œil à son collègue, derrière lui, et soupira.

— Bref, une scène d'hystérie collective, dit-il en anglais.

— Je ne suis pas hystérique ! protesta Jeremy.

Il fit la grimace. Dès qu'il parlait un peu trop fort, sa tête lui faisait mal.

— Nous avons entièrement fouillé les lieux, reprit le policier. Nous n'y avons pas trouvé la moindre trace de vampires, parce que les vampires n'existent pas. Cela dit, même dans les petits villages, on commet des crimes. Le nôtre attire tellement de touristes que des individus peu recommandables en profitent. Notre seule chance de les épingler, c'est le témoignage des victimes. Votre témoignage…

— Je vous ai dit tout ce que j'avais vu, répondit Jeremy à voix basse, fermant les yeux.

— Vous devez essayer de vous rappeler d'autres détails. Demain, je vous apporterai des photographies de personnes que nous recherchons actuellement.

— Demandez à Mary.

— Je crains fort que ce ne soit pas possible. Votre amie est toujours en état de choc. Elle ne parle pas.

Jeremy se redressa sur son lit.

— Elle va s'en sortir… Il le faut.

Florenscu haussa les épaules.

— Quand elle sera stabilisée, nous la ferons rapatrier aux Etats-Unis.

— Et Nancy ?

— Elle va bien. Elle attend dehors. Vous allez pouvoir lui parler.

Il se leva, ajoutant :

— Elle dit qu'un homme vous a déposé sous les arbres. Qui était-ce ?

— Je ne sais pas. J'étais inconscient.

— Vous n'en avez vraiment aucune idée ?

— Non.

Jeremy secoua la tête avec une nouvelle grimace. En fait…

— C'est l'homme qui s'est battu avec le vampire, ajouta-t-il.

— Il n'y a pas de vampires, répéta Florenscu. En revanche, mes hommes ont trouvé une grande quantité d'alcool et de drogues. C'est déjà suffisamment diabolique.

— Il y avait bel et bien un vampire, s'obstina Jeremy.

Florenscu soupira encore.

— Nous sommes en Transylvanie. Beaucoup de gens s'imaginent être des vampires.

— Je n'invente rien.

— Non, vous n'inventez pas, vous avez été abusé. Je sais que vous répondez honnêtement. Parlez-moi encore de cet homme.

— Il a arrêté le vampire.

— Avec un épieu ?

Florenscu ne dissimulait pas son ironie.

— Non. Avec une arbalète.

— Trempée dans l'eau bénite, j'imagine…

— Je ne sais pas. Je sais seulement qu'il m'a sauvé la vie.

— Eh bien, tant mieux. Il ne nous reste plus qu'à

le retrouver, en espérant qu'il nous donnera de vraies réponses.

L'officier de police se dirigea vers la porte, suivi de son collègue.

Dès qu'ils furent sortis, Nancy entra, se précipita vers Jeremy, le prit avec fougue dans ses bras puis s'écarta en hâte.

— Excuse-moi. Est-ce que je t'ai fait mal ?

— Ça n'a pas d'importance. Serre-moi dans tes bras. Tu es chaude et vivante.

Nancy s'assit au bord du lit, le regard troublé.

— Ils ne m'ont pas crue, tu sais, dit-elle. Pas une seconde.

— Je sais que c'est un peu tard, mais... j'avais bien dit qu'il ne fallait pas y aller. Enfin... Tu as vu Mary ?

— Oui, dit Nancy, en baissant la tête.

— Alors ?

— Elle regarde dans le vide, c'est tout. Elle mange quand on la nourrit, elle boit... Il va falloir la rapatrier. D'après le médecin, soit elle revient à elle dans deux ou trois jours, soit...

— Soit ?

— Soit jamais.

Jeremy eut l'impression d'une nouvelle torture. Mary... Il n'avait pas su la protéger. Même s'il était déjà miraculeux qu'elle soit en vie.

— Si seulement nous pouvions retrouver l'homme au trench-coat... C'était un trench-coat noir, comme son chapeau. Je n'ai pas vu son visage.

Il regarda Nancy.

— Lui sait ce qui s'est passé. C'est lui qui m'a conduit dehors.

On frappa discrètement à la porte. Ils tournèrent tous les deux la tête.

Jessica Fraser se tenait debout sur le seuil, ses longs cheveux blonds ondoyant sur ses épaules, ses immenses yeux bleus emplis de compassion. Jeremy sentit les battements de son cœur s'accélérer, une sorte d'élan le traverser. Il se sentait comme un gamin, heureux qu'un adulte vienne à son secours.

— Comment vous sentez-vous ? demanda la jeune femme, en entrant dans la chambre.

Jeremy soutint son regard.

— Soulagé d'être sain et sauf, dit-il. Mary…

— Je viens de la voir. Il faut garder espoir.

Elle leur sourit, s'approcha du lit, posa la main sur le front de Jeremy.

— Je devais reprendre l'avion aujourd'hui, mais la police m'a dit que vos parents arriveraient ce soir ou demain matin, alors j'ai préféré être sûre que vous alliez bien avant de partir.

La gorge de Jeremy se serra.

— Vous n'êtes pas obligée de rester.

Jessica eut un léger rire.

— Peut-être que si, au contraire. Vous avez besoin d'être entouré. Vous l'avez échappé belle, vous savez. Des événements de ce genre se sont déjà produits. Les autorités pensent qu'il s'agit d'un culte dangereux, en pleine expansion, bien financé, dont les adeptes s'installent dans différents pays pour attirer des victimes. Qu'est-ce qui vous a pris de faire quelque chose d'aussi stupide ?

Jeremy et Nancy échangèrent un regard. Mary, pensèrent-ils en même temps. Mais dans l'état où était leur amie, il était hors de question de rejeter le blâme sur elle.

— Eh bien, la stupidité…, répondit Jeremy. C'est vous qui avez prévenu la police, n'est-ce pas ?

— Dès l'instant où j'ai eu votre message.

Nancy étouffa un sanglot.

— Merci ! dit-elle.

— Moi aussi, j'ai été jeune, répondit Jessica, mélancolique. Dites-moi, Jeremy, comment vous êtes-vous échappé ?

Voilà que ça recommençait ! se dit Jeremy. Fallait-il avouer la vérité, quitte à passer pour un idiot ? Ou mentir ?

Il prit une profonde inspiration et opta pour la vérité.

— Il y avait un homme, fit-il simplement.

Il avait presque envie de rire, tant dire les choses telles qu'elles s'étaient passées, selon lui, semblait irréaliste !

— Ou plutôt, un homme bon et un homme mauvais, ou un bon et un monstre… Un être malfaisant. Je suis pratiquement sûr qu'à la fin, le bon a gagné. Vous pensez que la police va avaler ça, sans me croire victime d'une hystérie collective ?

Jessica répondit sans insister :

— Il faut vous reposer, maintenant.

— C'est difficile.

— Pourquoi ? Vous avez peur ?

— Oui, assez.

— Je peux rester là, si vous voulez rentrer à l'auberge dormir un peu, proposa Jessica à Nancy.

Nancy eut un signe de dénégation.

— Je préfère rester avec Jeremy.

Jessica hocha la tête, compréhensive.

— Alors, je vais aller tenir compagnie à Mary.

— Jessica…

Jeremy s'interrompit aussitôt.

— Oui ?

— Surtout, ne quittez pas le chevet de Mary. Ne la laissez pas seule cette nuit. Je vous en prie.

— C'est promis. Sa chambre est un peu plus loin dans le couloir. Si vous avez besoin de quoi que ce soit, si vous vous sentez mal, ou si vous voulez juste parler… appelez-moi…

Nancy s'assoupit sur sa chaise. Jeremy savait maintenant que Mary, à quelques mètres de là, n'était pas seule. Jessica la veillait. Sans qu'il sache bien pourquoi, c'était important.

Il finit par sombrer dans un sommeil agité. Il avait l'impression que le vent soufflait, répétant inlassablement le même mot : *Vampire.*

Mais les vampires n'existaient pas.

Si, ils existent !

La panique l'envahit dans son rêve. Il lutta pour reprendre conscience.

Il crut ouvrir les yeux, certain qu'un homme se penchait sur lui. Un homme en trench-coat, le chapeau rabattu sur les yeux.

Etait-il venu vérifier son état ? Avait-il aussi vu Mary ?

Heureusement, il y avait Jessica.

Et puis, cet homme ne pouvait pas faire de mal à Mary : puisque c'était lui qui les avait sauvés…

Jeremy battit des paupières. L'homme avait disparu. Il n'avait plus peur maintenant, il éprouvait au contraire une rassurante impression de sécurité.

Il referma les yeux et, cette fois, s'endormit profondément.

4

— Si vous le voulez bien, monsieur Peterson, nous allons commencer par le début…

Jessica était assise dans son bureau de La Nouvelle-Orléans, dans un vaste fauteuil de cuir rembourré, un bloc-notes sur les genoux, un stylo à la main. Jacob Peterson, son dernier patient de la semaine, était affalé sur le divan. Jessica n'obligeait personne à s'allonger et conseillait juste à ses patients de s'installer confortablement. Mais pour Jacob Peterson, s'installer confortablement signifiait s'avachir, le dos voûté, les jambes pendantes et l'air renfrogné.

Elle le voyait pour la première fois mais avait souvent eu affaire, dans sa carrière, à des adolescents du même type.

— Le début, marmonna-t-il, c'est que mes parents m'obligent à venir ici.

— Parce qu'ils s'inquiètent. Dites-moi, est-ce que vous pensez être un vampire ?

Elle s'exprimait d'une voix neutre, sans porter de jugement.

— J'en suis un et j'aurais dû le comprendre il y a longtemps. Je ne dors jamais la nuit.

— Et ça vous crée des difficultés pour aller à l'école…

Il eut un geste de la main, comme pour balayer son intervention.

— L'école, c'est bon pour les mortels.

— Monsieur Peterson…

— Appelez-moi Jake.

— Jake, admettons que vous soyez un vampire. Eh bien, même les vampires ont besoin de gagner leur vie.

Il fronça les sourcils, surpris. Il n'avait apparemment pas encore envisagé cet aspect des choses.

— Les vampires ? Gagner leur vie ?

Elle se pencha vers lui.

— Vous savez, Jake, certaines maladies physiologiques font naître un désir de boire du sang.

— Je ne *désire* pas boire du sang, j'en ai *besoin*.

— Est-ce que vous ne vous êtes pas plutôt convaincu d'en avoir besoin ?

— Je ne suis pas le seul, dit-il, sur la défensive. Il y en a d'autres.

— Alors, je ne suis pas certaine que c'est moi qu'il faut voir. Je ne suis que psychologue. Si vous avez vraiment besoin de sang, il faut vous soumettre à une batterie de tests médicaux.

Il secoua la tête.

— Ça non !

— Pourquoi ?

— Ils ne trouveraient rien. Vous n'avez donc pas compris ? Je suis un vampire !

Jessica baissa la tête, retenant un soupir. Elle avait si souvent ce genre de conversation ! Beaucoup de gens venaient dans cette région parce qu'ils se prenaient pour des vampires, ou parce qu'ils voulaient se donner un genre en participant à un culte satanique. Certains, convaincus de la nature paranormale de leurs pulsions, allaient même jusqu'au meurtre.

La jeune femme repensa aux événements récents qui s'étaient passés en Transylvanie. Qui en était à l'origine ? De simples mortels ou des forces maléfiques ?

— Je *suis* un vampire, répéta Jake.

— Quand vous en êtes-vous aperçu ? lui demanda-t-elle.

— Alors vous me croyez ?

Elle posa son bloc-notes, décroisa les jambes et se pencha de nouveau vers lui.

— Ecoutez, Jake, votre état est à prendre très au sérieux. Je veux bien vous aider, mais je ne peux le faire que si vous m'expliquez très précisément de quoi il retourne. D'accord ?

Il hocha la tête, l'air fatigué. Son attitude n'était plus hostile. C'était déjà un progrès.

Comme elle s'y attendait, il commença à lui expliquer ses « symptômes » avec force formules ésotériques, comme pour lui faire comprendre l'univers particulier dans lequel il avait envie d'exister. Au fur et à mesure, cependant, il se raconta réellement, sans qu'elle ait à l'encourager, ou à peine. Son cas était similaire à celui de bien d'autres adolescents qu'elle avait soignés, comme souvent à La Nouvelle-Orléans, terre d'élection du vaudou et des légendes vampiriques.

Jake était un garçon brillant, assez beau quoiqu'un peu maigre. Il était timide et avait du mal dans ses relations avec les filles. Il excellait en informatique.

Il lisait beaucoup, mais ses choix de lecture étaient totalement orientés dans un domaine très particulier.

— Vous m'avez dit que vous connaissiez d'autres personnes comme vous, reprit doucement Jessica. Des personnes qui, elles aussi, ressentent surtout le besoin de boire du sang les nuits de pleine lune et sortent ces nuits-là. Où allez-vous ? Que faites-vous ?

Il devint écarlate.

— Eh bien, je… Une fois, j'ai payé pour ça.

Elle fronça les sourcils.

— Payé ? Pour des relations sexuelles, vous voulez dire ?

— Oui, pour ça et pour du sang.

On trouvait vraiment de tout, à La Nouvelle-Orléans ! De quoi satisfaire toutes les perversions, pour peu qu'on ait de l'argent…

— Je vois. Est-ce qu'il s'agissait d'un sex-shop ou bien vous a-t-on abordé dans la rue ?

Stupéfaite, Jessica constata que la question le laissait perplexe.

— Jake ? insista-t-elle gentiment.

— Je… je ne me souviens pas.

Il la dévisageait, l'air troublé.

— Je veux dire… je sais que j'ai bu du sang, mais maintenant que vous posez la question…

— Vous étiez seul ?

Toute confusion disparut alors chez le jeune homme. Son visage n'était plus qu'un masque figé.

— Je ne peux pas vous dire avec qui j'étais. Je ne le dirai pas et vous ne pouvez pas m'y forcer.

— Je n'ai l'intention de vous forcer à rien, fit-elle,

en haussant les épaules. Vous êtes libre de dire ce que vous voulez, ici. J'espère seulement que vous finirez par parler avec franchise.

— Nous sommes nombreux. Très nombreux. Et il y en a d'autres qui vont venir.

— Ah ?

Jake parut de nouveau égaré. Jessica sentit son pouls s'accélérer. Ce qui semblait se dessiner ne lui plaisait pas du tout.

— Je ne suis pas seul, se borna-t-il à répéter.

— Je me fais du souci pour vous, Jake. Comme vous ne voulez pas évoquer cet aspect, je vais vous dire ce que j'en pense et nous en resterons là. Vous avez des amis qui éprouvent la même chose que vous et vous êtes allé quelque part avec un ou plusieurs d'entre eux. Je pense que vous n'aviez pas de destination précise au départ et que vous avez atterri dans un endroit dangereux où l'on vous a accosté. Ne le prenez pas mal, mais vous êtes une proie facile. Et quand vous êtes reparti, je parie que vous n'aviez plus un centime en poche et peut-être même plus de montre ou de bijou.

Jake porta instinctivement la main à son cou, alors même qu'il ne portait aucun médaillon et il serra les lèvres. Jessica comprit qu'elle avait vu juste.

— Je vais vous demander une ou deux faveurs, reprit-elle. D'abord, pour ne rien négliger, vous allez prendre rendez-vous chez votre généraliste et vous faire faire un examen complet, c'est d'accord ?

— Je vais très bien. Simplement…

— Ensuite, coupa-t-elle, vous irez consulter un

nutritionniste et vous suivrez ses indications, dans votre propre intérêt.

Il ouvrit la bouche pour intervenir, mais elle poursuivit, sans le laisser parler :

— Vous êtes très intelligent et vous n'avez aucun problème au lycée, je le sais. C'est parce que vous savez prendre de l'avance qu'il vous est égal de manquer aussi souvent les cours. A terme, vous pourrez sans doute sauter une classe, ou même prendre des cours complémentaires en vue d'entrer à l'université. Mais d'abord, il nous faut parvenir à comprendre ce qui vous rend si malheureux, et ça prendra du temps…

— Je ne suis pas malheureux !

— Vous en êtes sûr ?

Il s'empourpra de nouveau et baissa les yeux.

— C'est juste que je me sens exclu. Ce que vivent les autres, ce n'est pas mon univers.

— Alors, nous allons essayer de trouver ensemble un univers où vous vous sentiez bien, où vous puissiez vous réaliser.

— Les jeux, dit-il.

— Pardon ?

— Je voudrais concevoir des jeux vidéo. Je m'en sens capable. Je pense que je serais même très bon.

— J'en suis certaine. Nous nous reverrons la semaine prochaine, même jour, même heure. Je vais appeler vos parents pour…

— Je croyais que vous n'alliez rien répéter ! protesta-t-il avec colère.

— Je ne vais rien leur répéter du tout. Je vais simplement leur demander de vous trouver des médecins compétents. Maintenant, si vous voulez ajouter quelque chose, si vous pensez avoir oublié quoi que ce soit, nous avons encore quelques minutes.

Elle sursauta en le voyant se lever d'un coup et venir se planter juste devant son fauteuil. Ses yeux brillaient : il tremblait d'excitation.

— Il paraît que vous étiez là-bas, en Transylvanie, lança-t-il. J'ai lu un article dans le journal. On dit que vous avez dénoncé les vampires, que c'est vous qui avez appelé la police.

Oh, non ! Encore cette histoire !

Cependant, prendre un air entendu et confidentiel n'aurait fait qu'entretenir les fantasmes de l'adolescent. Elle soutint donc son regard sans faiblir et répondit, d'un ton neutre :

— J'ai rencontré des étudiants, sur place, qui s'étaient mis en danger, à mon avis, en assistant à une soirée un peu particulière. Comme l'un d'eux m'avait laissé un message, j'ai jugé de mon devoir de le transmettre à la police.

Elle tressaillit de nouveau, car Jake s'était penché pour poser les mains sur les bras du fauteuil. Son visage n'était plus qu'à quelques centimètres du sien.

— Vous n'avez pas peur ? Peur que les vampires ne vous retrouvent pour se venger ?

Elle le toisa sans ciller, avec un soupir de lassitude.

— D'après ce qu'on m'a dit, Jake, quelqu'un a été pris de folie bien avant l'intervention des policiers et la soirée était pratiquement terminée à leur arrivée. Maintenant, est-ce que j'ai peur que les vampires me recherchent ? Non. Si vous voulez discuter de ce qui vous concerne, n'hésitez pas, mais il n'est pas question d'inverser nos deux rôles. C'est compris ?

Elle avait parlé d'une voix calme, bien qu'elle fût un peu contrariée. S'il croyait pouvoir la déstabiliser, il en était pour ses frais !

Il recula, haussant les épaules.

— En tout cas, ça a dû être une fameuse soirée ! murmura-t-il.

— Fameuse, effectivement. Une étudiante se trouve encore à l'hôpital, répondit-elle sèchement.

Elle se promit d'ailleurs d'aller voir Mary pendant le week-end. Les parents de la jeune fille étaient arrivés en Roumanie peu après son propre départ et elle savait par les journaux que Mary avait été rapatriée dans un hôpital de La Nouvelle-Orléans. Les médias avaient décrit la soirée comme une simple fête costumée un peu décadente, mais tout ce qui touchait aux vampires émoustillait les lecteurs et même la presse nationale avait évoqué l'histoire.

Après le départ de Jake, Jessica s'assit à son bureau. Comme elles attendaient un nouveau pensionnaire, Stacey, qui prenait ses rendez-vous, était rentrée au Bed-and-Breakfast plus tôt qu'à l'ordinaire.

Elle ouvrit son agenda pour jeter un coup d'œil à sa journée du lundi.

Jeremy avait pris rendez-vous.

Debout devant la maison, Bryan MacAllistair se fit la réflexion qu'il arrivait juste au bon moment à La Nouvelle-Orléans. Pas seulement à cause de la saison, mais aussi à cause de l'heure dans la journée.

On était entre chien et loup. L'étouffante chaleur de l'après-midi s'était atténuée et la nuit tombait doucement, presque trompeusement, sur cette partie du Quartier Français, à quelques dizaines de mètres des néons, des orchestres bruyants et des rires des touristes pris de boisson. Mais ici, tandis que l'ombre s'étendait sur les frondaisons, on ne percevait plus que l'écho distant, peut-être imaginaire, d'une valse. La demeure Montresse se dressait dans la pénombre, derrière un muret de briques et un portail de fer forgé. Même si l'herbe était un tantinet trop haute et si le crépi de la splendide façade paraissait ancien, sans pour autant commencer à s'écailler, elle ne faisait pas vétuste et l'obscurité la mettait en valeur.

Après avoir contemplé la maison un bon moment, Bryan trouva la targette du portail, entra et remonta les dalles de pierre qui menaient au porche. L'endroit datait de l'époque lointaine où il y avait encore de l'espace dans le Quartier Français. Des fleurs parsemaient la pelouse et la mousse grimpait paresseusement au tronc des arbres. Le porche rappelait plus la véranda d'une vieille maison de plantation coloniale que l'entrée d'une maison de ville.

Il gravit les marches et tendit la main vers un lourd heurtoir. Avant même qu'il l'ait touché, la porte s'ouvrit en grand.

Une jeune femme d'une vingtaine d'années se tenait sur le seuil. Elle avait un joli visage et un sourire plein de gaieté.

— Bonjour ! dit-elle.

— Bonjour.

— Vous êtes le professeur envoyé par l'agence ?

— En effet. Je m'appelle Bryan MacAllistair.

— Parfait. Entrez…

Il la suivit à l'intérieur.

— Je suis Stacey LeCroix, l'assistante de Jessica Fraser. Soyez le bienvenu.

— Merci. Cet endroit m'a l'air paradisiaque ! Et la maison est superbe. Est-ce une demeure de famille ? Mme Fraser est-elle originaire de La Nouvelle-Orléans ?

— Non. Jessica vient de… En fait, je ne sais pas exactement, mais avant de venir ici, elle travaillait à Jacksonville. Quand j'ai commencé à collaborer avec elle, elle habitait déjà cette maison depuis plusieurs années. C'est une maison magnifique, vous avez raison. Venez, je vais vous faire visiter.

Un majestueux escalier en spirale se dressait au centre du hall. Bryan s'imagina reporté un siècle plus tôt, à l'époque des plantations de coton, quand des beautés du Sud en robe du soir traversaient les salons avec une grâce languide.

— A gauche, derrière ces doubles portes, il y avait le salon des dames et à droite, le fumoir des hommes, lui expliqua Stacey. Nous demandons à nos hôtes de ne pas fumer, mais votre chambre donne sur le balcon, le cas échéant…

— Je me contente d'un cigare de temps à autre.

L'expression de la jeune femme révéla clairement ce qu'elle pensait des fumeurs de cigares.

— Je ne m'y adonne qu'à certains moments, dans certains endroits, et toujours avec un bon cognac, précisa-t-il néanmoins.

— Mmoui… Eh bien, dans l'ancien fumoir, nous avons installé une jolie salle à manger, ouverte le matin. La salle à manger d'origine est devenue le bureau de Jessica. Les chambres sont à l'étage. Si jamais vous perdez votre clé, ou si vous avez un problème quelconque, nous avons un gardien. Vous le trouverez dans le cottage au fond du jardin. Il s'appelle Gareth Miller. Il est presque toujours sur place, même quand Jessica et moi-même sommes au travail.

— Très bien, dit Bryan.

Stacey posa le pied sur la première marche de l'escalier, puis se retourna.

— Vous êtes professeur, c'est bien ça ?

Il eut le sentiment qu'elle en doutait.

— Absolument. Comme l'agence a dû vous le dire.

Elle hocha la tête, le front toujours plissé.

— Oui, bien sûr. Excusez-moi. Si vous voulez bien me suivre…

En haut des marches, elle tourna sur la gauche et ouvrit la première porte, à droite dans le corridor.

— Votre chambre. Je suis sûre que vous la trouverez confortable. La salle de bains a été ajoutée au début du XXe siècle, d'où son style Art nouveau, dit-elle fièrement. Nous prenons un loyer un peu plus élevé que d'autres, mais…

— Ça les vaut largement, la rassura-t-il.

Il était sincère. La chambre était vaste et la salle de bains spectaculaire. La pièce comprenait un grand lit, un équipement multimédia complet, une commode ancienne où trônaient une cafetière électrique et un four à micro-ondes, un bureau du XIXe siècle pourvu d'une imprimante et d'un fax et une armoire de bonne taille. Une porte-fenêtre donnait sur le balcon. Bryan l'ouvrit et sortit, humant la senteur enivrante des feuillages printaniers. Au-dessous de lui s'étendaient un patio, puis un jardin bien tenu, avec une piscine. De l'arrière, on avait l'impression que la rue se trouvait à des kilomètres. Cette maison était réellement sensationnelle. Elle devait valoir une petite fortune !

Il se retourna. Stacey LeCroix, debout dans la chambre, l'observait, semblant attendre un commentaire.

— C'est parfait, dit-il alors.

Elle sourit.

— Oui, n'est-ce pas ? Je vous prie de m'excuser, je suis un peu fatiguée, aujourd'hui. Je… non, rien. Bref, que vous dire d'autre ? La chambre est faite le matin, si vous sortez avant midi. Si jamais vous ne trouvez personne dans la salle à manger, le matin, c'est que le petit déjeuner a été servi dans le patio. Vous êtes le bienvenu au rez-de-chaussée, sauf dans le bureau et les appartements privés, bien sûr.

— Naturellement, acquiesça-t-il.

— Est-ce là tous vos bagages ? Juste un sac à dos ?

— Pour l'instant, oui.

— Eh bien, alors… J'espère que vous vous sentirez bien ici…

Elle sourit de nouveau, l'air un peu embarrassé.

— Ah, la clé !

Elle plongea la main dans sa poche et en tira la clé.

— Elle ouvre à la fois la porte d'entrée et celle de votre chambre, essayez de ne pas la perdre ! C'est une vraie clé, nous n'avons pas de cartes magnétiques.

— Je perds rarement les choses.

— Tant mieux.

Elle le dévisagea encore quelques secondes, puis s'en alla.

Bryan referma la porte derrière elle et sortit sur le balcon.

Cette maison était vraiment un endroit de rêve.

Il ferma les yeux. En tendant l'oreille, il entendait vaguement les bruits de la ville. A l'arrière, tout était paisible. Pourtant, non loin, régnait une activité bourdonnante.

La nuit tombait, étendant dans le ciel une ombre noire teintée de rouge.

— Jessica, tu n'imagineras jamais !

Jessica, à peine rentrée, avait vu Stacey lui fondre dessus et la prendre par le bras pour la ramener sur le porche, refermant le battant derrière elles.

— Je n'imaginerai jamais quoi ? demanda-t-elle, amusée de voir son assistante dans un tel état d'excitation.

— A quel point il est beau !

— Qui ?

— Le professeur ! Attends seulement de l'avoir vu. Je… j'ai voulu te prévenir…

— Me prévenir ? Pourquoi ? Il est dangereux ?

— Non, bien sûr. Je n'aurais jamais ouvert la porte à quelqu'un qui…

— Qui quoi ?

— Qui aurait eu l'air dangereux. Non, simplement, il est très différent de ce à quoi je m'attendais, pour un professeur…

— On n'est pas obligé d'être laid pour être professeur, tu sais, fit Jessica, de plus en plus amusée.

Elle était contente de retrouver enfin un peu de bonne humeur. Depuis son retour de Roumanie, tout semblait aller de travers. L'état du ciel la tourmentait. Ses séances avec des adolescents comme Jake la perturbaient, alors même qu'elle avait déjà travaillé avec des dizaines de gamins en plein fantasme, qui voulaient passer à l'acte et qu'il fallait accompagner, aider à s'intégrer.

— Moque-toi de moi si tu veux, dit Stacey, un peu indignée. Mais attends de l'avoir vu !

Jessica passa devant elle, entra dans la maison et déposa dans l'entrée son sac à main et sa mallette. Stacey la suivit, dansant d'un pied sur l'autre. Jessica secoua la tête en riant.

— Nous ne sommes pas dans une entreprise, lui chuchota-t-elle. Tu as le droit d'avoir le béguin pour un hôte.

Stacey rougit.

— Ne dis pas de bêtises ! Je sors avec Bobby et il est hors de question que j'aie une liaison avec un pensionnaire. Mais il est tellement… Enfin, tu verras…

— Je vais voir…

Jessica, dissimulant un sourire, s'approcha de la crédence pour regarder le courrier.

— A propos, reprit Stacey, Big Jim demande si tu serais disponible pour une partie de Trivial Pursuit.

— Ce soir ?

C'était au tour de Stacey de se mettre à rire.

— On est vendredi, je te rappelle, on peut faire des folies…

— Ha, ha !

— Ça te ferait du bien de te distraire un peu. Après tout, ton voyage a été éprouvant, non ? Je ne sais que ce que j'ai lu dans le journal, mais ça a l'air d'avoir été très dur.

— Je suis pleine de compassion pour les jeunes victimes, mais pour ma part je vais très bien. Je te remercie de ta sollicitude, mais ne t'en fais pas pour moi. Cet épisode ne me tourmente pas, alors il ne doit pas te tourmenter non plus.

Elle était en réalité bel et bien tourmentée, et même obsédée en permanence par l'histoire, quel que soit le patient qu'elle accueillait, quoi qu'elle soit en train de faire.

Elle se retourna.

— Entendu pour le Trivial Pursuit. Mais j'aimerais d'abord prendre une douche pour me rafraîchir. Peux-tu appeler Big Jim ? Dis-lui de venir vers 8 heures. Nous jouerons ici. Qui d'autre doit venir ?

— Il y aura Bobby et moi. Je vais appeler, pas de problème.

— Nous pourrions inviter Gareth et Barry Larson, tu sais, le pianiste.

— Celui qui a un faible pour toi ?

— C'est réglé. Il sait que ça ne m'intéresse pas.

— Ce type est bizarre, fit Stacey. Il cherche toujours à se raccrocher, il attend sans arrêt qu'on l'invite. C'est peut-être la maison, qui l'attire, pas toi.

— Peut-être. Finalement, ne l'invitons pas. Contentons-nous de Gareth.

Stacey secoua la tête.

— Gareth se renferme complètement, ces jours-ci. Il ne vient même plus prendre le café. Je parie qu'il refusera.

Jessica fronça les sourcils. Gareth avait toujours été timide. Quand elle s'était installée ici, après avoir acheté la maison, il l'avait suivie et cela l'avait étonnée qu'il veuille quitter la petite ville des abords de Jacksonville où, déjà, il était son gardien. En même temps, il était un atout précieux, très habile de ses mains, poli et sincèrement reconnaissant non seulement d'être logé dans le cottage, mais aussi de percevoir un salaire généreux. Il était d'une loyauté à toute épreuve et Jessica se félicitait de sa présence.

— Peut-être que le professeur voudra se joindre à nous. Il pourra peut-être te battre, pour une fois.

— C'est possible. Mais si ça se trouve, il préférera qu'on le laisse tranquille. Je file prendre une douche.

— Je vais appeler le traiteur italien pour faire livrer le dîner.

— O.K.

Stacey se dirigea vers le bureau et Jessica s'engagea dans l'escalier. La nuit tombait bien trop tôt pour la saison, même si le passage à l'heure d'hiver approchait. Et les nuits précédentes avaient été sombres. Très sombres… Et bien trop rouges.

Secoue-toi, se dit-elle.

Une petite voix intérieure ajouta : *et trouve-toi une vraie vie.*

Au lieu de passer immédiatement sous la douche, qu'elle se promettait longue et chaude, elle s'aventura sur le balcon, observant le crépuscule écarlate, empli d'un chuintement étrange, malfaisant. Depuis la Roumanie, quelque chose semblait s'amonceler dans le ciel…

Quelque chose, mais quoi ?

Cette chose… Ce maléfice qui avait surgi dans ce pays lointain et qui, désormais, paraissait se rapprocher avec la nuit, envahir l'atmosphère, bruire tout autour d'elle, la frôler…

Elle fit brusquement demi-tour, certaine qu'il y avait quelqu'un d'autre sur le balcon.

Mais elle ne vit personne. Elle était seule. Ne venait-on pas de refermer une porte-fenêtre, pourtant ? Leur nouvel hôte était-il sorti l'observer, pendant qu'elle contemplait le ciel ? Elle redressa les épaules. Elle n'était pas une gamine qu'un rien intimidait.

Elle pouvait faire face à tout ce qui croiserait son chemin.

Elle ne céderait pas aux murmures de la brise qui semblaient l'effleurer comme une main de glace.

— Une vraie vie, murmura-t-elle à voix basse.

Elle revint dans sa chambre. Elle n'allait pas prendre une douche, mais un bain, le plus chaud possible, mousseux et relaxant. Et si elle retrouvait le flacon de cognac qu'elle avait rangé quelque part, elle en siroterait un verre dans la baignoire.

Sans penser à ce qui s'était passé.

Si tant est qu'elle pût échapper un moment à ce qui était devenu une obsession.

*
* *

— Décidément, je vous prendrai chaque fois dans mon équipe ! s'écria Stacey.

— Je connais bien l'histoire européenne, voilà tout, répondit Bryan, en haussant les épaules.

Il était en train de se demander comment lier connaissance avec ses hôtesses, quand Stacey avait frappé à sa porte et l'avait invité à faire une partie de Trivial Pursuit.

Comme la maîtresse de maison n'était pas encore descendue, ils avaient commencé sans elle. Il s'était retrouvé en équipe avec Stacey, contre le petit ami de cette dernière, un flic nommé Bobby, et Big Jim, un saxophoniste grand et costaud.

Big Jim éclata d'un rire sonore.

— Je dirais même que vous êtes une encyclopédie ambulante, monsieur MacAllistair !

Bryan lui adressa un sourire contrit.

— Simple déformation professionnelle, fit-il.

Il avait tout de suite trouvé le musicien sympathique. Il émanait de lui une sérénité qui semblait devoir plus à une profonde sagesse qu'à l'étendue de ses connaissances. Il avait le don de mettre les nouveaux venus à l'aise, comme s'ils étaient des amis de toujours. Bryan songea que ce devait être quelqu'un de précieux en cas d'urgence.

— Vous êtes vous-même impressionnant, dit-il.

Big Jim eut un grand sourire.

— Je me débrouille. Qui sait ? Si ça se trouve, quand je suis seul, je lis les cartes et j'apprends par cœur les réponses.

— Tu fais ça ? s'exclama Stacey, indignée.

Big Jim s'esclaffa encore plus fort.

— Non. Mais je devrais peut-être m'y mettre.

— Big Jim descend d'une longue lignée de prêtresses vaudou, expliqua Stacey à leur hôte, comme si cette ascendance expliquait les capacités de l'intéressé.

— Et moi, je viens juste d'une longue lignée de flics, soupira Bobby.

— Tu as trouvé toutes les bonnes réponses en sport, dit Stacey, en lui tapotant la main.

— Exact. Ce qui ne t'a pas empêchée de faire équipe avec le professeur !

— Et j'ai bien l'intention de continuer.

— Et moi, je ne compte plus ? dit soudain depuis le seuil une voix de femme, mélodieuse et vibrante.

Bryan se retourna pour voir qui venait de parler. Aussitôt, il eut l'impression d'avoir été frappé par la foudre, comme si Jessica, qui venait d'apparaître à l'entrée du salon, faisait vibrer en lui un souvenir enfoui, oublié.

Il faut dire qu'elle était une très belle femme. Elle mesurait à peu près un mètre soixante-dix, avait un corps mince et galbé, des yeux bleu foncé et de longs cheveux blonds qui flottaient dans son dos. Cependant, il y avait d'autres belles femmes dans le monde et ce n'était pas tant sa beauté qui était saisissante que sa façon de se mouvoir, sa grâce pleine de naturel et d'aisance.

En fait, elle ressemblait terriblement à…

A quelqu'un de disparu depuis longtemps. Quelqu'un dont l'image, depuis le temps, aurait dû être totalement effacée de l'esprit de Bryan. Il avait connu d'autres femmes qui, dans leur façon de bouger, de parler, par leur aspect, avaient elles aussi éveillé une vague réminiscence. Mais jamais ainsi. Jamais avec cette force.

Il se leva, pour se présenter.

— Te voilà enfin ! s'écria Stacey.

— Désolée. J'étais tellement bien dans mon bain chaud…

Et comme Bryan se tournait vers elle pour lui serrer la main, son visage se figea et elle le dévisagea à son tour avec une sorte d'avidité.

— Vous ne vous êtes pas encore rencontrés, reprit Stacey.

A l'évidence, elle s'amusait beaucoup de la réaction de son amie à la vue de Bryan. Elle retint un sourire, un « je te l'avais bien dit » triomphant.

— Bonjour, murmura Jessica, en s'avançant, la main tendue. Bienvenue à la demeure Montresse. Il est exact que vous n'êtes pas… enfin… que je vous imaginais autrement.

Elle rougit et balbutia :

— Excusez-moi.

Il lui serra la main, éprouvant de nouveau la sensation qu'une brusque décharge électrique, une boule de feu le transperçait de part en part. Il soutint son regard, adopta un sourire détaché et haussa nonchalamment les épaules.

— Ne vous excusez pas.

Jessica hocha la tête et prit place à l'autre bout de la table.

Big Jim lui sourit.

— Nous nous sommes entraînés en t'attendant, pour nous mettre en train, lui dit-il. Maintenant, ça devient sérieux. Je me mets avec Bobby et toi.

— Ça fait deux contre trois, fit remarquer Jessica.

— Gareth nous a laissés tomber, commenta Stacey. Mais ça ne fait rien, puisque je suis avec le professeur.

— Tu es bien sûre de toi, je trouve !

Mais en parlant, c'était Bryan qu'elle ne cessait de regarder. Lui-même ne parvenait pas à cesser de la dévisager.

Elle avait quelque chose…

— Allez, reprenons la partie, dit-il doucement.

5

Après le départ de leurs invités, et une fois leur pensionnaire monté se coucher à l'étage, Stacey referma la porte de la cuisine, en lançant des regards entendus à Jessica qui rinçait la vaisselle, avant de la placer dans le lave-vaisselle.

Remarquant le manège de son assistante, Jessica demanda :

— Qu'est-ce qu'il y a ? Qu'est-ce qui te fait rire ?

— Quand je pense que tu t'es moquée de moi parce que je trouvais le professeur mignon !

— Oui, et alors ?

— J'ai failli vous suggérer à un moment d'aller à l'hôtel.

— J'ai passé toute la soirée à l'autre bout de la table, Stacey, au cas où tu ne l'aurais pas remarqué !

— Exact. Et on avait l'impression qu'un orage électrique circulait entre vous deux. En tout cas, c'était une super soirée et c'est lui qui a gagné.

— J'en suis ravie.

— Menteuse ! Tu mourais d'envie de le battre.

— C'est un jeu, Stacey !

— Je sais, mais je l'ai deviné à ton regard. Il t'intéresse, c'est évident ! Et il représente un défi pour toi. D'ailleurs, tu as vérifié ses références.

— C'est vrai. J'ai appelé l'université. Il doit donner des cours ici pendant un semestre et ils sont ravis de l'avoir, car il fait des conférences dans le monde entier. Nous devrions aller l'écouter, à l'occasion. Il faudra se renseigner sur les horaires de ses interventions.

— Tu ne les lui as pas demandés ?

— Bien sûr que non ! protesta Jessica, en rougissant.

Stacey se mit à rire.

— Dans ce cas, je les lui demanderai moi-même dès demain. Dans l'absolu, il y a plus excitant qu'une conférence… Mais je parie que ses conférences *à lui* sont passionnantes.

Les deux jeunes femmes finirent de ranger en silence, puis montèrent l'escalier.

Sur le palier du premier étage, Jessica dit bonsoir à Stacey et se dirigea vers sa chambre, consciente du regard de son assistante fixé sur elle, jusqu'à ce qu'elle referme sa porte.

Une fois seule, elle sortit sur le balcon. La plus belle de leurs chambres d'hôtes était juste à côté de la sienne et elle ne cessait de penser qu'au même instant, *il* s'y trouvait.

Cependant, la porte-fenêtre était fermée, les rideaux tirés, la lumière éteinte.

Elle leva les yeux vers le ciel.

On y distinguait toujours cette nuance rouge qui teignait l'obscurité, la rendant plus profonde. Une brise fraîche s'était levée. Jessica soupira, les yeux fermés. Un souffle froid l'enveloppa.

Oui, cela venait…

Est-ce que *lui*, à côté, avait quelque chose à voir dans tout cela ?

Elle réintégra sa chambre pour se coucher. Bryan MacAllistair lui faisait penser au passé, à une époque où elle avait eu confiance dans la vie, où elle avait cru à l'amour, à la justice, aux vertus de l'engagement et du combat pour faire triompher le Bien. Elle était si idéaliste, si jeune, alors. Si naïve…

Mais c'était tellement loin…

Pour autant, allongée dans l'obscurité, elle se sentait troublée de sentir Bryan si proche. Seule une cloison les séparait. Elle avait presque l'impression d'entendre les battements de son cœur, de le sentir vibrer de vitalité, comme s'il avait été présent dans la pièce.

Elle réarrangea son oreiller, sans succès. Le sommeil mit longtemps à venir.

Il observait, caché dans l'ombre.

Bouillonnant de colère et de rage, il savourait la sensation de puissance qui montait en lui.

Il y avait si longtemps qu'il attendait.

Le moment de la vengeance avait beaucoup tardé, mais il était à portée de lui, maintenant. Il avait déjoué tous les pièges, toutes les chausse-trapes. Tout allait enfin s'achever dans une arène de souffrance et de torture. Quelles créatures stupides, drapées dans leur bon droit, aveuglées par leur propre ignorance, incapables de voir la vérité !

Il se déplaça, ombre se coulant au milieu des ombres

comme une épaisse traînée de sang, et s'approcha de la maison. Il serait si facile d'en finir sur-le-champ…

La tentation le submergea. Après tout, il incarnait un pouvoir séculaire, un pouvoir immense et sans égal. La force de sa volonté dépassait de très loin leur pitoyable assurance.

Pourtant, quand il tenta de pénétrer dans la maison, sa fureur explosa de nouveau. C'était un véritable bastion, totalement sécurisé pour empêcher son intrusion. Une forteresse imprenable. Il essaya à plusieurs reprises, saisi d'une rage aveugle, mais en vain.

Il se répéta pour se calmer que, tôt ou tard, il entrerait par la grande porte. Il avait pris soin de se lier avec l'un des proches de cette femme et il finirait bien par être invité, un jour ou l'autre. Inutile de se mettre en colère. Il devait juste s'armer de patience. L'heure n'était pas encore tout à fait venue. Mais bientôt.

Il savait qu'il la retrouverait un jour, qu'elle comprendrait le sens du subtil engrenage qu'il mettait en branle, qu'elle percevrait qu'il se rapprochait peu à peu de son entourage, aussi discret que ce fût. Elle allait commencer à s'interroger…

Bientôt.

Bientôt, il tramerait son ultime ruse. Le chaos se déchaînerait et alors, sur le terrain qu'il aurait lui-même choisi, dans son royaume, ce serait la fin !

Bryan s'éveilla en sursaut. La sensation d'une menace l'avait tiré du sommeil, en pleine nuit, aussi brutalement qu'une alarme d'incendie.

Il bondit sur ses pieds et enfila un peignoir. Il sortit

sur le balcon, sans rien voir qui puisse expliquer son malaise. La porte-fenêtre de la chambre voisine était ouverte et la brise faisait voltiger les rideaux, ce qui lui permit de jeter un coup d'œil à l'intérieur. Jessica dormait, ses cheveux blonds étalés sur l'oreiller comme un halo scintillant, ses traits aussi parfaits que s'ils avaient été sculptés par Michel-Ange lui-même.

Une excitation vive comme l'éclair le transperça. Il secoua la tête. Il n'avait jamais vu spectacle plus angélique.

Il se força à refermer sa fenêtre, traversa le couloir, descendit l'escalier et arpenta le rez-de-chaussée. Il ne remarqua rien d'anormal. Absolument rien.

Il sortit dans le jardin, à l'arrière de la maison.

Une odeur de pourriture emplissait l'air. Réelle, ou fruit de son imagination ? Etait-il en train de fantasmer un danger quelconque ?

Non.

L'odeur, bien qu'à peine perceptible, flottait dans l'atmosphère, légère comme les dernières exhalaisons d'un feu éteint depuis longtemps, dont la fumée se dissipe encore.

Bryan s'approcha du cottage du gardien pour regarder par la fenêtre. Il vit seulement la forme d'un homme profondément endormi.

Il regagna la maison et remonta l'escalier. Avant de se recoucher, il passa sur le balcon pour jeter de nouveau un coup d'œil dans la chambre de Jessica.

Elle dormait. Semblable, toujours, à un ange. Sans doute à cause de la pâleur de ses cheveux, du jeu chatoyant de l'ombre et de la lumière sur son visage.

Pourtant, au-delà de sa grande beauté, elle lui semblait vulnérable et éveillait en lui un instinct farouchement protecteur. Au mépris de toute raison, de toute prudence, il avait envie de la rejoindre.

Il la vit soudain plisser le front et, dormant toujours, s'agiter et se retourner dans son lit. La tentation d'aller près d'elle se fit presque insurmontable. Il aurait voulu chasser ce mauvais rêve qui la troublait, la prendre dans ses bras, lui offrir un bouclier…

Un rempart contre le Mal.

Puis le visage de Jessica se détendit, son sommeil redevint serein.

Bryan se secoua, irrité contre lui-même. Il ne la connaissait que depuis quelques heures et il n'était pas venu ici pour succomber à une attirance, aussi subite, aussi impérieuse.

Il était venu pour autre chose. Spécialiste de l'histoire des superstitions, des peurs anciennes, des croyances en un séculaire et invisible combat entre le Bien et le Mal, il était venu précisément à cause de ce qui venait de laisser dans l'obscurité un miasme évanescent.

Il le suivait à la trace. Depuis longtemps…

Il serra les dents. Si seulement il pouvait mettre la main sur un élément concret, tangible, sur une preuve quelconque…

A regret, il se détourna et revint dans sa chambre.

Ce qui l'avait éveillé, quoi que ce fût, n'était que le début.

Des rêves la hantaient, étranges, sis dans une époque et un lieu totalement différents.

Elle se déplaçait dans les souterrains d'un château, certaine de ce qu'elle allait trouver. Et elle trouvait, exactement comme elle s'y attendait, comme elle l'avait prévu. Ils étaient là, harnachés de leur façon coutumière, en longues robes de satin et de velours brodés de pierreries.

Ce soir, cependant, leurs vêtements étaient noirs.

Plusieurs d'entre eux portaient des masques, dissimulant leur visage, même à leurs affidés.

Pour certains, c'était une sorte de jeu au cours duquel ils espéraient gagner des philtres d'amour, des pouvoirs pour défaire leurs ennemis, accroître leur puissance, leur fortune.

Les philtres, toutefois, étaient souvent empoisonnés et le jeu s'avérait mortel. Beaucoup y avaient déjà laissé la vie et d'autres seraient anéantis à leur tour. Elle avait eu beaucoup de mal à remonter jusqu'aux initiateurs de ce théâtre du bizarre. Les acteurs protégeaient farouchement leurs sources.

Cette nuit-là, la cérémonie n'avait rien à voir avec les antiques cultes païens célébrant la terre et le ciel, les dieux et les déesses de l'eau ou des moissons. La femme qui officiait était une sorcière à la pratique purement satanique.

Sur l'autel reposait un bébé, endormi par une potion. La sorcière, penchée sur lui, marmonna une formule, puis déclara à voix haute qu'elle allait offrir le plus grand des sacrifices au seigneur des Ténèbres.

Au même instant, une alarme résonna. On entendit cliqueter des épées : les soldats du roi avaient trouvé le repaire.

Les participants à la cérémonie, qui s'étaient inclinés pour procéder au rite infernal, se relevèrent en hurlant et se mirent à courir dans tous les sens. Ils ne pouvaient pas fuir, cependant, s'étant eux-mêmes emprisonnés dans cette profonde catacombe.

Elle recula pour se dissimuler, observant la scène.

Ce fut une mêlée confuse, une cacophonie de cris, de gémissements, d'alertes, de métal entrechoqué. Et le sang coula.

Sur l'autel, l'enfant innocent s'était éveillé et hurlait.

Oserait-elle ?

En découvrant cette salle secrète, cachée sous d'anciennes ruines, elle avait veillé à se ménager une sortie. Seulement, elle avait compté sans l'enfant…

Est-ce qu'elle avait le choix ? Elle courut jusqu'à lui et le prit dans ses bras.

Jessica s'agita, se retourna dans son lit, luttant pour s'éveiller. La vision commença à se dissiper, puis resurgit…

Maintenant, elle était à cheval et filait dans la campagne.

Ses poursuivants la talonnaient. Elle s'y attendait : c'était le plan qu'elle avait échafaudé. Sauf que…

Sauf qu'elle s'était attaquée à pire que prévu. Bien pire. Et ce qu'elle avait dû faire, face à l'inattendu, lui faisait courir un immense danger.

— A mort ! hurlait une voix derrière elle.

Non !

Elle s'éveilla d'un coup, s'asseyant brusquement sur son séant.

Elle tremblait de tous ses membres. Elle regarda

autour d'elle, puis se leva, l'oreille aux aguets. Qu'est-ce qui avait bien pu causer ce rêve torturant, si prégnant qu'elle avait eu l'impression de pouvoir en toucher les protagonistes rien qu'en tendant la main ?

La maison était silencieuse.

Elle sortit sur le balcon, profondément troublée.

Le ciel était rouge. Elle attendit un long moment, tendue.

Rien ne vint. Pourtant, il lui semblait avoir perçu quelque chose…

Elle finit par se recoucher, mais garda longtemps les yeux ouverts. C'était la faute de son nouveau pensionnaire, se dit-elle enfin, irritée. Il racontait des anecdotes historiques comme s'il y avait assisté. Oui, c'était sa faute, si ses rêves l'avaient entraînée dans une époque étrange.

Elle poussa un gémissement sonore.

Il était là, juste derrière la cloison. Elle ferma les yeux, sans parvenir à s'endormir, s'imaginant en train de sortir de sa chambre et d'ouvrir la porte voisine.

Il n'y avait pas que les cauchemars qui la troublaient… Elle grommela et enfouit son visage dans l'oreiller.

Bryan se leva aux aurores, si tôt même qu'il envisagea d'explorer les alentours pour y trouver un café ouvert. Mais en arrivant au rez-de-chaussée, il vit qu'il y avait déjà du monde dans la cuisine. Stacey, debout près de la cafetière, patientait, une tasse à la main. Un homme assis sur l'un des tabourets disposés autour de la grande table lisait le journal. Vêtu d'un jean et d'un T-shirt, il était maigre, presque squelettique, mais on le sentait doté d'une force nerveuse. Il avait le visage tanné, les cheveux en broussaille. Il leva la tête à l'entrée de Bryan, une lueur méfiante dans le regard.

— Bonjour, dit Bryan en s'avançant vers lui, l'air affable, la main tendue. Je suis Bryan MacAllistair.

— Mmh…, grogna l'homme.

Il jeta un coup d'œil vers Stacey, comme s'il implorait son aide, puis ramena les yeux vers le nouveau venu.

— Bonjour… Je m'appelle Gareth.

Bryan hocha la tête et lui relâcha la main, puis il s'avança vers le comptoir, conscient du regard soupçonneux de l'homme toujours fixé sur lui. Il prit une tasse et salua Stacey.

— Bonjour… Je ne m'attendais pas à vous trouver debout de si bon matin !

— Gareth et moi sommes très matinaux. Jessica ne se lève tôt que si c'est vraiment nécessaire. Ah, le café est prêt…

Elle souleva la cafetière et la tendit dans sa direction.

— Servez-vous d'abord, dit-il. J'ai l'habitude de me verser tout seul mon café.

La jeune femme s'empourpra.

— Vous êtes notre seul hôte, pour le moment. Ça ne me gêne pas de vous préparer votre petit déjeuner, même plus tard si vous voulez. Avec tout ce que vous voudrez.

— Merci de la proposition, mais je vais plutôt faire une promenade, pour profiter de l'heure où il n'y a pas encore trop de monde. Surtout, ne m'attendez pas pour cuisiner quoi que ce soit. Vous avez sûrement d'autres choses à faire.

— Ce n'est pas un problème. Je suis occupée dans la maison de toute façon, ce matin.

— Merci encore, mais ne vous inquiétez pas pour moi.

Bryan but son café et reposa sa tasse.

— Il est très bon. Le meilleur que j'aie bu à La Nouvelle-Orléans. Ravi d'avoir fait votre connaissance, Gareth. A plus tard…

Il sortit, le regard des deux autres fixé sur lui. Il devinait déjà qu'ils allaient parler de lui, dès qu'il aurait franchi le seuil de la maison.

Il était déjà tard dans l'après-midi quand Jessica se prépara à sortir. Sur la route qui la menait à l'hôpital, elle constata, non sans contrariété, que le ciel s'était de nouveau obscurci et teinté d'écarlate.

Après s'être garée dans le parking, elle resta un moment immobile, la tête levée, mais passer son temps à observer le ciel ne servait à rien.

Elle gagna la réception et demanda le numéro de la chambre de Mary. Une infirmière courtoise lui expliqua où la trouver. Après avoir acheté un bouquet de fleurs fraîches, dans un vase rose, Jessica arpenta les couloirs jusqu'au service indiqué.

Dans la chambre de la jeune fille, elle trouva Jeremy, la tête sur la poitrine, avachi sur une chaise à côté du lit. Il avait dû veiller pendant des heures et semblait épuisé.

— Bonjour, dit doucement Jessica.

Il sursauta et leva les yeux. Un sourire éclaira ses traits las.

— Bonjour !

— Comment va-t-elle ?

Il secoua la tête.

— Toujours pareil. Elle a juste un peu moins mauvaise mine. Parfois, elle ouvre les yeux. Elle respire régulièrement, mais elle ne parle pas et on a l'impression qu'elle n'entend rien. Elle ne réagit pas quand on la touche. Je crois qu'elle ne le sent pas. Son père et sa mère viennent juste de sortir se dégourdir les jambes.

— Je vois, murmura Jessica, en posant le vase sur la table de chevet.

Elle étudia le visage de la jeune fille. Pâle et silencieuse, Mary avait l'air d'une princesse de contes de fées condamnée à dormir pendant cent ans.

— Que disent les médecins ?

Jeremy haussa les épaules, en montrant la perfusion.

— Elle a été égratignée par quelque chose… et sa numération reste très basse, sans qu'ils comprennent pourquoi. Ils continuent à lui donner du sang.

— Comment réagissent ses parents ?

— Mieux… Son frère et ses deux sœurs sont venus aussi et ils apaisent un peu leur mère. Son père garde son sang-froid.

Il regarda Jessica droit dans les yeux, avec un pauvre sourire.

— Personne ne veut me croire…

— A quel sujet ?

Le rire de Jeremy sonna creux.

— Quand je dis qu'elle a été mordue par un vampire.

Un vrai. Pas par un gamin désaxé qui se prend pour un monstre.

Jessica fit mine de lisser les couvertures et en profita pour dégager avec précaution le cou de la jeune fille.

— Je sais ce que vous cherchez, soupira Jeremy. Elle a des marques de piqûre dans le cou. Les médecins pensent qu'elle s'est accrochée à un buisson d'épines en sortant du château.

— Je vois, murmura Jessica.

Oui, elle voyait... Il y avait bel et bien des piqûres sur la peau de Mary.

— Elle n'a pas prononcé un seul mot ?

— Pas encore, pour autant que je sache.

— Et que disent les médecins là-dessus ?

— Etat de choc.

Mary portait une croix d'argent autour de son cou.

Jessica prit un siège à côté de Jeremy, se pencha vers lui et lui serra la main.

— J'ai vu que vous aviez pris rendez-vous avec moi, lui dit-elle.

Il hocha la tête, puis la regarda, avec un sourire triste.

— Je ne sais pas si vous me croirez, mais au moins, je sais que vous m'écouterez. Et puis, si je raconte de nouveau cette histoire, de bout en bout, peut-être que je finirai par y comprendre quelque chose.

— Je suis très heureuse de vous recevoir, vous savez.

— Est-ce qu'elle risque de mourir ? demanda-t-il brusquement, d'une voix étouffée.

On sentait dans sa question, au-delà de la tristesse d'un deuil possible, une profonde angoisse sous-jacente.

— Il ne faut pas raisonner ainsi, Jeremy...

— Je ne peux pas m'en empêcher !

— Aucun de ceux qui ont assisté à cette soirée n'a cherché à vous contacter, depuis ?

Il ouvrit des yeux ronds, troublé.

— Non. D'ailleurs, c'est Mary qui a eu l'invitation. D'une femme qu'elle avait rencontrée dans la rue. Pourquoi ?

— Comme ça. Juste dans l'espoir que vous puissiez mettre tout ce qui s'est passé derrière vous. Et Nancy ? Vous l'avez vue ? Comment va-t-elle ?

— Pas mal. Elle tient le coup, répondit-il d'une voix morne, les yeux de nouveaux fixés sur Mary. Elle vient ici de temps à autre.

Il secoua la tête.

— Il faut que vous compreniez. Mary… comment dire… ne fait pas toujours très attention aux gens, mais ça ne part d'aucune méchanceté. Elle aime la vie, c'est tout. Elle veut tout essayer. Laisser une trace, j'imagine. Elle n'a rien de mauvais.

— Personne n'a jamais pensé le contraire, le rassura Jessica.

— J'ai tellement peur…

— Jeremy, il faut vous convaincre que les choses vont s'arranger au mieux. Quand on passe sa vie à redouter le pire, on ne fait que s'angoisser inutilement. Il faut affronter les problèmes comme ils se présentent, l'un après l'autre. En ce moment, faisons confiance à Mary. Donnons-lui une chance de se remettre.

Elle se demanda intérieurement s'il y avait vraiment une chance. Oui, il y en avait une… Sauf si…

Elle se surprit à regarder par-dessus son épaule. Elle

avait de plus en plus souvent la sensation oppressante qu'il y avait quelqu'un derrière elle. Qu'on chuchotait son nom…

— Jessica ?

En s'entendant effectivement appeler depuis le seuil de la pièce, elle faillit tomber de sa chaise.

Heureusement, elle connaissait cette voix. Elle tourna la tête vers la porte et se mit debout, agréablement surprise. Les visiteurs n'étaient autres que Big Jim et Barry Larson.

— Que faites-vous ici ?

— Il nous arrive de venir jouer de la musique pour les enfants malades, l'après-midi, lui expliqua Big Jim. Nous pensions que tu le savais.

— Vous avez dû me le dire…

— Comment va la petite ? demanda Barry, visiblement soucieux.

— Elle semble se stabiliser.

— Tant mieux.

Jeremy, cependant, s'était mis debout et s'approchait de la porte, le visage fermé.

— Mary ne doit pas être dérangée, dit-il avec brusquerie.

De toute évidence, il se méfiait des visiteurs qu'il ne connaissait pas.

— Jim et Barry sont des amis à moi, lui expliqua Jessica. Ils sont musiciens et viennent distraire les enfants hospitalisés.

— Ravi de vous rencontrer, mais il ne faut tout de même pas déranger Mary, répéta Jeremy.

— Nous venions juste dire un petit bonjour. Venez nous écouter jouer, à l'occasion, jeune homme…

Jeremy le remercia d'un ton raide et attendit ostensiblement leur départ. Dès qu'ils eurent tourné les talons, il se rassit.

Jessica l'imita.

Il lui prit la main. Elle la serra, rassurante.

Elle avait l'impression que Mary avait meilleure mine. Ce constat la rassura. La jeune fille allait s'en sortir.

Du moins l'espérait-elle.

Sean Canady dévisagea son visiteur sans pourtant trahir son étonnement. Il devait à ses longues années dans la police de savoir rester parfaitement impassible quelle que soit la situation.

Il s'était attendu à trouver un rat de bibliothèque maigrichon, avec d'épaisses lunettes sur le nez et l'idée de recevoir le nouveau venu ne l'enchantait guère, même si l'ordre lui en était tombé directement du cabinet du maire.

En fait, l'homme assis en face de lui, sans être corpulent, était assez costaud. Surtout, il avait une présence. Le genre Indiana Jones, songea Sean.

Il voulait savoir si des rumeurs circulaient en ville sur de quelconques cultes vampiriques.

— Ici, à La Nouvelle-Orléans, de telles rumeurs sont permanentes, lui dit-il, un brin sarcastique.

Les yeux toujours fixés sur son interlocuteur, il désigna son ordinateur.

— Même en y passant la journée, vous n'auriez pas le temps d'examiner tous les rapports que nous avons sur les cinglés qui se prennent pour des vampires, les « soirées vampires » qui ont mal tourné ou les rites baroques dans les cimetières. Sans oublier les bagarres d'ivrognes dans la rue.

— Je sais, fit Bryan. Je sais bien…

Sean jeta un coup d'œil à ses notes, étalées sur le bureau, puis releva les yeux.

— Si je comprends bien, vous étiez en Roumanie, au moment des incidents ?

Sean choisissait ses mots avec soin. Il connaissait par cœur ces milieux troubles et veillait toujours, pour pouvoir travailler sereinement et, aussi, préserver sa vie de famille, à en dire le moins possible sur le sujet.

— Oui. Je donnais un cycle de conférences dans ce pays au même moment. J'avais surpris quelques conversations dans la rue et en avais fait état à la police. S'ils m'avaient pris un peu plus au sérieux…

Il haussa les épaules.

— Quoi qu'il en soit, les fauteurs de trouble se sont enfuis.

— Personne n'a été tué, n'est-ce pas ? demanda Sean.

Il se carra sur son siège en ajoutant :

— On m'a dit que cette jeune fille, à l'hôpital, n'était pas tirée d'affaire. Elle dépérit sans que les médecins comprennent pourquoi. En fait, je ne comprends pas bien vos craintes de voir des faits semblables se produire chez nous, monsieur MacAllistair…

A cause de la couleur du ciel, songea-t-il pourtant immédiatement. Même Maggie lui en avait parlé.

— Je ne dis pas qu'il va se passer la même chose, répondit Bryan. Simplement, outre le fait que trois jeunes gens de La Nouvelle-Orléans ont été mêlés à ces horreurs, je sais par expérience que ce type d'événement est plus fréquent dans les endroits qui ont hérité d'un sombre passé ou qui, comme ici, abondent de gens qui se prennent pour des vampires ou des zombies. A Edimbourg, par exemple, une jeune femme a trouvé la mort lors d'une soirée interdite, dans des caves voûtées souterraines. C'est une ville où se tiennent des visites guidées de lieux supposément hantés, exactement comme ici, et ces caves étaient censées l'être. A Paris, il y a trois mois, il y a eu plusieurs morts dans les catacombes, à la suite d'une soirée, interdite également. Les corps étaient décapités. En Italie, dans un vieux château, on a dénombré quatre morts. Dans chaque cas, la police locale indique qu'on a attiré les victimes en leur faisant miroiter une soirée transgressive, sur le thème du vampirisme.

— Y a-t-il une coordination des différentes polices ?

MacAllistair fit signe que non.

— Aucune. En général, les autorités estiment que ces soirées sont dans l'air du temps et qu'elles n'ont rien à voir les unes avec les autres. Dans un sens, je les comprends. Ces histoires de vampires paraissent si tirées par les cheveux !

Sean consulta de nouveau ses notes.

— Vous aviez également prévenu la police à Edimbourg et à Paris…

Son interlocuteur acquiesça.

— On pourrait presque croire que ces fêtes macabres se produisent partout où vous passez, commenta Sean, le regard perçant.

Bryan ne répondit pas à ce qui pouvait être entendu comme une provocation. Il se pencha pour attraper son attaché-case et en extirpa une liasse de coupures de journaux.

— Le premier article concerne une petite ville, en Suisse, où cinq personnes ont disparu. La police a mis ça sur le compte d'une randonnée à ski qui aurait mal tourné, mais les corps n'ont jamais été retrouvés. Or, une fête se tenait là précisément en même temps.

Sean releva le menton.

— J'en conclus que vous n'étiez pas sur place.

— Effectivement.

Sean le scruta avec attention.

— Est-ce que vous avez été flic ? lui demanda-t-il.

L'intuition venait de le traverser.

Pour la première fois depuis le début de l'entretien, Bryan hésita, puis haussa les épaules.

— Je n'ai jamais appartenu officiellement à la police. Mais j'ai participé en tant qu'expert à beaucoup d'enquêtes.

— Sur le vampirisme ?

— Pas seulement. Sur les vieilles légendes, les sociétés secrètes, ce genre de choses…

Sean s'adossa de nouveau sur sa chaise.

— Est-ce que vous croyez aux vampires, monsieur MacAllistair ?

— Je crois aux capacités de nuire et au mal, indubitablement. Je pense qu'il existe des gens qui se prennent pour des vampires, pour des disciples de Satan ou je ne sais quoi encore. Surtout, je suis convaincu que certains d'entre eux ont largement les moyens de s'offrir toutes les débauches et tous les fantasmes qu'ils veulent. Ils voyagent à leur guise dans le monde entier, restent à l'affût et savent s'y prendre pour attirer des proies sans méfiance. C'est l'une des raisons pour lesquelles je suis venu vous voir. Pour vous prévenir, au moins, que si vous entendez parler ici ou là de projets clandestins, vous soyez sur vos gardes.

Sean hocha la tête.

— Entendu. Naturellement, si de votre côté vous apprenez quoi que ce soit, vous reviendrez aussitôt m'alerter.

Ce n'était pas une suggestion, mais un ordre.

Toutes ces nuits cramoisies…

MacAllistair dévisagea son interlocuteur. Canady lui faisait l'effet d'un homme plein de sang-froid, capable de témoigner du respect et d'exiger qu'on le respecte aussi.

— Je passerai de temps à autre, assura-t-il. Je suis sûr que si, finalement, vous estimez avoir besoin de moi, vous me le direz…

Sean retint un sourire. En fait, ce type lui plaisait.

— Voici un portable où l'on peut vous joindre. Gracieusement offert par les autorités. Où êtes-vous descendu, en ville ?

— A la demeure Montresse.

— Chez Jessica ?

— Vous la connaissez ? fit MacAllistair, surpris.

Sean hocha prudemment la tête.

— C'est une amie.

— Vous êtes né à La Nouvelle-Orléans ?

— Oui.

— Mais pas Jessica Fraser…

— Non. Nous avons été présentés par des amis communs.

Sean s'étonna de fournir autant d'explications, alors qu'il n'y était pas obligé.

Il sentit une vague méfiance l'envahir, lui hérissant la nuque. Oui, il était méfiant. Pourtant…

Pourtant, ce type lui plaisait.

Il finit par lâcher un long soupir.

— Je suis ouvert à toute l'aide que je peux recevoir. La ville a été dévastée par un ouragan, comme vous le savez. On aurait cru un bombardement et, dans certains quartiers, il faudra des années pour que les choses reviennent un tant soit peu à la normale. J'aime cette ville. Elle est compliquée, il est difficile d'y faire la part entre les cinglés inoffensifs et les cinglés dangereux, et je n'ai aucune envie d'ajouter encore à ses problèmes. Alors, ne vous inquiétez pas. Si effectivement je vois que j'ai besoin de vous et si je dispose d'informations qui peuvent vous être utiles, je n'hésiterai pas à vous contacter. Quand commencez-vous vos conférences ?

MacAllistair consulta sa montre.

— Dans trois heures, dans le grand auditorium. Vous êtes le bienvenu…

Il se leva et prit congé. Sean le regarda s'éloigner puis continua à fixer la porte, pensif.

— Lieutenant ?

Il sursauta. Bobby Munro était debout sur le seuil.

— Oui, Bobby ?

— J'ai sorti le dossier McCardle que vous vouliez.

— Ah, oui. Merci.

— Que voulait le professeur ? Le type qui vient de partir ?

— Vous le connaissez ?

— Je l'ai rencontré à la demeure Montresse, hier soir. Que veut-il ? Jouer les détectives parce qu'il sait tout sur tout ?

— Il pense qu'il y a un culte satanique dans le coin. Des malades qui se prennent pour des vampires, ce genre-là…

Bobby s'esclaffa.

— Il y en a à tous les coins de rue, ici !

Sean sourit.

— C'est vrai. Passez-moi donc ce dossier. A mon avis, McCardle a remis ça. La femme que nous avons retrouvée morte dans une benne la semaine dernière était l'une de ses victimes. Je veux être fin prêt pour aller voir le procureur.

— Entendu, lieutenant.

Bobby s'en alla. Sean lut et relut le dossier jusqu'à ce que les yeux lui en fassent mal. McCardle était un dealer dangereux. Un être malfaisant qu'il fallait envoyer derrière les verrous.

Avec ce type de criminel, Sean savait comment s'y prendre et un jour ou l'autre, il finirait par le coincer.

Alors que le genre de crimes dont parlait MacAllistair…

Il poussa un juron sourd. Il aurait mille fois mieux valu que cet universitaire n'ait jamais mis les pieds dans son bureau.

6

Jeremy s'était assoupi, à bout de forces. Il se réveilla en sursaut, pris de panique : il n'était plus seul avec Mary. Il y avait un homme dans la pièce.

L'inconnu se tourna vers lui et le jeune homme, soulagé, le reconnut. C'était le professeur Bryan MacAllistair. Jeremy savait qu'il donnait un cycle de conférences à la faculté et, dans d'autres circonstances, il n'en aurait raté aucune.

Il était allé l'écouter, en Transylvanie. MacAllistair l'avait impressionné. Ils avaient même échangé quelques mots, avant cette nuit maléfique, comme Jeremy l'appelait maintenant en son for intérieur.

Il savait que MacAllistair s'était entretenu avec la police. Il s'en était rendu compte quand le policier roumain, Florenscu, était venu l'interroger une dernière fois, juste avant son départ. Florenscu ne croyait pas aux vampires, mais les indications du professeur l'avaient convaincu de se montrer plus attentif aux propos de l'étudiant.

— Bonjour, professeur. Ou docteur ? Comment dois-je vous appeler ?

— Appelez-moi donc simplement Bryan, suggéra

l'autre avec une poignée de main ferme. Comment allez-vous ?

— Ça va.

En fait, ça n'allait pas du tout. Il perdait les pédales.

— Et Mary ?

— Aujourd'hui, je suis un peu moins inquiet. Le médecin dit que la numération des plaquettes se stabilise.

— Tant mieux.

Bryan s'approcha du lit et posa la main sur le front de la jeune fille. Jeremy se demanda si, comme Jessica, il allait lui relever les cheveux pour examiner son cou.

— Est-ce que vous la veillez en permanence ? lui demanda Bryan.

— La plupart du temps. Je suis relayé à certains moments par ses parents et aussi par Nancy et d'autres amis. Je ne sais pas pourquoi, mais je ne supporte pas qu'elle reste seule.

— Parce que vous êtes son ami, répondit Bryan avec douceur.

Jeremy hocha la tête en souriant, puis rougit et baissa le menton.

— J'essaye, murmura-t-il.

— Maintenant, je vais aller voir les infirmières, mais je repasserai.

Il fixa sur le jeune homme un regard inquiet.

— Certaines personnes présentes à la soirée, en Transylvanie, étaient vraiment des fous dangereux. Je pense que vous allez avoir besoin d'aide, Jeremy. Je vous expliquerai plus tard. Ce soir, je dois donner une conférence. Je reviendrai après. Ça vous laisse un peu de temps pour vous détendre.

— Je serai content de vous revoir.

MacAllistair se dirigea vers la porte, puis s'immobilisa.

— A propos, Jeremy…

— Oui ?

— Est-ce que vous avez vu passer quelqu'un qui… qui aurait eu l'air bizarre ?

— Bizarre ?

— Disons, quelqu'un qui n'aurait rien à faire ici.

Jeremy plissa le front en réfléchissant, puis secoua la tête.

— Non. Pas à première vue. J'ai vu du personnel médical, la famille, des amis… Pourquoi ? Vous avez remarqué quelque chose d'anormal, vous ?

— Je ne sais pas. Hier soir… Non, rien. En fait, je ne sais pas.

Il regarda sa montre et étouffa un juron.

— Je dois filer ! Mais je reviendrai. Soyez vigilant. Si je peux vous aider en quoi que ce soit, dites-le-moi.

— C'est promis.

Après le départ du professeur, Jeremy se rassit.

Quelqu'un de bizarre ?

Dans un sens, MacAllistair lui-même était bizarre, avec toutes ses questions et son étrange spécialité. Mais Jeremy l'aimait bien. Il lui faisait confiance.

Pourtant, ses dernières paroles l'avaient profondément troublé. Il devait à tout prix rester éveillé. Réfléchir à tout cela.

Sauf qu'il se sentait si fatigué…

Impossible de lutter contre le sommeil.

Il cligna des yeux, tentant de résister, mais son menton s'affaissa sur sa poitrine. Ses paupières se fermèrent.

Il détestait d'autant plus s'endormir qu'alors, il se mettait à rêver.

Ou plutôt, à faire des cauchemars.

Un étrange brouillard rouge se leva bientôt derrière ses yeux clos.

La nuit, de nouveau. Une obscurité écarlate…

Jessica traversa le parking de l'hôpital, mal à l'aise. D'ordinaire, elle aimait la nuit, les ombres mouvantes des nuages dans le ciel. Seulement, il était bien trop tôt pour qu'il fasse aussi noir. Et cette nuance rouge…

Elle hâta le pas, pressée de rejoindre sa voiture. Le pressentiment qui l'étreignait lui déplaisait profondément. Elle se promit de demander à Sean une surveillance policière auprès de Mary. A priori, la jeune femme ne courait aucun danger où elle était, mais plus rien n'était sûr.

Ces nuées rougeâtres, cette atmosphère maléfique étaient des plus oppressantes.

Plongée dans ses pensées, la jeune femme ne portait aucune attention à ce qui se passait autour d'elle. Quand elle posa la main sur la poignée de sa portière, elle sentit brusquement que quelque chose se mettait en branle.

Durant une brève seconde, la panique la submergea. Il y avait des jours et des jours qu'elle se sentait suivie, guettée. Que l'ombre nocturne et pourpre pesait sur ses épaules, menaçante, soufflant sur elle une haleine diabolique.

Cependant, elle comprit très vite qu'il s'agissait d'autre chose en sentant le froid du métal dans son dos.

— Laisse tomber ton sac et tes clés ! Pas un geste, si tu veux rester sauve !

Malgré l'avertissement, peut-être parce qu'elle était tendue à l'extrême, elle fit demi-tour.

Son réflexe fonctionna. Désarçonné, l'individu qui venait de presser un couteau entre ses omoplates recula d'un pas, rejoignant son acolyte.

Jessica les contempla d'un air stupéfait. Ils étaient entièrement habillés de noir, jean, T-shirt et capes. Celui qui tenait l'arme la regardait, les yeux ronds. Il arborait des canines de vampire. Fausses. Très mal imitées, même. Des dents en plastique droit sorties d'un magasin de farces et attrapes.

— Espèce de c…, jeta-t-il avec un coup d'œil à l'autre.

Jessica comprit ce qui l'inquiétait : elle avait vu leur visage. Son agresseur avait quelque chose de vaguement familier, sans qu'elle parvienne à déterminer quoi. Il avait de longs cheveux noirs, graisseux, une barbe naissante et clairsemée.

— Dommage, susurra son compagnon. Elle est mignonne…

Jessica prit une inspiration pour se maîtriser. Les dents avaient beau être fausses, le couteau était bien réel.

— Vous allez donner mauvaise réputation aux vampires de la région, fit-elle sèchement.

— Nous sommes ce que nous sommes et nous faisons ce que nous devons faire, répondit le premier gars.

— Oh, arrêtez votre cirque !

— Taisez-vous ! siffla le deuxième.

Celui-ci avait les cheveux clairs et encore moins de barbe que son complice.

— Nous voulons votre sac et du sang. Si vous ne vous taisez pas, ça va mal tourner pour vous, on vous prévient !

— Ecoutez, fit calmement Jessica, vous avez encore le temps de jeter votre couteau par terre et de vous en aller. Rappelez-vous qui vous êtes vraiment. Pensez-y. Dites-vous que vous risquez de passer votre vie en prison, si ce n'est pas pire. Si vous partez tout de suite, je ne dirai rien à la police.

— Vous ne comprenez donc rien ? reprit le premier, en se rapprochant d'un pas. Vous ne sentez rien ? Notre heure est venue. Nous allons dominer le monde !

— Vous n'allez rien dominer du tout !

Ces vampires de pacotille ne l'impressionnaient pas.

Tout à coup, le deuxième gars la contempla, l'air pantois.

— C'est la psychologue qui a sa photo dans le journal ! Rappelle-toi, tu as…

Le premier parut soudain sur des charbons ardents.

— Filons, dit-il.

— Pas question ! Elle nous doit du sang. Beaucoup de sang.

Il se colla contre Jessica, le couteau brandi. Elle rassembla tout son sang-froid et ne bougea pas d'un pouce.

— Vous pouvez encore partir, leur murmura-t-elle.

Avant même d'avoir le temps de lui répondre, son agresseur fut brutalement soulevé de terre. Ce fut aussi rapide que l'éclair. En une seconde, il se retrouva en train de voltiger à l'autre bout du parking, comme propulsé par la main d'un géant. Jessica poussa un cri étranglé. Le gamin — car c'était bien ce qu'ils étaient, tous les deux : des gamins — rebondit durement contre une voiture et s'affala au sol.

Jessica tourna les yeux vers son sauveteur. C'était Bryan MacAllistair, calmement occupé à épousseter les manches de sa veste en tweed.

L'autre gamin, resté debout, glissa la main sous sa cape et sortit un autre couteau, une dague à la lame impressionnante. Jessica cria, certaine que MacAllistair ne pourrait intervenir à temps.

Or, tranquillement, quoique l'air un peu contrarié, le professeur détendit le bras et enserra le poignet du jeune homme comme dans un étau. L'autre hurla de douleur et le poignard tomba par terre.

— Appelez la police, Jessica, je vous prie…

— Comme vous les avez désarmés, peut-être qu'on pourrait…

— Appelez la police.

Elle fouilla dans son sac pour en tirer son portable et composa le 911. Le garçon commença à reculer discrètement, prêt à pivoter pour prendre la fuite, sans se soucier de son complice, toujours à terre. Jessica eut juste le temps de voir le bras de MacAllistair se détendre de nouveau pour l'attraper au collet.

L'attirant à lui, il lui chuchota à l'oreille :

— Assieds-toi et pose les mains sur la tête. Si tu fais un seul geste avant l'arrivée des flics, je te casse les os un par un. Il n'y aura pas de deuxième avertissement.

Le gamin obéit et s'accroupit. MacAllistair releva les yeux vers Jessica.

— Ça va ? lui demanda-t-il.

Elle acquiesça.

— Vous êtes sûre ? Vous n'allez pas vous sentir mal ?

Elle lui était reconnaissante d'être intervenu, mais il y avait dans sa voix quelque chose de si condescendant, de si hautain, que la moutarde lui monta au nez.

— Je vais très bien, merci ! Je ne tourne jamais de l'œil et je m'en serais très bien sortie toute seule !

Il fronça les sourcils, étonné.

— Ah oui ? De quelle manière ? En leur parlant ?

— Je maîtrisais la situation !

Un hurlement de sirène de police déchira l'air. Tout en se toisant mutuellement, ils entendirent un crissement de pneus, une cavalcade et virent les policiers arriver au pas de course, l'arme au poing.

— En voici un, leur dit MacAllistair. L'autre est là-bas, par terre. Ils ont agressé cette dame.

Un officier en uniforme s'approcha de Jessica.

— Est-ce que vous êtes blessée ?

— Pas du tout. Je n'ai absolument rien, je vous remercie.

— Et vous, monsieur ?

— Je n'ai rien, répondit Bryan, les yeux toujours rivés sur Jessica.

Les policiers menottèrent les deux voyous et demandèrent à Jessica et Bryan de les accompagner pour venir déposer. Au même instant, une voiture de police banalisée arriva à son tour. Sean Canady en sortit avec un air d'autorité, balaya la scène des yeux, puis vrilla son regard sur Jessica.

— Que s'est-il passé ?

— Deux gosses armés de couteaux…, répondit-elle d'un ton las.

Sean jeta un coup d'œil perçant à MacAllistair.

— Je suis surpris de vous voir ici…

— Ça n'a rien d'étonnant, pourtant. Je suis venu rendre visite à la jeune femme qui a été blessée en Roumanie.

Jessica ouvrit de grands yeux.

— Mary ?

— Oui.

— Pourquoi ?

— Ces explications attendront, si vous voulez bien, coupa Sean, en les observant, l'air impérieux. J'ai d'abord besoin de savoir exactement ce qui s'est passé.

— On m'a agressée, répondit Jessica, et M. MacAllistair s'est trouvé là juste au bon moment.

Sean jeta à Bryan un regard torve.

— Comme ça tombe bien, en effet ! marmonna-t-il.

MacAllistair haussa les épaules.

— Vous savez très bien que je m'inquiète pour Mary. Comme il me restait un peu de temps avant ma conférence, j'en ai profité pour venir prendre de ses nouvelles. Je suis bien tombé, effectivement, même si je crois comprendre que Mlle Fraser se sentait de taille à s'en sortir toute seule, par le dialogue. Quitte, ensuite…

Il lança à la jeune femme un regard sévère, avant de conclure :

— A les laisser filer…

— Quoi ? s'écria Sean.

— Tu travailles le samedi, maintenant ? demanda Jessica à Sean, éludant ainsi sa question.

— Ce serait trop long à expliquer. Réponds. Tu les aurais laissés partir ?

— J'ai cru d'abord à une plaisanterie de mauvais goût et j'ai voulu leur éviter d'être fichés. Mais j'admets que je me suis trompée. Désolée…

Son regard se perdit dans le vide. Elle comprenait, maintenant, à quel point il aurait été stupide de les lâcher dans la nature. Au début, elle ne les avait pas pris au sérieux et elle savait pourquoi : à cause de ces dents de vampire ridicules. Elle frissonna. Ils auraient continué et auraient pu blesser quelqu'un d'autre.

— Sean, dit-elle brusquement à voix basse, pour éviter que MacAllistair ne l'entende. Si tu peux… j'aimerais avoir leur nom, leur adresse, tout.

— Maintenant qu'ils sont arrêtés, on va tout noter, Jessica. D'ailleurs, il faut que tu m'accompagnes. Tu es la victime.

— Je n'ai rien subi de grave.

— Tu aurais pu. Quant au Pr MacAllistair, il est témoin. Nous avons besoin de vos deux dépositions.

— Tu sais comment il s'appelle ? Vous vous connaissez ? lui demanda-t-elle, étonnée.

— Nous nous sommes croisés, répondit brièvement Sean.

— Je vois…

Elle ne voyait rien du tout, en fait, et dévisagea son pensionnaire avec une curiosité non dissimulée.

— Je suis allé voir M. Canady à son bureau, dit Bryan.

— Pourquoi ?

— Parce que je crains qu'un culte dangereux ne soit en train de se répandre, ici même.

Elle faillit hurler de rire.

— Mais nous sommes à La Nouvelle-Orléans ! Nous avons des prêtres vaudous et de prétendus vampires à la pelle !

— Pardonnez-moi de vous interrompre, fit encore MacAllistair, mais on m'attend à l'université. S'il y a des formulaires à remplir…

— Oui, allons-y, acquiesça Sean, en montrant son véhicule.

— J'ai ma voiture, objecta Jessica.

— Moi non, mais je suis sûre que mon hôtesse sera ravie de me servir de chauffeur, dit MacAllistair.

Sean leva un sourcil. Jessica haussa les épaules, puis ouvrit sa portière. Bryan fit le tour du véhicule pour s'installer côté passager.

Tout en suivant Sean jusqu'aux locaux de la police, la jeune femme jetait de temps à autre un coup d'œil à Bryan par le biais du rétroviseur.

— Quelque chose m'échappe, lui dit-elle. Qu'avez-vous à voir avec Mary ? Et pourquoi êtes-vous allé trouver Sean ?

— Et vous ? Que faisiez-vous vous-même à l'hôpital ?

— J'allais voir Mary.

— Vous êtes de sa famille ?

— Non. J'ai fait sa connaissance en Transylvanie.

— Quoi ?

Elle soupira avec impatience.

— J'ai participé à un congrès, là-bas, et j'y ai croisé Mary et ses amis, voilà tout. Dites-moi pourquoi vous êtes allé voir Sean.

Il l'observait, l'air soupçonneux. Elle ne cilla pas.

— Alors ? insista-t-elle.

Il écarta les mains.

— Pour mon travail.

— Comment ça ?

— Je suis spécialiste du paganisme, des cultes anciens de tous ordres. Le problème de ce genre de secte, c'est que les gens deviennent parfois fanatiques. Vous avez dû le constater. Fabriquer quelques amulettes vaudoues pour qu'un voisin tombe amoureux, c'est amusant. Mais se convaincre qu'on est le disciple d'un démon quelconque, ça peut mener au pire. Du fait de mon expertise, il m'arrive de participer à des enquêtes policières. Certains adeptes de ces sectes franchissent la ligne jaune et commettent des agressions. Comme je redoute quelque chose de ce type dans la région, je suis allé voir Sean. Attention à la route…

Jessica avait tourné la tête vers lui pour le dévisager et revint à sa conduite.

Les battements de son cœur s'étaient accélérés. Elle ressentait physiquement la présence magnétique de l'homme assis à côté d'elle, sa force, sa chaleur.

Elle regrettait presque qu'il n'y ait pas entre eux un mur de béton. Cela l'aurait apaisée. Car en fait… En fait, Bryan était terriblement séduisant, incroyablement sexy. Il pouvait, rien qu'en entrant dans une pièce, lui faire oublier toute convenance et l'amener à se demander comment ce serait s'il…

Il avait une sorte d'aura, une façon de bouger, de la regarder, qui avait sur elle un effet excitant…

Bref, il avait un effet bien trop perturbant pour sa tranquillité d'esprit. Un mur de béton, oui, voilà ce qu'il aurait fallu.

Dans les locaux de la police, ils durent patienter longtemps, tandis qu'on dressait le procès-verbal avec les deux agresseurs. Puis ce fut à leur tour de faire leur déposition, puis Bryan s'en alla.

Sean et Jessica le regardèrent s'éloigner. Bryan ne se retourna pas, mais Jessica était certaine qu'il se savait observé.

— Lui aussi, il était en Roumanie, dit-elle.

— Comme dans tous les endroits d'Europe où ce genre de fêtes sanglantes a eu lieu.

— Et ce soir, quand on m'a agressée, il était encore sur place.

— Exact.

— Ça fait beaucoup de coïncidences, fit-elle remarquer.

Sean répondit d'une voix douce :

— On pourrait dire la même chose dans ton cas, Jessica…

Elle allait répliquer, mais au même instant quelqu'un surgit derrière elle.

C'était Bobby Munro.

— Jessica ! J'entends dire qu'on t'a agressée. C'est vrai ? Tu n'as rien ?

— Je vais très bien, le rassura-t-elle.

— Excusez-moi, lieutenant Canady… On vient juste de me mettre au courant.

— Tout va bien, Bobby, répondit Sean.

Bobby regarda de nouveau Jessica d'un air inquiet.

— Sérieusement ? Ça va ?

— Mais oui, Bobby ! Vraiment.

— Le Pr MacAllistair est arrivé juste au bon moment. Je pense que les agresseurs s'en mordent les doigts, commenta Sean.

Il surprit le regard de Jessica et ajouta, en souriant jusqu'aux oreilles :

— Même si, bien entendu, notre Jessica est parfaitement capable de se défendre !

— Cela dit, ces deux-là, on les avait bouclés il y a quelques jours à peine, commenta Bobby.

— Ah bon ?

— Oui. Cal Hodges et Niles Hooligan. On a dû les relâcher faute de preuves, mais on les a longuement interrogés. L'une des infirmières de l'hôpital pense les avoir vus rôder dans les locaux.

— C'étaient vraiment eux ? s'enquit Sean, en plissant le front.

— Oui. On les a alignés avec d'autres suspects, mais comme l'infirmière n'était pas entièrement sûre d'elle, on n'a pas pu les inculper, d'autant que leur avocat n'arrêtait pas de brandir l'article sur la violation de leurs droits.

— Cette fois, ils resteront en prison, fit Sean avec conviction.

— J'ai fini mon service, je dois filer, surtout que j'ai un petit boulot à faire, ce soir.

Il rougit et ajouta :

— Je prends des jobs supplémentaires, en ce moment, pour faire un peu d'économies. Ça ne pose pas de problème, j'imagine ? demanda-t-il à Sean.

— Non. C'est O.K.

— Eh bien, Jessica, je suis content de voir que ça va. J'étais juste venu m'en assurer. Bonsoir.

— Bonsoir, Bobby…

Après le départ de son agent, Sean murmura :

— Nous voilà bien, si ces deux jeunes malfrats ont déjà été surpris dans l'hôpital…

— Est-ce qu'ils en veulent à Mary, à ton avis ? Non, c'est impossible. Ce sont deux imbéciles, voilà tout.

— Prends quand même garde à toi.

— Je suis prudente, Sean.

— Tu dois être *très* prudente.

Tout à coup, la jeune femme faillit s'étrangler.

— Qu'y a-t-il ?

— Quelle idiote ! Voilà pourquoi sa tête me disait vaguement quelque chose ! s'écria-t-elle, furieuse contre elle-même.

— Tu peux t'expliquer ?

— J'ai déjà vu l'un des deux gars. A plusieurs reprises, même.

— Lequel ? Où ça ?

— A l'université, il y a un an, environ. Lors d'un congrès. Je ne l'ai pas reconnu sur le moment, parce qu'il s'est laissé pousser les cheveux. Mais j'ai eu une discussion avec lui, j'en suis certaine.

— De quoi parlait ce congrès ?

— De l'occultisme à La Nouvelle-Orléans. Celui qui s'appelle Cal y était. Je suis formelle. Je n'en reviens pas d'avoir mis tant de temps à comprendre pourquoi il avait quelque chose de familier !

— Tu croises énormément de monde.

Elle secoua la tête.

— Je m'explique mal. Cette rencontre a eu des effets secondaires. Il avait des soucis personnels et, comme il ne voulait pas en parler à une femme, je l'ai orienté vers un collègue masculin, le Dr Darnell. Au cours de la conversation, cependant, il m'a expliqué que ses parents étaient morts et qu'il se retrouvait avec sa petite sœur à charge. J'ai appelé les services sociaux. Ils lui ont retiré sa sœur, Sean…

— Tu crois que c'est à cause de ça qu'il t'a agressée ?

— Non, et c'est ça qui est bizarre, justement. Il était reconnaissant qu'on éloigne sa sœur. Elle est partie vivre chez une tante, dans le Midwest, et je crois qu'elle y est très heureuse. Cette histoire est assez perturbante, je dois dire.

— Tu viens de te faire attaquer. Bien sûr, que c'est perturbant !

— Ecoute-moi, Sean… En Transylvanie, je connaissais les jeunes gens impliqués dans la tragédie. Je reviens ici et je me fais agresser par quelqu'un que je connais aussi et dont j'aurais pu jurer qu'il n'était pas un mauvais garçon. C'est tout de même étrange, non ?

— Tu ne peux pas prendre tout le malheur du monde sur tes épaules, Jessica. Cal et Niles sont des délinquants. Il y a des gens qui ont un mauvais fond, voilà tout, et ni toi ni personne n'y peut rien. Tu as tort d'imaginer que toutes les catastrophes ou les délits qui se produisent autour de toi te concernent obligatoirement.

— Je n'imagine rien de tel.

— Le fait que tu connaisses l'un de tes deux agresseurs n'est probablement qu'une coïncidence.

— Certes, mais s'il y avait tout de même un lien ? Aurais-tu des hommes disponibles pour monter la garde à l'hôpital, Sean ? Pour veiller sur Mary ?

— Tu penses vraiment que ces deux voyous voulaient s'en prendre à elle ? Tu ne trouves pas que c'est pousser le bouchon un peu loin ?

— En l'occurrence, non, je ne trouve pas.

— En tout cas, ces gamins sont sous les verrous et vont y rester un bon moment.

— Et s'ils sont libérés sous caution ?

— Je vais demander aux services du procureur que ce ne soit pas le cas, lui promit-il.

— Tu sais, après ce que j'ai vu en Roumanie, je n'aurais jamais imaginé que ce genre de phénomène nous suivrait à la trace jusqu'à La Nouvelle-Orléans. Eh bien, maintenant, j'ai l'impression au contraire que cette ville est programmée pour…

— Pour quoi ? Qu'as-tu donc à l'esprit ?

— J'ai très peur pour Mary. J'aurais dû me méfier dès le début. J'ai cru qu'elle allait s'en tirer, que c'était fini, que nous étions tranquilles chez nous. Que les forces malfaisantes étaient parties ailleurs. Je n'ai pas pensé qu'en fait, elles pouvaient nous suivre jusqu'ici. J'aurais dû m'en préoccuper tout de suite, dès mon retour.

— On dirait que tu te fais des reproches.

— Eh bien…

— Bon… Bon… Nous devons nous assurer que Mary est sous bonne garde. Seulement, que vais-je dire aux hommes que je vais mettre en faction ? Je vais devoir prendre des types en dehors du service. Sinon, ça ne passera jamais auprès des autorités. J'imagine que tu veux quelqu'un dès ce soir ?

— Oui.

— Dommage que Bobby ait déjà quelque chose de prévu.

— Il y a d'autres flics sérieux.

— Oui, je sais. Attends un moment…

Il disparut quelques minutes, puis revint et lança :

— Il y aura quelqu'un là-bas dans une demi-heure.

— Pas avant ?

— Le temps d'y aller, de se garer, de monter à l'étage. Impossible autrement. Mes hommes ne sont pas Superman.

— Peut-être devrais-je y retourner moi-même.

— Tu ne seras pas plus rapide que le policier.

— Je suppose que tu as raison, soupira-t-elle.

— Alors, qu'est-ce qui te préoccupe ?

— J'aurais dû y penser avant, c'est tout, murmura-t-elle.

Puis, avec un sourire, elle ajouta :

— On va l'écouter, cette conférence ?

Jeremy avait été réveillé à plusieurs reprises par les allées et venues des infirmières dans la chambre.

Les parents de Mary étaient venus un moment, puis

étaient repartis, car le père de la jeune fille insistait pour que sa mère passe un peu de temps avec le reste de la famille.

Mary remontait doucement la pente. Les médecins ne comprenaient toujours pas pourquoi sa formule sanguine n'était pas totalement stabilisée, mais les plaquettes remontaient et leur diagnostic était encourageant.

Jeremy avait décidé de ne pas bouger de la nuit, même si tout le monde s'accordait à dire que Mary était tirée d'affaire. Il avait l'esprit tellement en ébullition qu'il n'aurait pas pu dormir tranquillement de toute façon.

Il regarda de vieux films à la télévision, dit quelques mots à Mary de temps à autre, puis finit par s'installer le plus confortablement possible dans un fauteuil. Il avait beau lutter pour garder les yeux ouverts, il cédait régulièrement au sommeil.

Et, alors, faisait toujours le même rêve.

Il se retrouvait dans le château en ruines, en Transylvanie. Tétanisé, il voyait la même scène se répéter à l'infini et, dans son rêve, cette scène se déroulait sur l'écran de la télévision de l'hôpital.

Mary n'était plus dans son lit : elle était sur l'écran, éveillée, souriant à son reflet dans un miroir. Elle n'avait pas peur. Elle se brossait les cheveux, avec des gestes sensuels. Puis elle se retournait, consciente que quelque chose, ou quelqu'un, avait surgi dans la pièce.

Jeremy sentait une ombre noire, oppressante, lourde comme du plomb, lui peser sur la poitrine. Cette noirceur lui coupait le souffle. Elle lui ôtait toute volonté, toute pensée, le vidait de son humanité. Quoi que ce fût, ce qui venait de pénétrer dans la pièce était malfaisant.

Mary, pourtant, accueillait cette présence avec ravissement. Elle se retournait, lascive comme une chatte, l'air languide. Une brise lui soulevait les cheveux, lui dénudait le cou, puis les seins. Son peignoir de mousseline descendait sur ses épaules.

Elle arrachait la croix qu'elle portait autour du cou.

L'ombre s'approchait, enveloppant Mary qui levait la tête, le regard éperdu, avide. Elle s'inclinait…

Non, non !

— Non ! cria Jeremy à voix haute, éveillé en sursaut.

L'écran de télévision, désormais vide, grésillait.

Il tourna rapidement la tête. Mary était toujours dans son lit. Il balaya la pièce du regard et frissonna. L'air était frais, comme si l'on avait ouvert une fenêtre.

Ce n'était pas un courant d'air, pourtant, cette fraîcheur ne devait rien à une climatisation mal réglée.

C'était autre chose…

La porte sur le couloir était entrouverte. Or, il veillait à ce qu'elle reste fermée.

Il ramena la tête vers Mary. Les yeux grands ouverts, elle regardait droit devant elle, comme elle le faisait depuis le début.

Elle avait cependant quelque chose de changé…

Jeremy sentit son sang se figer dans ses veines : Mary souriait.

Il se leva, s'approcha d'elle, lui prit la main. Elle se laissa faire sans cesser de sourire.

— Tout va bien, lui murmura-t-il.

A cet instant, il aperçut la croix d'argent de Mary, par terre. La chaîne était brisée.

On frappa à la porte : il fit un bond. Un officier de police se tenait debout sur le seuil.

— Je voulais juste te prévenir que j'étais là, si tu as besoin de quelque chose, fiston, lui dit-il.

C'était un type costaud. Sous la veste de son uniforme, on distinguait un grand crucifix en argent.

Jeremy hocha la tête.

— Je vous remercie, mais pourquoi êtes-vous là ?

— Le lieutenant nous a dit qu'une de ses amies, une psychologue, se faisait du souci pour vous autres. Il m'a envoyé monter la garde. Comme ça, vous ne risquez rien.

— D'accord.

Jeremy se demanda pourquoi il était persuadé, au contraire, qu'ils risquaient beaucoup. Peut-être même que le pire s'était déjà produit.

Dans son lit, Mary souriait toujours.

7

Bryan MacAllistair était un conférencier remarquable. Non seulement il maîtrisait parfaitement son sujet, mais il savait se montrer tour à tour grave et léger, susciter des éclats de rire, puis retenir l'attention sur un point crucial avec bien plus d'efficacité que n'en aurait eu une diction monocorde.

Sans compter, s'était dit Jessica, qui n'avait pu détacher ses yeux de lui durant toute la conférence, qu'il était vraiment très beau.

Une vague réminiscence, un souvenir lointain, intangible, accélérait les battements de son cœur, chaque fois qu'elle se trouvait en sa présence.

Le charme de Bryan ne tenait pas seulement à son physique. Il y avait aussi sa voix, son sourire qui illuminait soudain ses traits, et même la façon distraite dont il repoussait de temps à autre une mèche sur son front. Il fascinait littéralement son auditoire.

— Il est venu te voir spontanément et tu as reçu l'ordre des autorités de le recevoir ? demanda-t-elle à Sean, en chuchotant.

— Apparemment, il a contribué à faire résoudre un bon nombre de meurtres occultes dans le monde entier. Mais il n'est probablement rien d'autre que ce qu'il affirme être. Pourquoi es-tu si soupçonneuse ?

Jessica ramena les yeux sur Bryan.

— Je ne sais pas. Comme ça…

— Que veux-tu dire par « comme ça » ?

Elle secoua la tête.

— Je suis sûre qu'il est dangereux. Je le sens.

Sean soupira et ramena lui aussi les yeux vers la tribune où MacAllistair se produisait encore.

— Nous allons le tester, dit-il enfin au bout d'un moment, avec une emphase un peu ironique. Nous allons réunir des amis et l'inviter. S'il y a chez lui quelque chose d'anormal, il finira bien par se trahir. Ainsi, nous serons prévenus et nous aviserons.

— Excellente idée !

A la fin de la conférence, les applaudissements se déchaînèrent. Sincèrement contrariée, Jessica vit même les gens se mettre debout, pour mieux montrer leur enthousiasme.

Debout lui aussi, battant des mains à tout rompre, Sean lui jeta un coup d'œil amusé.

— En tout cas, on ne peut pas dire qu'il soit arrivé ici incognito, déclara-t-il. Je te propose de faire notre petit test dès ce soir. Qu'en dis-tu ?

— Tu vas organiser une soirée impromptue ?

— Une soirée entre intimes, juste nous quatre. Faisons ça chez moi. Je vais appeler Maggie et nous apporterons du café et des beignets.

— Entendu.

— Il peut refuser, cela dit…

Ce ne fut pas le cas. Ils durent attendre de longues

minutes que la foule des admirateurs se dissipe, puis ils parvinrent enfin à approcher le héros du jour et Sean lança son invitation.

— Avec plaisir, répondit-il, en jetant un drôle de regard à Jessica.

Elle avait l'impression qu'ils avaient jeté le gant pour lui lancer un défi et qu'il relevait ce défi en s'amusant prodigieusement.

La maison, une authentique demeure de l'époque coloniale, était magnifique. Maggie Canady, aussi, était très belle. Avec son port de reine, sa lourde chevelure auburn, chatoyante, son regard noisette un peu mystérieux, elle était la maîtresse de maison idéale pour ce genre de lieu. Sean et elle avaient trois enfants, deux garçons et une fille, qui se jetèrent au cou de leur père et de Jessica, tandis qu'ils accueillirent Bryan avec juste un soupçon de réticence. Ils lui serrèrent la main avec gravité et on les envoya au lit.

Maggie semblait enchantée de le recevoir. Elle se montra amicale et courtoise avec lui, mais Bryan avait conscience qu'elle l'étudiait avec curiosité, tout comme le faisaient Jessica et Sean. Avec curiosité et un brin de méfiance.

Pas de problème… Qu'ils se montrent soupçonneux, à leur guise ! Il savait continuer à sourire, tout en restant sur ses gardes.

— Cette demeure est impressionnante, dit-il à Sean, quand on lui eut fait visiter le rez-de-chaussée.

Avec son grand escalier, son hall majestueux et ses vastes salons de réception, c'était exactement le type d'endroit qui aurait pu figurer dans une visite guidée de La Nouvelle-Orléans d'autrefois.

— J'imagine que vous vous demandez comment j'ai pu me l'offrir avec un salaire de flic.

— Je ne pensais pas à ça du tout. Je me contentais de l'admirer.

— En fait, elle est dans la famille de Maggie depuis deux siècles, expliqua tout de même Sean.

— Votre femme et vos enfants… sont impressionnants eux aussi…

Le sourire ravi de Canady à sa remarque le rendit jaloux. Après de nombreuses années de vie conjugale, à ce qu'il pouvait en juger, cet homme aimait sa femme : il en était même encore très *amoureux*.

— Maggie sait tout faire. Vous savez qu'elle a une boutique dans le Quartier Français ? Les locaux ont été dévastés pendant l'ouragan, mais elle a déjà tout remonté. Nous avons une aide pour le ménage, cela dit.

— Le café est prêt, messieurs, à moins que vous ne préfériez du thé, lança Jessica, surgissant sur le seuil de la cuisine.

Elle penchait la tête sur le côté, le sourire aux lèvres. Sa cascade de cheveux blonds soulignait à merveille l'harmonie et la délicatesse de ses traits. Bryan sentit quelque chose palpiter en lui. Un souvenir, un désir nostalgique… C'était le passé, enterré depuis longtemps. Il en avait conscience. Mais pour autant, elle éveillait ses sens comme personne ne l'avait fait depuis des lustres.

— J'en prendrai volontiers, répondit-il. Merci encore.

La maison avait une salle à manger, mais les Canady

lui préféraient la vaste cuisine et ils prirent donc place autour d'une grande table, devant l'immense cheminée dans laquelle, autrefois, on avait cuisiné le repas pour la famille et les domestiques.

— Il paraît que cette demeure est dans votre famille depuis très longtemps, dit Bryan à Maggie, en s'asseyant sur la chaise qu'elle lui indiquait. J'ai remarqué un très beau tableau, dans l'escalier. Vous ressemblez beaucoup à votre ancêtre.

— Merci, murmura-t-elle. Un peu de tarte aux noix de pécan ? Ou un brownie ?

Il refusa d'un geste.

— Je vous remercie. Juste un café, ça m'ira très bien.

— C'est pourtant la meilleure tarte aux noix de pécan que je connaisse, fit remarquer Jessica, un sourire amusé aux lèvres.

— C'est vous qui l'avez faite ? demanda Bryan à Maggie.

— Non, c'est moi, répondit Sean. Vous n'imaginez pas le nombre de flics qui regardent les programmes de cuisine à la télévision !

Bryan éclata de rire et, finalement, accepta une part de gâteau.

— Où en es-tu avec le maillot de bain que je t'ai commandé ? demanda Maggie à Jessica.

Elle se tourna vers leur invité pour préciser :

— Jessica a un vrai flair pour la mode.

— J'ai fait des croquis, mais je tarde un peu, excuse-moi, répondit Jessica.

— Pas de problème. Sache simplement que je me

propose d'en vendre autant que tu pourras en faire dans ma boutique.

— L'offre est alléchante…

Maggie jeta alors à Bryan un coup d'œil perçant.

— Vous êtes professeur d'université ?

— Oui. Je suis venu en conférencier invité, pour quelques mois.

— Mais vous êtes allé voir Sean dans son bureau et vous habitez chez Jessica… Drôles de coïncidences.

Il haussa les épaules et se pencha légèrement en avant, sans la quitter des yeux.

— Eh bien, répondit-il sans détour, je pense qu'il se trame ici quelque chose d'inquiétant.

— Quoi donc ? Vous nous avez apporté des problèmes ?

La question était pour le moins directe, mais Bryan riposta en souriant :

— Non, chère madame. Ce n'est pas moi qui les apporte. Je les constate seulement…

— Et vous les suivez à la trace, semble-t-il…, fit Jessica à voix basse.

Il se tourna vers elle.

— Je n'ai rien à cacher, répliqua-t-il, comme s'il savait qu'ils le soupçonnaient précisément du contraire. Comme je l'ai expliqué plusieurs fois, je…

— Pas à moi, coupa poliment Maggie.

— Ni à moi non plus, renchérit Jessica.

Bryan s'excusa du regard auprès de Sean et entreprit de répéter aux deux femmes ce qu'il avait déjà appris au shérif.

— Du fait de mes connaissances en matière d'anciens cultes, y compris quand ils sont adaptés à tort et à travers à l'époque contemporaine, j'ai pu aider les polices de plusieurs pays à résoudre un certain nombre de meurtres rituels. Souvent, ces meurtres étaient liés à des soirées transgressives comparables à celle à laquelle ont assisté récemment, en Roumanie, quelques étudiants d'ici. Or le bruit court que la prochaine ville sur la liste, c'est La Nouvelle-Orléans. On entend dire qu'on y attend des célébrités, que l'ambiance sera très libre…

— A La Nouvelle-Orléans ? répéta Jessica.

Elle regarda Maggie, haussa les épaules, puis ramena les yeux vers Bryan et jeta d'un ton sec :

— C'est original.

— C'est un peu plus que ça, en fait. On parle de choses plus dangereuses. De sadomasochisme, de cuir et latex, de vampires…

Jessica se mit brusquement debout.

— Quelqu'un reprendra du café ?

— Pas moi, merci, murmura Maggie.

— Ce genre de soirée n'a rien d'exceptionnel, fit remarquer Sean.

— Il va y en avoir une, cet automne, dans l'un des grands hôtels de la ville, renchérit Maggie. J'ai entendu des clientes en parler. Sur le thème du bondage. Il y en a souvent.

— Et vendredi qui vient, il y a un bal vaudou, ajouta Jessica. L'une de mes patientes, une danseuse, fait partie du spectacle.

— Ce qui s'est passé en Roumanie me semble un peu différent de ce que vous évoquez, fit Bryan.

Il y eut un silence.

— Je parle de soirées centrées sur les vampires…

Jessica reposa sa tasse en la faisant tinter contre la soucoupe.

— Vous voulez dire, sur les gens qui se *prennent* pour des vampires, corrigea Maggie au bout d'un moment, d'une voix un peu étrange.

— A mon avis, c'est un sujet sur lequel Jessica peut m'être utile.

— Quoi ? s'écria la jeune femme, visiblement choquée, en le regardant, les yeux écarquillés.

Il s'excusa d'un sourire.

— Désolé. Je faisais allusion au fait que deux jeunes s'en sont pris à vous cet après-midi.

Elle agita une main négligente.

— Nous sommes à La Nouvelle-Orléans, je vous le rappelle. On trouve des fans d'auteurs comme Anne Rice à tous les coins de rue. Certains…

— Certains se piquent sérieusement au jeu, coupa Bryan.

— Certes, admit-elle, l'air contrarié. Je comprends ce que vous voulez dire. Il est vrai que certaines convictions, même infondées, peuvent rendre les gens dangereux.

— Vous avez déjà eu des cas de ce genre, n'est-ce pas ?

— Des cas de ce genre ?

— De jeunes qui se prennent pour des esprits vampiriques, persuadés qu'ils peuvent vider les autres de leur énergie, ou même de ceux qui pratiquent des rituels sanglants, en se prenant pour de vrais vampires.

Elle hocha la tête.

— Voilà pourquoi je pense que s'il se trame quelque chose, vous le sentirez, ajouta-t-il.

— Comme je l'ai dit, cela se produit régulièrement, ici.

— Mais s'il s'agissait d'un événement plus grave, comme ce qui s'est produit en Roumanie, ne le sentiriez-vous pas ?

— A mon avis, ce qui s'est passé en Roumanie est de l'ordre de l'hystérie collective et…

— Sauf qu'une jeune fille a failli mourir. Et le peut encore, coupa Bryan.

Maggie se mit brusquement debout et se dirigea vers la cafetière.

— Cette pauvre gamine ne va pas mieux ? demanda-t-elle.

— Son état est stable, répondit Jessica. L'un de ses amis, Jeremy, la veille en permanence.

— Je suis absolument certain, reprit Bryan, qu'il était prévu que des gens meurent lors de cette soirée en Transylvanie…

Sean se pencha vers lui.

— Si je comprends bien, des organisateurs riches et pervers attirent des gens en leur promettant qu'ils seront le clou du spectacle. Ces organisateurs sont des maniaques homicides, des disciples d'un culte quelconque, ou encore…

— Ou encore ? répéta Bryan.

— Des vampires, répondit Sean, en haussant les épaules.

— Pourquoi des vampires viendraient-ils à ce genre de soirée ? demanda Jessica.

Bryan la regarda d'un air surpris.

— Parce que c'est l'endroit idéal pour rester incognito. Vous l'avez dit vous-même.

— Je n'ai rien dit de tel !

— Vous l'avez sous-entendu. Est-ce qu'un cinglé vêtu d'une cape fera attention à un autre cinglé vêtu d'une cape ? Non.

— MacAllistair n'a pas tort, commenta Sean.

Les deux hommes regardaient fixement Jessica et elle en avait conscience.

— Vous me mettez très mal à l'aise, dit-elle. J'ai, de par ma profession, le devoir légal et moral de ne rien révéler sur mes clients.

— Sauf que si tu apprends quelque chose d'inquiétant, tu dois nous le dire, souligna Sean.

Bryan se félicita intérieurement que Sean ait utilisé le pronom « nous ». Au moins, sur ce point, le shérif lui faisait confiance, consciemment ou non.

— Je ne laisserai jamais rien de grave se produire si je peux l'empêcher, affirma Jessica.

Elle prit sa tasse et empila les assiettes à dessert.

— Il se fait tard. Merci encore de nous avoir reçus, Maggie, surtout de manière improvisée.

— Tout le plaisir est pour moi…

Elle se leva et posa la main sur le bras de Jessica.

— Laisse, je m'en occuperai.

— Mais…

— Demain, c'est dimanche. J'aurai tout le temps.

— Avec les trois enfants qui vont te réveiller aux aurores ?

— Ce n'est pas grand-chose. Je vais tout mettre dans le lave-vaisselle, pendant que Sean vous raccompagne.

— Il n'a pas besoin. Je suis venue en voiture.

— Alors, à nous deux, nous aurons vite fait.

— Eh bien, dans ce cas… encore merci.

Bryan se mit debout et tendit la main à Maggie.

— Ravi d'avoir fait votre connaissance. Encore merci pour la tarte.

Maggie le remercia, en délivrant délicatement sa main d'une poigne solide.

— Je vous en prie. J'espère que nous aurons l'occasion de nous revoir.

Elle se montrait très aimable, mais il crut discerner dans le ton de sa voix comme une légère mise en garde.

Bryan suivit Sean, qui les raccompagnait sur le perron, et entendit derrière lui Maggie et Jessica chuchoter. Elles parlaient de lui, évidemment. Il fit mine de ne rien entendre.

Quand ils furent en route, Jessica le questionna :

— En somme, vous connaissez La Nouvelle-Orléans ?

— Oui.

— Vous étiez déjà venu ?

— Oui.

— Avant l'ouragan Katrina, j'imagine ?

— Oui, avant Katrina.

Il tourna la tête vers elle, scrutant son visage dans la pénombre mêlée aux reflets des néons.

— C'est une ville incroyable et de nouveau pleinement elle-même.

« Pleinement elle-même ? » Que voulait-elle donc dire ? se demanda Bryan. Que les gens travaillaient, que les boutiques ouvraient et que la musique coulait à flots ?

Ou bien qu'on y trouvait comme partout ailleurs le meilleur et le pire de l'humanité, mais sans rien de particulièrement maléfique ?

Il sentit de nouveau s'éveiller en lui ce souvenir lointain, nostalgique, à l'écho presque douloureux. Il y avait en Jessica quelque chose qui touchait non seulement ses sens, mais aussi un recoin obscur et secret de son âme.

Ils traversèrent en silence les avenues du Quartier Français. Elle se gara devant chez elle et ils sortirent de la voiture.

Elle glissa la clé dans la serrure d'une main soudain mal assurée.

— J'ai beaucoup apprécié votre conférence, dit-elle. Pas seulement le contenu, mais aussi la présentation. Vous avez été brillant…

— Merci. Mais vous savez, c'est surtout la force de l'entraînement.

Elle hocha la tête. Elle avait enfin réussi à ouvrir la porte.

La maison était plongée dans le noir et l'on n'entendait aucun bruit. Il y eut un moment de gêne. Aucun des deux ne savait très bien quoi dire. Puis Bryan se décida :

— Merci encore pour cette invitation chez Sean. Je suis ravi de connaître vos amis et j'apprécie la confiance qu'ils m'accordent.

Elle inclina la tête sur son épaule.

— Il va sans dire que vous êtes digne de cette confiance, n'est-ce pas ?

— Je vous en donne ma parole.

Elle feignit un bâillement et répondit :

— Eh bien, tant mieux. Bonsoir, alors.

— Bonsoir.

Ils s'engagèrent du même pas dans l'escalier, puis s'arrêtèrent.

— Excusez-moi, dit-il. Après vous.

— Non, non. C'est vous l'hôte. Après vous.

Il se mit à rire et lui prit la main.

— Allons-y à deux. C'est assez large.

Elle battit des cils, puis releva les yeux vers lui. Il se rappela le dicton : « Les yeux sont le miroir de l'âme. » Elle avait un très beau regard, empli de passion et d'énergie, mais aussi étrangement vulnérable. En lui prenant la main, il eut l'impression que sa propre paume devenait brûlante et que son sang s'échauffait. Bizarrement, il fut tenté de lui dire : « Je pourrais mourir pour vous. »

Ridicule.

Son rire s'éteignit.

— Vous voyez, il y a toute la place nécessaire.

Il se voulait détaché, mais sa voix vibrait de passion contenue.

— C'est vrai, murmura-t-elle, en retirant sa main.

Ils montèrent côté à côte jusqu'au palier.

— Bonsoir, répéta-t-elle, en restant plantée sur place.

— Bonsoir, fit-il, tout aussi immobile.

C'est elle qui, finalement, trouva la volonté de s'éloigner.

Une fois sa porte fermée, Bryan se déshabilla et fonça sous la douche, songeant cette fois à un autre proverbe : « La chair est faible. » Rien n'était plus vrai.

Il resta sous le jet un long moment, jusqu'à ce que sa peau se crevasse et que son sexe reprenne ses dimensions normales. Il pensa à Mary, puis à Jeremy, jouant les sentinelles près de son amie. Ce gosse avait l'air tourmenté, hanté.

Oui… Il avait vraiment passé une bonne soirée. D'abord la conférence, bien accueillie, puis l'invitation… Maintenant, il avait besoin de la confiance des policiers, de l'intuition de Jessica.

Le danger était plus proche qu'il ne l'imaginait. Ses prochains mouvements devaient être mûrement réfléchis, soigneusement pesés.

Pourtant, il n'arrivait pas à se concentrer. L'image de Jessica lui revenait sans cesse à l'esprit.

Son regard…

Il coupa le jet d'eau. Il y avait dans la salle de bains un peignoir en éponge avec, brodés sur la poche, les mots « Demeure Montresse ». Il l'enfila et revint dans la chambre.

Il essaya de regarder la télévision.

Peine perdue. Il se sentait comme un ours en cage, tendu, le sang bouillonnant dans les veines. Il poussa un juron, marcha jusqu'à la porte-fenêtre et l'ouvrit.

Un léger vent soufflait. Cela faisait du bien. Le parfum subtil des fleurs épanouies embaumait la nuit.

De la rue lui parvenaient les bruits de la ville, étouffés. Tout semblait attendre.

Le ciel nocturne était rouge. Il passa sur le balcon, aperçut une silhouette du coin de l'œil. Il se retourna.

C'était Jessica. Elle l'observait, immobile comme la nuit.

Ils se regardèrent sans bouger un long moment sous l'étrange clarté lunaire aux reflets pourpre. Bryan sentait son cœur battre en rafale, lui résonner aux oreilles. Il percevait la chaleur du corps de Jessica comme si elle s'était trouvée juste à côté de lui.

Puis, tout à coup, sans qu'il sache qui des deux avait fait le premier pas, l'espace qui les séparait n'exista plus.

8

Il la prit dans ses bras et ce fut comme si un souffle de feu l'emportait. Il lui souleva le menton, la sentit elle aussi trembler de tous ses membres.

Sa bouche trouva la sienne, se posa sur ses lèvres dont il accueillit la douceur avec un frémissement de plaisir. Il savoura la sensation de ce corps tendu, tout entier collé à lui, de ses courbes tout à la fois souples et fermes. Durant quelques secondes, la jeune femme parut n'offrir que ses lèvres closes, avant, finalement, de les entrouvrir. Alors, il explora doucement sa bouche, suggestif. Elle répondit avec passion, passant contre la sienne une langue brûlante, excitante. Alors, tout céda en lui. Il fit glisser sa main le long de son dos gracile, caressa son visage puis sa nuque, sa chair douce et chaude. Il sentit qu'elle le prenait elle aussi par le cou, lui étreignait les épaules, descendait dans son dos, agaçant du bout de ses ongles la moindre de ses terminaisons nerveuses. Il lui renversa légèrement la tête, écartant ses lèvres des siennes, le souffle haletant, pour plonger son regard dans le sien, avec une question muette.

Elle lui effleura la joue en guise de réponse, comme

si elle aussi avouait avoir besoin de bien plus qu'un regard : de toucher, d'explorer, de donner libre cours au désir palpitant qui croissait entre eux de seconde en seconde. S'ils se méfiaient l'un de l'autre, à l'instant présent, cela ne comptait plus. C'était balayé par la bourrasque de leur désir, par l'ombre rougeâtre de la nuit qui montait comme une vague.

Il la souleva de terre. Elle avait un corps dense, sans mollesse, et pourtant elle lui sembla aussi légère qu'une plume.

Sans se consulter, ils choisirent sa chambre à elle.

Bryan y entra, tenant toujours Jessica dans ses bras. Le vaste lit aux draps clairs les attendait, baigné des reflets pourpres de la lune. Leurs peignoirs tombèrent à leurs pieds, révélant leurs corps nus que la lueur nocturne semblait embraser.

Elle le caressa de ses mains brûlantes, éveillant en lui un désir incandescent, une soif intangible, irrépressible. Il voulait tout connaître de son corps, éprouvait le besoin farouche d'assouvir la passion qui enflammait chaque parcelle de son être. Le plaisir était presque douloureux ; l'expectative plus torturante encore. Il retrouva la bouche de Jessica, s'y plongea, emporté par l'ardeur avide avec laquelle elle lui répondait. Il parcourut fébrilement son corps de caresses, tantôt aguichantes, tantôt exigeantes, puis fit descendre ses lèvres chaudes vers sa taille, le long de ses hanches. Il ressentait dans sa chair le moindre des mouvements de la jeune femme, ses seins palpitant à chacune de ses inspirations, l'étreinte de ses cuisses, le frôlement de ses doigts sur sa peau, tentateurs, suggestifs. Elle fit courir sa bouche sur ses épaules, dans le creux de son cou, sur sa gorge…

Il haletait, fébrile, résistant de moins en moins à un désir à chaque instant plus impérieux. Elle passa les mains sur son torse, puis dans son dos, et de nouveau sur son torse, traçant un cercle embrasé, voluptueux. Avec un gémissement, il parcourut frénétiquement son corps, sa bouche, ses mains, puis descendit, explora ses chairs les plus intimes, d'abord légèrement, puis avec passion, soulevé par la suavité exquise des sensations qu'ils éprouvaient. Il étreignit ses hanches, elle enfonça les doigts dans ses épaules, agitée de soubresauts, articulant des mots sans suite qui ne disaient rien et signifiaient tout…

Ils roulèrent l'un sur l'autre et elle le chevaucha. La pénombre rougeâtre soulignait de manière surnaturelle sa grâce ondoyante, la perfection angélique de sa silhouette. Il distinguait, malgré l'obscurité, son regard tout à la fois résolu et vulnérable. Jamais, de toutes ces années, il n'avait autant désiré une femme, autant eu profondément besoin d'elle. L'espace d'une seconde, d'un éclair teinté de pourpre, elle resta figée, puis il la saisit par les hanches, la ramena sous lui et la pénétra, la sentant transportée comme lui d'une fièvre qui balayait tout. Sans cesser de la caresser, il lui souleva la tête, noua ses lèvres contre les siennes. Le sang courait dans ses veines comme des braises, attisé par le vertige de leur baiser, la volupté enflammée de leur étreinte. Finalement, il céda, explosa, mourut en elle.

Bon sang, oui, il pourrait mourir pour elle. Si seulement…

Sa jouissance l'avait emporté infiniment plus loin que l'apaisement abandonné qui, d'ordinaire, suit l'extase. Le sexe, cette chose si naturelle, si instinctive, plus ou moins belle selon qu'elle s'accompagnait ou non d'amour, ne lui avait jamais procuré de telles sensations.

Jessica, tendue contre lui comme un arc, poussa un léger cri dont l'écho le fit vibrer. Il s'allongea à ses côtés, sans se résoudre à la lâcher, et la serra étroitement tandis que les battements de son cœur, peu à peu, s'atténuaient, que la course du sang dans ses veines ralentissait. Il se sentit flotter dans un tiède océan de bien-être. De fugaces images du passé lui traversaient l'esprit, femmes d'une nuit croisées et aussitôt disparues, amours trouvées et perdues, et il médita sur l'abîme qui séparait le sexe cru de l'amour physique partagé.

Jessica restait silencieuse, immobile.

Il se demanda à quoi elle songeait, certain qu'une introspection identique suivait chez elle l'embrasement qui les avait transportés.

Les minutes s'écoulèrent. Leurs corps se détendirent.

La lueur écarlate de la lune inondait maintenant la pièce.

Jessica soupira, se lovant plus étroitement encore contre lui.

Il devait parler. Il s'humecta les lèvres, puis se noya dans le vertige de ce corps tiède serré contre le sien.

Au diable les paroles !

Sans rien dire, il la reprit dans ses bras, sentit

qu'elle frôlait ses lèvres du bout de la langue, puis son torse, puis…

Le désir resurgit comme une flamme. Tout s'évanouit autour d'eux, ne laissant plus subsister que leurs deux êtres enlacés. Il y eut de nouveau un frémissement qui se déchaîna, roula, culmina, puis la jeune femme se laissa une fois de plus aller contre lui, dans le silence.

La nuit s'écoula, dans sa splendeur cramoisie. A l'aube, il comprit qu'elle s'était endormie. Alors il se laissa aller à son tour au sommeil.

Des visions vinrent hanter ses rêves. Visions du passé, mais aussi des temps à venir, si frappantes qu'il s'éveilla en sursaut. Jessica dormait toujours, pelotonnée contre lui. Il se leva sans bruit, décidé à regagner sa chambre, devinant qu'elle préférerait sûrement que personne ne sache ce qui s'était passé.

Il sortit par la porte-fenêtre et se glissa dans sa chambre. Il se sentait las, mais trop tendu pour se rendormir. Après avoir pris une douche et s'être habillé, il descendit au rez-de-chaussée. De la cuisine provenaient une musique, jouant en sourdine, et le bourdonnement d'une conversation.

Préférant rester seul, il sortit marcher dans les rues.

La Nouvelle-Orléans qu'il avait connue subsistait dans le fond, mais ici ou là avait entièrement changé de visage. Certains quartiers étaient restés intacts tandis que d'autres, détruits par l'ouragan, ne redeviendraient jamais les mêmes.

Il songea qu'on aurait pu en dire autant de lui.

***

Jessica s'éveilla lentement, engourdie, étrangement détendue, reprenant peu à peu conscience de ce qui l'entourait. Elle n'avait pas envie de sortir de son lit. Elle voulait jouir encore du bien-être qui l'emplissait, un bien-être bien plus qu'érotique : gratifiant. Elle se sentait protégée, baignée dans une chaleur douce, sécurisante… riche du pur bonheur d'un échange, d'une présence.

Puis elle se gourmanda. Sans Bryan, au moins, elle se remettait à raisonner normalement.

Elle bondit hors du lit en regardant l'heure. La matinée était bien avancée. Ce n'était pas grave : elle était connue pour se lever tard.

A l'évidence, Bryan s'était éclipsé discrètement. Elle soupira. Libre à lui. Quelle importance ? Elle était majeure et vaccinée. Elle avait le droit de faire l'amour avec qui elle voulait.

Pourtant, avec le jour, les questions revenaient, toujours aussi cruciales. Qu'était-il réellement venu faire à La Nouvelle-Orléans ? Quel genre d'enquête menait-il ?

Qui était-il vraiment ?

Tournant et retournant ces interrogations dans sa tête, elle entra sous la douche. Qu'allait-elle faire, maintenant ? Quelle conduite adopter ?

D'abord, cesser de se tourmenter sur la tournure sexuelle qu'avait prise leur relation. Elle avait bien d'autres soucis en tête. Mary, pour commencer. Les deux voyous du parking ensuite. La teinte du ciel nocturne, les événements de Transylvanie…

Et… Bryan MacAllistair.

En fait, quel que soit l'angle par lequel on étudiait la situation, tout ramenait à lui.

Sean observait Cal Hodges, le plus grand et le plus maigre des deux jeunes gens arrêtés le jour précédent. D'ordinaire, les suspects installés seuls dans une pièce d'interrogatoire se montraient nerveux. Celui-ci restait immobile.

Presque comme s'il était en transes.

Quelques minutes plus tôt, Sean avait regardé le début de l'interrogatoire, mené par l'un de ses officiers. Cal s'était borné à quelques haussements d'épaule, suivis d'un sourire sournois et d'un commentaire : « Si on levait la main sur lui, il porterait plainte pour brutalité policière. »

L'officier était sorti de la pièce et avait rejoint Sean derrière le miroir sans tain.

— Il ne nie rien, il n'avoue rien non plus. Même quand je lui dis que son complice a passé un accord avec le procureur et l'a dénoncé, il se contente de hausser les épaules.

— Quand est-ce que l'avocat arrive ?

— D'un instant à l'autre.

— Est-ce que Cal a déclaré qu'il ne parlerait qu'en sa présence ?

— Même pas.

— Je vais faire une tentative…

Sean entra dans la pièce, s'assit en face de l'inculpé qui devait avoir à peine vingt ans. Cal le regarda d'un œil atone. Ses pupilles étaient marron clair, presque jaunes. Comme celles d'un serpent, songea Sean, pour se reprendre aussitôt : non, ses yeux étaient normaux. Seule l'attitude du jeune homme leur donnait cet aspect déroutant.

— Que faisiez-vous dans les locaux de l'hôpital ?

— Qui vous a dit que j'y étais ?

— Une infirmière vous a vus.

Cal, avec un petit sourire satisfait, secoua la tête.

— Elle n'aurait pas pu me reconnaître.

Sean se pencha jusqu'à le toucher. La conversation, il le savait, n'était pas enregistrée.

— Est-ce que vous étiez là sur commande, Cal ?

Le sourire de l'autre s'élargit.

— Sûrement pas. J'étais là de mon propre chef. Jolie fille, cette psychologue, hein, lieutenant ? Super nichons.

Il se pencha à son tour.

— Je ne vous dis pas ce que j'aurais pu lui faire, si j'en avais eu le temps…

Sean se retint pour ne pas le gifler. C'était exactement ce que ce voyou attendait. Il se renfonça sur sa chaise, sourit à son tour et répliqua d'une voix douce :

— Tu n'es pas un vampire, mon pote. Juste une vermine. Et quelqu'un se sert de toi.

Ces paroles touchèrent un point sensible. Cal battit des paupières, ouvrit et ferma la bouche. Puis, furibond, il secoua de nouveau la tête.

— L'heure du vrai pouvoir va sonner, déclara-t-il avec emphase.

— Mais tu ne seras plus là pour voir ça. Dommage, hein ? fit négligemment Sean.

— Pourquoi ? Vous allez me tirer dessus, espèce de sale flic ?

— Sûrement pas. Je ne vais pas gâcher une balle. Non, tu es juste trop stupide pour qu'un puissant, quel qu'il soit, te fasse confiance.

— Allez vous faire f…

On frappa à la porte. Sean se mit debout. L'avocat avait dû arriver.

— Bonne chance, vermine !

Il gagna la porte, fit une pause :

— Si la frousse te prend et que tu te décides à parler, préviens les gardes. A mon avis, ça ne va pas tarder et alors…

Il ouvrit la porte. L'avocate commise d'office était une jeune femme d'une extrême maigreur qui lui faisait toujours penser à un rat en train de courir dans une cage sans savoir comment sortir.

— Bonjour, maître, lança-t-il.

— Je vous préviens, lieutenant, si vous avez…

— Je vous rassure. Je n'ai nullement violé les droits de la défense. Bonne journée…

Il lui céda le passage et regagna son bureau, pensif. Il y avait chez le jeune inculpé quelque chose qui semblait manquer. Ce n'était pas l'intelligence, même si, à l'évidence, il n'était pas un aigle. En fait, il semblait manquer de…

De substance.

Il s'assit lourdement dans son fauteuil et fut aussitôt distrait par Bobby Munro, qui entra en trombe.

— Lieutenant, ce que je vais vous dire ne va pas vous plaire. Pas du tout…

Sean se releva à demi. Juste derrière, il distinguait une silhouette que Bobby n'avait pas vue. Il jura intérieurement, maudissant son agent d'avoir laissé la porte ouverte. Trop tard, maintenant.

Bryan MacAllistair put entendre la même chose que lui.

— Bonjour..., fit Jessica, douchée, habillée, prête pour la journée, en entrant dans la cuisine.

Gareth grommela un vague « bonjour » tout en se versant du café, puis se tourna vers elle, le regard inquiet. Il lui en proposa une tasse, qu'elle accepta en souriant.

— Vous, je vous préviens ! fit-il, en la menaçant du doigt.

— De quoi donc ?

— Vous feriez mieux de vous montrer prudente, mam'selle. C'est tout ce que j'ai à dire.

Il la regarda un bon moment, l'air sombre, puis se servit une nouvelle tasse de café.

— Avec tout le travail que j'ai déjà ici, marmonna-t-il encore. Entre le jardin et le temps que tout ça me prend... Et maintenant, je vais me faire encore plus de souci pour vous !

— Je suis capable de veiller sur moi, Gareth !

— Peu m'importe. Je vous ai à l'œil.

Il sortit d'un pas résolu.

— Gareth !

Il se retourna.

— Merci.

Il lui sourit.

Stacey posa le journal qu'elle était en train de lire et leva vers Jessica un regard interrogateur.

Jessica sentit ses mains trembler légèrement. Avait-elle l'air si différent, ce matin ?

— Bonjour, Stacey, dit-elle d'une voix qu'elle s'appliqua à rendre naturelle.

Elle remarqua, sur le comptoir, des assiettes protégées d'un film alimentaire. Stacey avait préparé des pancakes et du bacon.

— Bonjour, répondit Stacey sans la quitter des yeux. Alors ?

— Alors, quoi ?

— Ton agression d'hier soir… Comment est-ce que tu te sens ?

— Oh ! Ça !

Son aventure de la veille lui était totalement sortie de l'esprit. Voilà qui expliquait l'attitude de Gareth. Stacey et lui étaient au courant de ce qui s'était passé sur le parking de l'hôpital.

— Ce n'était rien de grave, vraiment, répondit-elle. Juste deux imbéciles déguisés en vampires de mauvaise série B.

Stacey secoua la tête.

— Gareth est dévoré d'inquiétude, tu sais. Il va passer la journée à explorer la maison pour s'assurer que tout est sécurisé.

— C'étaient deux petits voyous, Stacey, rien d'autre…

— Ne me prends pas pour une idiote, s'il te plaît ! Je te connais depuis assez longtemps pour avoir reconnu l'un des deux noms : on vient d'en parler à la radio. Cal, c'est ce gamin à qui tu es venue en aide, c'est bien ça ?

Jessica haussa les épaules.

— Ce n'est pas pour ça qu'il s'en est pris à moi. Je me suis juste trouvée au mauvais endroit, au mauvais moment.

— Il paraît qu'on les a vus rôder à l'hôpital... Tu crois qu'ils cherchaient à s'en prendre à Mary ?

— Qui sait ?

— Tu es menacée directement ? reprit Stacey à voix basse, en se penchant en avant. A cause de cette soirée en Roumanie ?

— Ne sois pas ridicule ! Il y a des soirées de ce genre dans le monde entier. Changeons de sujet, OK ? Notre pensionnaire est sorti ?

— Oui, et je suis vexée. Il n'a pas l'air intéressé du tout par nos délicieux petits déjeuners. J'ai l'impression qu'il aime bien se promener très tôt dans les rues, avant qu'il y ait du monde.

Jessica haussa les épaules, puis bâilla et s'étira.

— Quel est ton programme de la journée ? lui demanda Stacey.

— Je vais finir le maillot de bain de Maggie. Je le lui ai promis et ça traîne un peu. Après, je ne sais pas... Je referai peut-être un saut chez Sean et Maggie.

— « Referai » ?

— J'y suis allée hier soir, prendre un café.

Après un moment d'hésitation, elle précisa :

— Avec Bryan.

— Ah bon ? Après qu'il est venu à ton secours ? Je croyais qu'il donnait une conférence...

— Sean et moi sommes allés l'écouter.

— Et tu ne m'as pas invitée ?

— Ça s'est décidé au dernier moment.

— Alors ?

Jessica sirota son café.

— Il est très bon. Il connaît vraiment bien son domaine.

— Tu as vu Bobby dans la salle ?

— Quel Bobby ? Le tien ?

— Je ne sais pas si on peut vraiment dire « le mien », fit Stacey en souriant. Mais c'est bien lui dont je parle, Bobby Munro.

— Je l'ai croisé dans les locaux de la police et il nous a dit qu'il partait pour un job en soirée. Je ne l'ai pas vu à la conférence. Il y était ?

— Oui. Il y est allé après avoir fini son travail, car il était dans le quartier. Il fait beaucoup de surveillances privées, en ce moment, pour des fêtes, des mariages, même des enterrements. J'espère que c'est pour acheter une bague, ou au moins pour un week-end à Las Vegas !

— Il t'aime, ne t'inquiète pas… Ça crève les yeux. En même temps, c'est un peu bizarre qu'il soit venu à la conférence sans te proposer de l'y rejoindre. Surtout qu'il n'a pas dû travailler beaucoup plus d'une heure, au total.

— Exactement. Tu te rends compte ? Tu vas au colloque, mon petit ami y va et personne ne m'invite !

— Je t'aurais prévenue, si j'avais eu le temps.

— Ce n'est pas grave. J'irai écouter une autre conférence un de ces jours et je ne t'inviterai pas !

— Bryan est là pour tout le semestre, tu auras largement l'occasion. La salle était noire de monde. C'est sans doute pour ça que je n'ai pas vu Bobby et qu'il ne nous a pas vus non plus. Il y avait beaucoup d'étudiants, bien sûr, mais aussi une foule d'autres gens. Le sujet est fascinant.

— Tu crois qu'il y avait certains de tes cinglés, aussi ?

— Je ne sais pas, mais ne les appelle pas des « cinglés ». Le sujet avait de quoi les intéresser, cela dit. Par exemple, Bryan a parlé de la différence entre les croyances profondément enracinées et les effets de mode ponctuels, comme c'est le cas actuellement pour ces soirées sur le thème des vampires.

— A ton avis, est-ce qu'il y a des choses qu'il sait et qu'il ne dit pas ?

— Je l'ignore, murmura Jessica, en s'enfonçant sur sa chaise.

— A vrai dire, il m'a demandé mon aide…

— Ton aide ? Pour quoi faire ?

— Il est convaincu qu'une soirée comme celle de Transylvanie va être organisée ici, à La Nouvelle-Orléans. Il pense que j'ai des chances d'en entendre parler par mes patients.

— Et c'est vrai ?

Jessica eut un geste évasif.

— Je n'ai pas le droit de révéler les confidences qu'on me fait dans le cadre d'une consultation.

— Tu es inquiète ?

Jessica opina.

— Oui. Un peu comme quand on sait pertinemment que quelque chose va arriver et qu'on se sent incapable de l'empêcher.

— Oui. Je me demande bien ce que ça cache, ces

allées et venues incessantes de Bryan MacAllistair. Bobby l'a vu sortir du bureau de Sean…

— Qu'en pense-t-il ?

Stacey ouvrit la bouche pour répondre, mais Jessica la fit taire d'un froncement de sourcils. Elle venait de comprendre qu'elles n'étaient plus seules.

Bryan était de retour.

Jessica le regarda, sans d'abord penser à autre chose qu'à la nuit qu'ils venaient de passer ensemble. Elle se demandait s'il avait, lui aussi, l'impression d'avoir vécu un épisode unique, la rencontre de toute une vie, un moment radicalement différent d'une simple passade.

Car c'était bel et bien cela : elle sentait qu'ils étaient faits l'un pour l'autre et qu'aucune force au monde ne pourrait les séparer.

Puis l'atmosphère devenait pesante. Comme si quelque chose de dramatique se nouait.

Elle le comprit au regard sombre de Bryan, à sa gravité, ses traits tirés.

— Mary est morte, dit-il.

9

En arrivant à l'hôpital, Jessica trouva Jeremy totalement effondré. Elle se demanda si Mary s'était jamais rendu compte de l'ampleur de l'affection qu'il lui portait.

Les parents de la jeune fille étaient repartis. On avait donné des calmants à sa mère et tous deux étaient allés chercher un peu de réconfort auprès de leurs autres enfants.

Plusieurs étudiants se trouvaient encore dans la salle d'attente, désemparés. Ils finirent par s'en aller à leur tour, en murmurant des paroles de consolation qu'ils savaient dérisoires. Seuls restèrent Jeremy et Nancy.

Jessica se tint un long moment assise avec eux, sans rien dire. Elle avait exprimé toute sa compassion en arrivant et ne savait qu'ajouter. Elle se sentait sidérée, même si elle savait qu'elle n'aurait pas dû l'être. Comment avait-elle pu s'aveugler à ce point ?

L'officier de police qui avait monté la garde toute la nuit n'avait rien vu, rien remarqué de suspect. De son côté, Jeremy expliqua qu'il avait fait des rêves affreux les rares moments où il s'était assoupi, mais qu'il était certain que personne n'était entré dans la chambre.

Il tenait quelque chose dans son poing crispé. Jessica lui desserra les doigts et poussa un cri étranglé en reconnaissant l'objet : c'était la petite croix d'argent de Mary.

Avec effort, elle lui demanda :

— Savez-vous quelles dispositions ses parents ont prises ?

Le jeune homme avait les yeux rouges, le visage sali de larmes.

— Ses parents voulaient emmener le corps tout de suite, mais l'hôpital préfère le garder quelques jours.

— Ah bon ?

Il la dévisagea, l'air égaré.

— Ils vont faire une autopsie.

— Je vois…

— Elle est à la morgue, maintenant.

Nancy regarda Jessica d'un air égaré.

— Elle est morte à cause de ce qui s'est passé en Transylvanie…

— Vous avez peur ? lui demanda Jessica avec douceur.

— Oui.

— Alors, venez. Sortons d'ici. Je vous emmène tous les deux manger quelque chose.

— Je ne pourrai rien avaler, dit Jeremy.

— Il le faut pourtant.

— Pourquoi ?

— Parce que vous êtes vivant, murmura-t-elle, que vous le vouliez ou non. Et qu'il vous faut faire ce que font tous les vivants.

Elle se mit debout et le tira par la main pour le relever, sans lui laisser le temps de protester.

Nancy, soulagée qu'on fasse preuve d'autorité, se leva aussi.

— Où allons-nous ?

— A mon bureau. Je ferai livrer quelque chose.

Vingt minutes plus tard, assis sur son divan, les deux étudiants attendaient l'arrivée des pizzas. Jeremy avait souhaité une bière et même si Jessica craignait que l'alcool ne le déprime plus encore, elle se dit qu'il y avait bien droit. Elle descendit en courant en acheter un pack.

A présent, le jeune homme buvait sa bière, le regard vide.

Puis, brusquement, il tourna la tête vers elle.

— Il y a vraiment des vampires, vous savez. Pas des malades qui aiment boire du sang. Non, de vrais vampires !

Jessica eut l'air sceptique.

— Vous n'y étiez pas, s'insurgea Nancy. Vous ne pouvez pas comprendre. Mais moi je sais ce que je dis !

Elle regarda Jeremy d'un air malheureux et continua :

— Nous aussi, nous allons mourir… Ils vont s'attaquer à nous, maintenant.

Jessica, qui sentait un frisson glacé lui parcourir le dos, hésita avant de répondre. Elle devait choisir ses mots avec soin.

— Eh bien, dit-elle enfin, admettons que de telles créatures existent… Avec-vous été mordus, l'un ou l'autre ?

Jeremy et Nancy se consultèrent du regard.

— Non, fit Nancy.

— Non, reprit Jeremy en écho.

Il y eut un nouveau silence.

— Mon Dieu ! s'écria soudain Jeremy, le teint blême.

— Qu'y a-t-il ?

— Mary va devenir un vampire !

— C'est vrai ! renchérit Nancy. Elle va rejoindre les morts-vivants !

Ses paroles étaient si mélodramatiques qu'elles auraient paru drôles si le contexte n'avait pas été aussi tragique.

— Bon… Ecoutez-moi, recommença Jessica, avec le plus de diplomatie possible. Souvent, la vérité n'est rien d'autre que ce que nous avons envie de croire…

— Epargnez-nous votre blabla psy ! jeta Jeremy avec colère.

— Laissez-moi poursuivre… Si, donc, on considère qu'une chose est vraie, alors elle le devient effectivement, pour soi, dans la vie de tous les jours. Admettons que les vampires existent : donnez-moi la liste des moyens de lutter contre eux.

Nancy et Jeremy échangèrent un regard éberlué.

— Des moyens… comme l'ail, vous voulez dire ? demanda Nancy.

— Oui, comme l'ail. Avez-vous eu une éducation religieuse, l'un et l'autre ?

— Je suis catholique, dit Jeremy.

— Et moi, méthodiste comme Mary, fit Nancy.

— Dans ce cas, vous devriez porter de grands crucifix en argent.

— Et si Mary avait été juive ? questionna Jeremy, soupçonneux.

— J'aurais suggéré une étoile de David…

— Je vois. Ce qui est important, c'est que je croie à ce qui peut arrêter, mettons, un vampire juif, commenta Nancy.

Jessica choisit de nouveau ses mots avec prudence.

— Voici comment on peut présenter les choses. Il existe un Etre suprême, qui représente le Bien absolu. Mais ici-bas, le Bien et le Mal se disputent en permanence la suprématie. Disons que vous êtes tous les deux du côté du Bien et que ce qui a tué Mary est du côté du Mal. En tant que représentants du Bien, vous devez combattre cet adversaire.

— Avec de l'ail ?

— Avec tout ce qui, à votre avis, peut marcher, répondit Jessica.

Il fallait les convaincre qu'ils avaient des armes pour se défendre. Sur ce point, au moins, elle avait l'impression d'avoir réussi.

— Alors, que devons-nous faire maintenant ? reprit Nancy.

— Retournez chez vous, prenez tout ce que vous jugez utile et revenez avec. Je vais tout préparer. Personne ne saura que vous êtes ici.

Elle fit une pause, puis reprit avec un sourire d'excuses :

— Nous allons faire comme dans les vieilles légendes. Alors, surtout, n'invitez personne à entrer. Absolument personne.

— C'est vrai, on dit qu'un vampire ne peut pas entrer si on ne l'invite pas.

— C'est la croyance traditionnelle, acquiesça Jessica.

— Il nous faut de l'eau bénite et des croix.

— Exactement. Quant à moi, je vais veiller à ce que vous passiez une bonne nuit de sommeil, leur promit Jessica.

— J'ai l'impression que je ne dormirai plus jamais, murmura Jeremy.

Jessica posa sa main sur la sienne.

— Je donnerais n'importe quoi pour alléger votre chagrin. Malheureusement, c'est une étape que l'on ne peut éviter. On doit la traverser de bout en bout, mais on doit aussi continuer à vivre. Il y a des gens qui vous aiment. Pensez à la tristesse que vous ressentez : vous ne voudriez pas que vos proches ressentent la même chose, n'est-ce pas ?

Il poussa un profond soupir.

— Je sais que je veux vivre, bien sûr. C'est de l'instinct de survie, non ?

Il avait raison. Diablement raison. Elle signifia son accord avec un petit sourire et un hochement de tête.

Au même instant, on livra les pizzas et les deux jeunes gens furent bien obligés de constater que, malgré tout, ils avaient faim.

Jeremy mordit une bouchée puis, brusquement, fondit en larmes.

Nancy le prit dans ses bras. Jessica garda le silence, submergée de compassion. Il semblait si profondément malheureux !

Et, aussi, terriblement effrayé.

*
* *

Bryan traîna son irritation toute la matinée et une bonne partie de l'après-midi, sans cesser de scruter le ciel. Il ne pouvait pas faire grand-chose, à part se maudire pour son impuissance.

Jessica, livide, avait filé à l'hôpital dès qu'il avait eu fini de lui raconter ce qui s'était passé. Elle avait pris sous son aile Jeremy et d'autres étudiants, mais il les connaissait à peine. Il ne pouvait rien leur offrir en guise de consolation.

L'après-midi tira enfin à sa fin. Il avait vérifié les horaires de changement de service des infirmières et, merveille de l'informatique, avait trouvé sur internet un plan détaillé de l'hôpital.

Il y arriva bien en avance pour ce qu'il voulait faire et s'installa d'abord à la cafétéria.

Elle était noire de monde. Parfait… Il prit son temps, guettant l'occasion favorable, tout en faisant semblant de lire le journal. Comme il l'espérait, un jeune aide-soignant finit par oublier son badge sur son plateau et Bryan put le subtiliser discrètement.

Dans un vestiaire, il trouva toute une panoplie de blouses arborant le nom de leur propriétaire. Il n'avait que l'embarras du choix et prit le temps de se demander s'il ressemblait plus à un MacDonald qu'à un De Vries, un Garcia ou un Gustafson. Il décida qu'après tout, l'Amérique étant ce qu'elle était, ça n'avait pas d'importance.

Dissimulé sous l'uniforme local, il se lança dans les couloirs d'un pas assuré, se dirigea sans hésiter vers le bon escalier et atteignit enfin la morgue.

C'était triste et froid et aucune technologie moderne n'y pouvait rien. Il ne s'y trouvait qu'un gardien, un jeune homme assis à un bureau, juste derrière la porte, plongé dans un roman de science-fiction. Bryan put lire son nom sur son badge : David Hayes.

A son entrée, le jeune homme leva le nez de son livre d'un air coupable.

— Désolé, marmonna-t-il.

— Aucun problème…

— Merci. Bonsoir, docteur, euh… MacDonald.

— Bonsoir. J'ai besoin d'examiner l'un des corps qui vous ont été apportés aujourd'hui.

— Celui qui a été tué par balles ?

— Non, la jeune fille qui est allée en Europe.

— Deuxième porte à gauche. Ils ont tous une étiquette avec leur nom.

— Merci.

Bryan s'avança. Il venait à peine d'entrer dans la salle que les lumières s'éteignirent. La morgue se retrouva plongée dans une obscurité profonde et glaciale.

S'il y avait autopsie, cela voulait dire que le corps de Mary était à la morgue de l'hôpital. Jessica espérait de toutes ses forces que la jeune fille ne soit pas devenue ce qu'elle risquait de devenir, mais elle ne se faisait pas d'illusions. La présence de Bryan MacAllistair à La Nouvelle-Orléans était un indice supplémentaire.

Evidemment, cela n'expliquait pas comment les choses s'étaient passées, alors qu'elle n'était jamais restée seule dans sa chambre… A présent, malheureusement, cela ne changeait rien. Maintenant, il fallait qu'elle retrouve le corps de cette malheureuse.

Cette nuit.

De jour, il y avait bien trop d'allées et venues.

Elle avait failli appeler Sean, puis avait renoncé, préférant ne pas le mêler à cela. Il était bien placé pour obtenir une promotion et ce n'était pas le moment de mettre en danger sa carrière. Elle devrait affronter cette tâche toute seule.

Dans le vestiaire, elle prit une blouse d'aide-soignante de couleur verte. Elle avait pris soin de se faire un badge avec un faux nom. Elle s'empara également d'un seau et d'une serpillière qui empestait le désinfectant. Elle noua un foulard sur sa tête, mit un masque en papier et marmonna quelques mots indistincts, avec l'accent des Caraïbes, à l'homme qui montait la garde à l'entrée de la morgue.

Impossible, bien sûr, de lui demander où reposait le corps qu'elle cherchait. Il faudrait qu'elle le trouve sans aide.

Elle prit sur la gauche et entra dans la première pièce, qui contenait six chariots. Elle lut les noms des cinq premières personnes sur les étiquettes accrochées à leur gros orteil. Le sixième, quoique recouvert d'un drap, était vide.

Puis, soudain, toutes les lumières s'éteignirent d'un coup.

David Hayes étouffa un juron. Qu'est-ce que c'était encore que cela ? Une panne ? Mais alors, pourquoi les lumières de secours ne s'allumaient-elles pas ?

L'incident concernait-il tout l'hôpital, ou seulement la morgue ?

Alors qu'il faisait un geste pour se lever, il sentit une main se poser sur son épaule.

— Bonsoir, beau gosse…

Une voix féminine, très douce, langoureuse…

Qui diable, parmi ses connaissances, pouvait venir lui faire du charme dans un lieu pareil, et pendant une coupure de courant ?

Enfin, les ampoules violettes du circuit de secours s'allumèrent en clignotant.

Il écarquilla les yeux : la plus belle créature qu'il ait jamais vue de sa vie se tenait debout devant lui.

Entièrement nue.

Blonde, belle, avec des seins énormes et la taille fine. Pas un gramme de cellulite. Un teint pâle, parfait. Des yeux immenses, à la lueur charnelle.

Elle sourit, lui frôla la bouche du bout des doigts.

— J'attendais l'occasion. Nous sommes seuls, n'est-ce pas ?

Non, songea-t-il, ils n'étaient pas seuls. Il avait vu entrer une femme de ménage et un médecin. Sans compter que les lumières allaient se rallumer d'un instant à l'autre… Tant pis ! Il s'en fichait.

— Je t'avais remarqué, reprit-elle à voix basse, faisant courir ses doigts sur son visage.

Il aurait dû lui dire qu'ils n'étaient pas seuls, mais il n'y arrivait pas.

Il avait besoin de ce boulot, qui lui permettait de payer ses études de médecine et qui, en outre, lui plaisait. Il pouvait passer des heures à lire, tranquillement assis à son bureau. C'était de tout repos, bien payé, et ça valait mille fois mieux que de faire la plonge dans un café ou un snack-bar.

Il aurait voulu le lui expliquer, mais ne parvenait pas à articuler le moindre son.

Il pouvait seulement la contempler, les yeux ronds de stupeur.

Elle avait les mains froides… Evidemment. A cause de la climatisation.

Elle sourit, les yeux rivés sur lui.

— Que tu es bête…, dit-elle.

Elle lui embrassa les lèvres. Sa langue était glacée.

Quelque chose n'allait pas.

Pourtant, le baiser se fit insistant et, en dépit de la sensation de froid et de l'atmosphère de la morgue, il sentit ses sens s'enflammer. Instinctivement, il tendit les bras. Bon sang, quel corps ! Et ces lèvres gelées sur les siennes, puis sur son cou…

Bryan s'immobilisa, l'oreille aux aguets. Derrière lui, la porte s'était refermée. Le silence, dans cette obscurité de caveau, paraissait assourdissant.

Puis il entendit quelque chose, un bruissement…

Il comprit alors qu'il n'était pas le seul intrus à s'aventurer dans le noir.

On était sur ses traces.

Il se déplaça sans bruit, rencontra sous ses doigts un premier chariot, le tâta avec précaution. Il y avait un corps, froid, immobile. Il en fit le tour avec une prudence redoublée.

Un deuxième chariot. Il le contrôla aussi. Une femme, se dit-il. Ce cadavre-là ne bougea pas non plus.

Sur le chariot suivant, la dépouille d'un homme.

Mais le suivant encore était vide !

Jessica resta immobile dans le noir, tendant l'oreille. Elle perçut un frôlement et comprit qu'il y avait quelqu'un d'autre sur les lieux.

Sans doute quelqu'un de l'hôpital, se dit-elle, à moitié convaincue. Soit le gardien, soit quelqu'un de la maintenance venu rechercher l'origine de la panne…

Les coupures de courant, cela arrivait, même à l'hôpital. Pourtant, elle savait que cette fois, c'était différent : *cette panne était préméditée.*

Elle abandonna sa serpillière et son seau et se mit à explorer la pièce avec d'infinies précautions, pour rejoindre le chariot vide.

Elle sentit un nouveau déplacement d'air, devina une présence, toute proche. L'espace d'un instant, la panique la submergea. Pourquoi les ampoules de secours ne s'allumaient-elles pas ? Elle avait l'impression d'être plongée dans le noir depuis des siècles.

Au bout d'une minute, heureusement, sa raison reprit le dessus. Elle songea à se cacher sous le drap qui recouvrait le chariot vide, mais se retint. Vu l'obscurité qui régnait, cela lui ferait courir un risque encore plus grand.

De nouveau, elle perçut qu'on se déplaçait tout près d'elle. Elle glissa la main dans la poche de sa blouse et serra dans sa paume la croix d'or qu'elle y avait cachée.

*
* *

En voyant les lumières s'éteindre brusquement, Bryan avait compris qu'il pouvait s'attendre au pire. Il avait eu beau venir à l'avance, il était tout de même trop tard. Il y avait quelqu'un d'autre dans la pièce.

Il discerna dans la pénombre, près du chariot vide, un mouvement imperceptible. Plongeant la main sous sa blouse, il serra les doigts autour de l'épieu qu'il avait apporté, puis se rapprocha à pas de loup. Un nouveau mouvement fit naître un léger courant d'air.

L'intrus l'avait entendu et, à son tour, se rapprochait.

Il tira son épieu.

Au même instant, les ampoules de secours s'allumèrent, jetant une lueur faible dans la pièce.

Il eut juste le temps d'arrêter son geste.

Jessica se tenait à côté du chariot vide, agrippant de toutes forces une croix en or.

— Vous ! s'écria-t-elle.

— Vous ! fit-il en écho.

Un hurlement retentit dans le bureau du gardien.

Ils s'y précipitèrent. Le jeune Dave, qui lisait encore tranquillement, quelques instants plus tôt, gisait maintenant sur le sol.

Bryan fonça vers lui, regarda son cou, lui prit le pouls. Il battait encore.

— Appuyez sur l'alarme ! cria-t-il à Jessica.

Elle l'avait déjà fait. Une sonnerie se déclencha bientôt.

Qu'est-ce qu'elle faisait là ? Un peu plus et il la tuait !

Comme il s'y attendait, il y avait des traces de piqûre sur le cou du gardien. Il ôta rapidement sa blouse pour éponger le sang qui perlait à peine. Mary n'était pas allée au bout. Ce qui voulait dire qu'elle s'était éveillée seule. Si un autre vampire, expérimenté, avait été présent pour la guider, Dave serait mort.

Quelque chose, dans toute cette histoire, lui échappait. Mary n'aurait jamais dû s'éveiller aussi rapidement. Heureusement, le jeune homme était encore vivant.

Mais pour combien de temps ?

Les battements de son pouls s'affermissaient. Il était jeune, solide. Il avait une chance de s'en tirer, d'autant que les secours n'allaient pas tarder. Par bonheur, ils étaient dans un hôpital !

— Il faut qu'il s'en sorte, dit-il à voix haute.

Jessica ne répondit pas. Bryan leva la tête. La jeune femme n'était plus là.

Mieux valait éviter pour lui aussi d'avoir à expliquer au personnel ce qu'il faisait là, avec une blouse qui ne lui appartenait pas. Il redressa donc Dave, l'appuya contre le bureau, dégagea le col de sa chemise et s'assura qu'il respirait. Il entendit le bang de l'ascenseur, se leva et fonça au fond de la salle, où il avait repéré une issue de secours.

Cela déclencherait une nouvelle alarme, mais au moins, il aurait le temps de filer.

Il fonça au pas de course vers le parking. Il avait juste le temps de s'éclipser avant le remue-ménage affolé qui n'allait pas manquer de suivre.

*
* *

— Waou ! s'exclama Nancy, quand Jeremy et elle revinrent dans le bureau de Jessica, rue Royal.

Apparemment, ils avaient trouvé en la psychologue quelqu'un qui les croyait enfin. Personne ne les avait pris au sérieux, en Transylvanie. Florenscu moins que les autres, lui qui agitait la main avec agacement à chaque affirmation de Jeremy.

Ce policier croyait-il que ce genre de pratique avait disparu depuis longtemps de son pays et était-il pressé d'en finir pour retourner à des tâches plus sérieuses ? Peut-être se sentait-il tout simplement impuissant ? Peut-être avait-il cru que Mary s'en tirerait, que le maléfice ne pourrait pas la suivre au-delà des mers ?

— Waou… Waou…, répéta Nancy.

Jessica avait suspendu des bouquets d'ail tout autour des portes et des fenêtres, à l'intérieur comme à l'extérieur. Elle avait posé des vases emplis d'eau sur tous les rebords de fenêtre. De l'eau bénite, se dit Jeremy. Il y avait des crucifix absolument partout et, pour faire bonne mesure, Jessica avait sorti aussi une grande étoile de David dans un cadre, une petite statue de Bouddha et une image de Confucius.

Tout avait été disposé comme s'il s'agissait d'un hommage aux différentes religions pratiquées dans le monde.

Jeremy trouva même, sur une chaise, une poupée vaudoue et, ici et là, divers objets indéterminés, des symboles religieux qu'il ne connaissait pas.

Jessica n'était pas là quand ils arrivèrent, mais elle leur avait confié la clé. Un message à leur intention, placé sous deux lourdes croix d'argent, attendait sur son bureau. Ils devaient mettre les croix autour de leur cou et n'ouvrir en aucun cas ni à quiconque les portes et les fenêtres.

Jessica avait également prévu autre chose : des épieux, bien aiguisés.

— Tu te sens en sécurité ? lui demanda Nancy.

— En tout cas, je me sens mieux, répondit-il avec un sourire contraint.

Ils dénichèrent un jeu de cartes et jouèrent un moment, mais ils avaient du mal à se concentrer.

Ils finirent par se dire qu'ils feraient aussi bien de se reposer. Jessica avait préparé des oreillers et des couvertures sur un divan et un lit d'appoint. Ils s'assoupirent. L'après-midi s'écoula, puis la soirée.

Quand ce fut la nuit, Mary apparut.

Jessica ne quitta pas immédiatement l'hôpital. Après s'être débarrassée de son déguisement, elle fit le tour des urgences, puis du hall d'entrée principal et enfin fouilla méticuleusement tous les étages, feignant de chercher la chambre d'un ami. Le désespoir l'envahit : Mary avait réussi à s'enfuir.

Ce faisant, cependant, elle ne décolérait pas. Tomber sur Bryan MacAllistair, ici, en train de brandir un pieu !

Qui diable était vraiment cet homme ? Qu'est-ce qu'il était venu faire là exactement ?

Il l'avait vue. Que se disait-il, maintenant ? Se posait-il les mêmes questions qu'elle ? Un frisson glacé la parcourut.

Elle finit par abandonner ses recherches. Où que Mary puisse être, elle n'était pas dans l'hôpital.

Une fois à l'extérieur, elle appela Sean.

— Mary s'est réveillée, dit-elle, quand il décrocha. Et elle a disparu.

— Quoi ?

Elle prit une inspiration.

— Tu as bien entendu. Ne pose pas de questions. Crois-moi sur parole et trouve-moi de l'aide !

— Dieu du Ciel ! marmonna-t-il. D'accord.

On était dimanche. Elle le dérangeait alors qu'il était en compagnie de sa femme et de ses enfants. Tant pis. Ce qui se passait était trop grave et Maggie, plus que tout autre, comprendrait parfaitement.

— J'ai installé Jeremy et Nancy dans mon bureau, ajouta-t-elle. A mon avis, Mary va sentir Jeremy et se lancer à sa poursuite.

— Sûrement. J'y vais tout de suite.

— Non, attends ! Moi, j'y vais et toi, tu viens à l'hôpital. En tant que policier, tu pourras enquêter sur ce qui s'y passe.

— Entendu.

— Sean, tout ça est ma faute !

— Non, Jessica. Aucun de nous n'aurait pu le prévoir.

— Sauf qu'à mon avis…

Elle s'interrompit, fit une grimace et reprit :

— A mon avis, on a choisi de s'attaquer à Mary pour me narguer, moi…

Bryan bouillait de rage, mais ce n'était pas le moment de perdre le nord. Il y avait urgence. Il déambula dans toutes les rues de la ville, à la recherche de Mary, conscient de l'ampleur surhumaine de la tâche, même avec des sens aiguisés comme les siens.

Surtout que la jeune femme connaissait le quartier comme sa poche. Où diable pouvait-elle trouver refuge à cette heure, nue comme elle était ?

La réponse s'imposa : dans un club de strip-tease, rue Bourbon.

— Jeremy !

Perdu dans son rêve, Jeremy entendait son nom.

— Jeremy…

C'était Mary. Il ouvrit les yeux. La voix venait de la fenêtre.

N'y va pas ! lui enjoignit une voix intérieure. Mais il ne put s'en empêcher. Après tout, ce n'était qu'un rêve. Un rêve n'était pas réel et Mary, désormais, n'existait plus qu'en rêve.

Il jeta un coup d'œil vers Nancy, profondément endormie. Lui aussi, d'ailleurs, dormait toujours, puisqu'il pouvait entendre la voix de celle qui avait tellement compté pour lui.

Il s'approcha de la fenêtre festonnée d'ail, protégée par l'eau bénite. En tirant les rideaux, il vit Mary.

Ils étaient au premier étage d'un immeuble du XIXe siècle, mais Mary se dressait derrière la vitre, debout, comme si elle flottait sur l'air.

— Mary ! fit-il d'une voix étranglée.

Elle avait beau être nue comme au premier jour, elle semblait totalement innocente, pure, parfaite.

— J'ai besoin de toi, Jeremy. Je peux compter sur

toi, n'est-ce pas ? Il faut que tu m'aides. J'ai froid, j'ai faim. Je suis désespérée…

— Oh, Mary…

— Laisse-moi entrer. Il te suffit d'enlever tous les obstacles.

— Je ne peux pas, Mary. Tu es un vampire, maintenant.

— J'ai si froid, Jeremy, si faim ! Je souffre tant ! Jeremy, je t'en prie…

Sa voix implorante lui fendait l'âme.

Et puis, après tout, ce n'était qu'un rêve. Cela n'avait pas d'importance qu'il ouvre la fenêtre, dans son rêve, qu'il enlève tous les objets que Jessica avait disposés pour le rassurer.

Oui, dans un rêve, il pouvait la laisser entrer, la prendre dans ses bras, comme il l'avait toujours voulu…

— Jeremy…

Un rêve. Ce n'était qu'un rêve…

Alors il tendit la main vers la poignée…

10

Sean Canady observait le jeune homme qu'on avait attaqué dans la morgue.

Dave n'avait toujours pas repris conscience : il lui faudrait attendre pour l'interroger. Cependant, son état était stable et il semblait moins atteint que ne l'avait été Mary.

— Ne le quittez pas des yeux, intima-t-il à George Mendez, l'homme qui avait monté la garde pendant la nuit. Pas une seule seconde !

— Certainement, chef.

— Pas même pour aller aux toilettes. Je parle sérieusement, Mendez. J'ai placé Howlett dans le couloir. Si vous avez besoin de faire une pause, appelez-le pour qu'il vous remplace.

— C'est entendu, promit le policier.

Il venait d'entrer dans la police et il était catholique pratiquant. Sean l'avait choisi exactement pour cette raison. Quand il lui avait glissé un crucifix autour du cou, d'ailleurs, l'autre n'avait pas posé de question, comme si ce geste était naturel.

— Chef ?

— Oui ?

— Ils ont fait une erreur ? La jeune fille était encore vivante ?

— Pour l'instant, nous ne savons pas au juste ce qui s'est passé, Mendez. Nous savons simplement que le corps de cette jeune fille a disparu et que ce jeune homme a perdu du sang. Si cela se trouve, c'est une mauvaise plaisanterie d'étudiants. Mais quoi qu'il en soit, le mot d'ordre est motus, jusqu'à ce qu'on en sache plus. Howlett renverra les journalistes et les curieux. L'essentiel, c'est que ce jeune homme soit surveillé en permanence. J'ai prévenu le personnel que même les médecins ne pourront s'isoler derrière le rideau pour l'examiner. C'est clair ? Même quand ils lui mettent le bassin, vous restez dans la chambre !

— Compris, chef. Vous pouvez compter sur moi.

Sean hocha la tête, puis sortit dans le couloir. Howlett l'arrêta :

— Les journalistes sont dehors, le prévint-il.

— Merci.

Sean redressa les épaules et s'apprêta à affronter l'ennemi.

Tout en croisant les doigts pour que Jeremy et Nancy aient bien compris ses mises en garde, Jessica regagna en hâte son bureau. Elle n'était pas totalement rassurée et ne voulait pas perdre une minute.

En arrivant, elle tambourina sur la porte.

— Jeremy ? Nancy ? Ouvrez-moi ! cria-t-elle. C'est Jessica !

Elle attendit, le cœur serré dans un étau d'angoisse.

Comme rien ne se passait, elle fouilla fébrilement

son sac pour en sortir sa clé, l'enfonça dans la serrure, puis ouvrit et se précipita dans le bureau.

Jeremy, debout devant la fenêtre, se retourna en l'entendant entrer. Il fixa sur elle un regard hébété, en battant des cils.

— Je... j'étais endormi, murmura-t-il, l'esprit confus.

Jessica fonça sur lui et le secoua par les épaules. Il fallait qu'il reprenne conscience.

— Il ne faut pas la laisser entrer. Jamais ! Sous aucun prétexte !

— Mais... c'est Mary !

Nancy, sur son divan, s'ébroua.

— J'ai entendu frapper... C'est bizarre, il m'a semblé...

Elle s'interrompit et ses yeux passèrent de l'un à l'autre.

Jeremy, immobile, regardait fixement Jessica, les traits tirés, l'air incroyablement triste.

— C'était Mary, répéta-t-il.

Jessica baissa la tête, puis la releva.

— Je sais, Jeremy, dit-elle doucement. Je sais...

Faire le tour des clubs de strip-tease de la rue Bourbon n'aurait sûrement pas déplu à la plupart des hommes, mais Bryan était si tendu qu'il se montrait tout juste poli.

Non, il ne voulait pas de danse contact.

Non, ça n'avait rien à voir avec le prix.

Non, il n'était pas homosexuel.

Une seule femme au monde l'intéressait, une femme qui évoquait pour lui l'élégance de la soie, la puissante décharge électrique d'un éclair. Par comparaison, les autres n'évoquaient que la rudesse du lin et la pâle lueur de l'aube.

Il finit par retrouver Mary dans un club de bas étage, situé un peu à l'écart. Les videurs étaient costauds mais ventripotents. Les poteaux ternis, les tapis usés jusqu'à la corde. Les filles y étaient plus âgées qu'ailleurs et, comme les videurs, plus flapies.

La jeune fille avait enfilé une vague tenue de scène. Bryan serra les dents, espérant qu'elle n'avait attaqué personne d'autre. Sans doute pas : il n'y avait pas de loges d'artistes dans l'établissement.

Elle allait probablement essayer d'attirer un client dans l'une des alcôves de la salle, fermées par un rideau.

Elle se pavana sur la piste, comme si elle avait fait cela toute sa vie, avec ces mines de collégienne coquine si irrésistibles aux yeux de certains. Son sourire tentateur promettait un monde de plaisirs interdits.

Elle s'enroula autour d'un poteau, prit des poses langoureuses, torrides.

Les billets de banque volaient dans sa direction. Les hommes, dans le public, se déchaînaient. Elle se mit à proposer des danses contact : un client en offrit mille dollars.

Mary jaugea le candidat — un homme d'affaires à double menton — avec un sourire de dédain, puis elle s'humecta les lèvres du bout de la langue.

— Pourquoi pas ? chuchota-t-elle.

Elle lui fit signe de la suivre.

L'homme se précipita, manquant trébucher.

Bryan les suivit discrètement.

*
* *

Il faisait noir, très noir. C'était une obscurité épaisse, étrange, inquiétante même, qui n'évoquait ni une coupure de courant, ni une nuit profonde. C'était plutôt comme une ombre qui serait peu à peu descendue sur la chambre en planant, une ombre sans contours définis, presque une simple sensation, tangible pourtant.

Et glaciale.

Une véritable terreur s'empara de George Mendez, mais il connaissait son devoir. Il avait promis qu'il tiendrait bon et il le ferait.

Luttant contre la peur, il s'approcha du lit, effleura le crucifix du jeune gardien, puis s'aperçut que l'oreiller était humide. S'agissait-il d'eau bénite ? Le lieutenant Canady en aurait-il vaporisé sur l'oreiller ?

Oh ! Il fallait qu'il l'ait fait !

L'officier de police serra les doigts autour de sa propre croix d'argent et se mit à prier à voix haute.

« Quand je marche dans la vallée de l'ombre de la mort… »

Il eut soudain l'impression qu'on l'étranglait, que l'ombre s'était matérialisée et s'attaquait à lui.

« Je ne crains aucun mal », poursuivit-il.

Il ferma les yeux un instant, résistant à l'envie de céder à la panique et de se précipiter hors de la chambre.

Il crut entendre un ricanement, très bref, puis l'ombre se dilua et la sensation de froid disparut.

Trempé de sueur, tremblant encore, Mendez reprit peu à peu son souffle. Mais le ricanement se répéta. L'officier se colla les mains aux oreilles, sans songer à brandir son arme à feu. Cela n'aurait servi à rien.

« Je ne crains aucun mal », répéta-t-il, avec toute la ferveur de sa croyance en Dieu.

Le rire sardonique s'éteignit et ne revint pas.

Mendez se laissa tomber sur une chaise au pied du lit et regarda nerveusement autour de lui. Rien ne semblait avoir bougé. Il remercia Dieu d'avoir su résister, de ne pas avoir foncé en hurlant dans le couloir. Il se mit à genoux et, humblement, pria pour qu'on ne lui redonne jamais ce genre de mission. Il venait de se marier, sa femme et lui attendaient un enfant. Il devait rester en vie.

Il resta agenouillé. Les heures passaient. Il se demandait s'il oserait expliquer au lieutenant Canady qu'il avait vu une ombre dans la chambre.

Et qu'il avait peur qu'elle revienne.

Le rideau se referma sur l'homme d'affaires. Bryan regarda rapidement autour de lui. Les autres alcôves étaient closes, protégeant l'intimité de leurs occupants. Il pouvait agir. Il était plus que temps d'arrêter Mary.

Il tira brusquement le rideau, découvrant l'homme à genoux, les yeux écarquillés, le toupet de travers, geignant comme un enfant de deux ans.

Mary, debout devant lui, lui ordonnait de se taire et de montrer son cou. L'homme tremblait, pantelant, mais n'avait pas la force de résister. Il ressemblait à un nageur blessé, pris au piège d'une mer poissonneuse, en train de regarder s'approcher de lui le grand requin blanc qui allait le couper en deux.

En entendant le grincement de la tringle, Mary fit demi-tour, cracha une injure et foudroya Bryan du regard. L'espace d'un éclair, elle découvrit ses canines, devenues longues et pointues.

Bryan tira de sa poche un flacon d'eau triplement bénite et l'en aspergea. Elle poussa un cri atroce et il y eut une affreuse odeur de chair brûlée.

Le gros homme cria et se recroquevilla contre la banquette.

Mary se plia en deux. Bryan s'avança, prêt à lui donner le coup de grâce, mais au même instant le gros homme se releva en criant. La jeune femme pivota à la vitesse de l'éclair et sortit en trombe de l'alcôve, faisant naître des hurlements sur son passage, tandis que des clients bondissaient pour l'éviter et retombaient avec un choc sourd sur la piste où une femme presque entièrement nue aguichait le public avec un fouet.

Tous les assistants s'étaient levés. Les coups de poing volaient. En un instant, ce fut le chaos.

Jurant à voix basse, Bryan se fraya brutalement un chemin dans la foule.

Mary avait fui par une allée dérobée. Il la suivit.

Jessica resta avec Nancy et Jeremy jusqu'au lever du soleil. Le jeune homme lui sembla alors apaisé. Il se montrait cependant méditatif et silencieux.

— A la lumière, nous ne courons aucun danger, n'est-ce pas ? demanda-t-il.

Jessica hésita à lui répondre.

— Eh bien, je ne sais pas si…

Elle s'interrompit sous son regard, lourd de reproche.

— Mais si, vous savez, dit-il calmement. J'ignore pourquoi et comment, mais je sais que vous savez.

Elle soutint son regard.

— Oui, vous ne courez probablement aucun danger en plein jour…

Elle traversa la pièce pour s'asseoir à son bureau et les dévisagea.

— Ne croyez pas la légende qui veut que les vampires ne sortent pas de jour. C'est faux. Il leur suffit de dormir près de leur terre natale, ou avec une pincée de cette terre sur eux. Certes, ils n'aiment pas le soleil, mais les rayons ne les tuent pas. L'eau bénite peut les tuer, mais aussi l'eau salée, en grande quantité. Que vous dire d'autre ? Un vampire vraiment puissant peut vous faire pratiquement tout oublier. Il peut vous plier à sa volonté sans même avoir besoin de vous regarder dans les yeux…

Elle fit une pause. Ces deux jeunes, qui s'inquiétaient tant qu'on puisse les prendre pour des fous, devaient maintenant la trouver totalement cinglée.

— A votre place, je n'aborderais pas le sujet en public. Si vous commencez à essayer de convaincre les gens que les vampires existent vraiment, vous risquez fort de vous retrouver à l'asile. Peut-être avons-nous tous tendance à nier ce que nous avons peur de croire. Je ne sais pas. Ce que je sais, en revanche, c'est qu'il existe un vampire particulièrement puissant, qu'on appelle le Maître. Il est presque aussi maléfique que le diable lui-même. Il a surgi à plusieurs reprises dans l'Histoire. Ces dernières années, il ne s'était plus manifesté et j'avais fini par croire qu'il avait été détruit, mais… Bref, je pense qu'il a suivi la trace de Mary jusqu'ici. Le danger, actuellement, ne vient donc pas seulement de Mary, lâchée dans les rues de la ville. Il y a pire. Bien pire, conclut-elle à voix basse.

— Etes-vous une tueuse de vampires ? demanda Jeremy.

Jessica baissa les paupières, en secouant la tête.

— Non. Mais j'essaye de les empêcher de tuer, de transformer d'autres personnes en vampires. Hélas, je n'ai pas réussi à sauver Mary…

— Comment connaissez-vous l'existence de ce… Maître ?

— Par ses manifestations précédentes. Je suis allée en Roumanie dans l'espoir d'en savoir plus sur ce qui se tramait. Il y a toujours, dans ces congrès, beaucoup de discours sur les cultes ésotériques, sur les gens qui pensent avoir besoin de boire du sang, mais au milieu de ce fatras, on tombe souvent sur des indices, des indications sur ces soirées privées que le Maître a commencé à organiser pour son usage personnel. Il aime faire son choix. Mary était très belle, ajouta-t-elle doucement.

— C'est dément ! commenta Nancy.

Oui, cela semblait dément, en effet. Eux qui affirmaient avec force avoir vu des vampires en Transylvanie, ils étaient bien loin de savoir ce que c'était vraiment !

— Vous vouliez la vérité, je vous l'ai dite. Vous devez vous protéger en permanence, surtout si le Maître, comme je le soupçonne, est en train de prévoir l'une de ses fêtes sanguinaires ici même.

A sa surprise, Nancy déclara :

— Ce qui m'attriste, c'est que je vous crois. Je sais que vous dites la vérité. Il était là-bas, au château.

Simplement, j'aurais préféré que ce soit — comme les policiers roumains l'ont affirmé — de l'hystérie collective…

Brusquement, Jeremy reprit ses esprits.

— Mais alors… il faudrait prévenir tout le monde ! La municipalité, l'Etat… Tout le monde !

— Réfléchissez, répondit Jessica, en soupirant. Il est hors de question de créer des mouvements de panique, voire une situation dans laquelle vous enverriez directement chez les fous ceux qui essayent de lutter contre ces maléfices.

— Nous pouvons au moins protéger nos amis, Jeremy, proposa Nancy. Nous pourrions leur demander de porter des croix, en souvenir de Mary, par exemple. Allons-y…

— Je suggère tout de même que vous reveniez ici ce soir, dit Jessica.

— Mais…

— C'est vous que le Maître cherche, maintenant. Il est sûrement furieux que Mary n'ait pas réussi à vous convaincre de la laisser entrer.

— Si jamais il lui fait du mal…, commença Jeremy, hérissé.

— Jeremy, coupa Nancy, en lui prenant le bras, Mary est morte. La Mary que nous connaissions est morte. N'est-ce pas ?

Jessica baissa de nouveau les yeux, en se demandant que répondre. Puis elle releva la tête et dévisagea les deux jeunes gens.

— Le Maître est le Mal incarné. Il est excessivement cruel. Je crains bien que Mary, qui est maintenant sa créature, n'ait plus rien à voir avec celle que vous avez connue. Même si, en vous parlant, elle ressemble étrangement à l'amie d'autrefois, n'oubliez pas qu'elle est à ses ordres. Vous devrez être fort, Jeremy.

— Au point de devoir peut-être la tuer ?

— Si c'est nécessaire, oui.

— Je pourrais…

— Vous n'avez aucune idée de ce contre quoi vous luttez. Tout ce que vous pouvez faire, c'est veiller sur vous et me prévenir dès qu'elle se manifeste. Vous comprenez ? Le Maître me hait, Jeremy. Il va s'en prendre à vous, parce qu'il sait que nous sommes devenus intimes. Or, autant parfois il attire les gens pour s'amuser, autant, d'autres fois…

Elle s'interrompit, ne sachant jusqu'à quel point elle pouvait aller.

— Le Maître, reprit-elle, a résolu de briser ma vie en s'attaquant à ceux qui me sont chers. Vous devez vraiment résister, Jeremy. Résistez à Mary, même si c'est très difficile. Vous comprenez ? Mary a pour mission de vous tuer.

Nancy plissait le front mais, visiblement, elle comprenait l'ampleur du danger qu'ils couraient.

— Jeremy va obéir, dit-elle d'un ton ferme. Je m'en charge.

— Soyez de retour avant la tombée de la nuit, leur ordonna Jessica.

Jeremy lui jeta un regard troublé.

— Pourquoi le Maître vous hait-il autant ?

— C'est une longue histoire…

Jeremy attendit la suite, mais Jessica garda le silence.

— D'accord, dit-il doucement. J'en conclus que vous avez à voir avec le fait qu'il ait disparu pendant si longtemps. Alors, vous aussi, prenez soin de vous.

— C'est promis.

Les deux étudiants s'en allèrent.

Jessica s'appuya sur le dossier de sa chaise, en croisant les mains sur sa poitrine.

Au bout d'un moment, elle dit à voix haute :

— Ça ne s'est pas trop mal passé…

Elle inspira profondément, puis entreprit d'annuler tous ses rendez-vous de la semaine.

Sauf un.

Sean se laissa aller sur sa chaise en fermant les yeux. Pourvu que l'aspirine agisse rapidement…

Quelle nuit et quelle horrible façon de commencer la journée !

Il avait prévenu les parents de Mary, par téléphone, que le corps de leur fille avait disparu. L'hôpital retentissait de rumeurs contradictoires. Pour les uns, un psychotique nécrophile avait dérobé la dépouille. Pour d'autres — et c'était l'opinion la plus répandue — les médecins avaient fait une terrible erreur et la jeune fille n'était pas morte. Elle s'était réveillée, souffrant sans doute d'amnésie, avait trouvé des habits quelque part et errait maintenant dans les rues.

Sean avait organisé une surveillance constante de Dave, dans sa chambre d'hôpital, en choisissant avec soin les policiers chargés de cette tâche, relativement facile dans la journée, mais particulièrement délicate pendant la nuit.

Et maintenant, on venait de lui dire que Bryan MacAllistair demandait à le voir.

— Faites-le entrer, dit-il à l'agent d'accueil.

MacAllistair surgit aussitôt et resta debout, l'air farouche.

— Que puis-je faire pour vous ? lui demanda Sean.

MacAllistair semblait harassé, à bout de forces.

— Me dire la vérité, répondit-il, en prenant un siège.

— C'est vous qui me dites ça ? Ça vous va bien !

— J'avais retrouvé Mary et je l'ai reperdue.

— Ah bon ?

— Vous savez très bien que j'étais à la morgue. Jessica vous a sûrement téléphoné.

Sean se pencha vers lui.

— Justement, qu'est-ce que vous fichiez là ?

MacAllistair eut un sourire sans joie.

— J'essayais de neutraliser un vampire.

Sean se tut, médusé. Pourtant, il aurait dû s'y attendre.

— Mary est devenue un vampire, reprit Bryan. Je l'ai dénichée dans un club de strip-tease. Elle m'a échappé au moment où j'allais l'attraper.

Sean battit des paupières.

Le sourire amer de MacAllistair s'élargit. Il se pencha à son tour.

— Je ne comprends pas encore tout ce qui se passe ici, mais ça ne va pas tarder. Je suis convaincu que vous savez aussi bien que moi qu'il y a un vampire en liberté dans les rues. J'ai l'intention de l'arrêter et vous pouvez m'aider.

Il se mit debout. Sean s'efforçait de ne pas perdre son calme.

— Appelez-moi, si vous avez besoin de moi, lieutenant Canady. De mon côté, je vous promets de vous tenir au courant. Merci de m'avoir reçu. Il m'a semblé important de vous prévenir. Je surveillerais mes arrières, cette nuit, si j'étais vous.

Sur ce, il tourna les talons et s'en alla.

— Fils de p..., jura Sean. J'aurais dû le faire arrêter ! Mais pour quel motif ? Parce qu'il en savait trop ?

Stacey parut soulagée de voir Jessica, qui entra en examinant avec surprise leurs préparatifs.

Des guirlandes de gousses d'ail pendaient dans tous les coins. Des récipients remplis d'eau bénite et des symboles religieux trônaient partout, comme s'ils avaient mélangé pêle-mêle des souvenirs de voyage.

— Beau boulot, commenta brièvement Jessica.

— Vous allez bien ? s'enquit Gareth d'une voix tendue.

Elle eut un sourire las.

— Ça va.

— Nous sommes au courant de tout, lui dit Stacey.

— Je m'en doute.

— Elle a disparu, alors ?

Jessica fit signe que oui.

— Je vais m'allonger un moment. Tout va bien, ici ?

— Nous avons pris toutes les précautions possibles, assura Gareth.

La jeune femme s'apprêtait à monter mais, après une hésitation, elle demanda :

— Est-ce que vous avez vu Bryan MacAllistair ?

— Non, répondit Stacey.

Elle jeta un coup d'œil à Gareth, qui hocha négativement la tête, l'air solennel.

Jessica voûta les épaules avec un soupir épuisé.

— Je dois absolument dormir un peu. Nous reparlerons tout à l'heure…

— Bien sûr.

Jessica grimpa l'escalier pour regagner sa chambre. Une fois sur le palier, elle hésita, tentée de se glisser dans la chambre de Bryan pour fouiller dans ses affaires.

Cela lui sembla brusquement important, même si elle était très fatiguée.

Elle vérifia qu'il n'y avait personne aux alentours, puis sortit son passe, entra chez Bryan et referma la porte.

Elle regarda autour d'elle. Tout était net, bien rangé. L'ordinateur trônait sur le bureau, où aucun papier ne traînait. L'armoire contenait deux vestes de smoking, des chaussures, un coupe-vent et quelques chemises de bonne qualité. Elle ouvrit la commode et y trouva des T-shirts, des boxers et des bas de pyjama en flanelle.

Déçue, elle referma les tiroirs et revint à l'ordinateur. Elle l'alluma et consulta les fichiers sans trouver rien d'intéressant. Soit la machine était flambant neuve, soit il avait crypté ses documents et elle n'avait pas le temps de trouver comment. Elle se connecta sur internet pour regarder les dernières recherches qu'il avait faites.

Stupéfaite, elle recula d'un pas.

Puis elle se reprit. C'était absurde d'être aussi nerveuse. Il s'était renseigné sur les vampires, rien de plus normal. Rien de plus normal également si, dans tous les sites qu'il avait parcourus, certains parlaient d'elle.

Elle crut entendre un bruit sur le palier. Elle éteignit en hâte l'ordinateur et se figea, l'oreille tendue.

Rien.

Elle était si fatiguée que son imagination lui jouait des tours.

Elle sortit de la pièce, verrouilla derrière elle et gagna sa propre chambre. Seigneur, quelle fatigue ! Elle ôta ses chaussures à la volée, passa sa chemise par-dessus sa tête et dégrafa sa jupe, laissant tout tomber par terre avant d'entrer dans la salle de bains pour une longue douche.

Il y avait deux nuits seulement, elle était au paradis. Et maintenant…

Bryan avait éveillé en elle des émotions profondément enfouies, fait renaître des sensations qu'elle n'avait plus éprouvées depuis des lustres. Il lui rappelait tellement quelqu'un…

Quelqu'un qui était mort depuis longtemps. Qui ne ressusciterait jamais.

Elle se drapa dans son peignoir pour revenir dans la chambre, se jeta sur son lit et fixa le plafond.

Alors, seulement, elle se rendit compte qu'elle n'était pas seule dans la pièce.

— Enfin, dit une voix sourde de basse, presque un chuchotement mêlé à la brise. Enfin… Je vous attendais, vous savez.

11

La panique la submergea. Non, ça ne pouvait pas être…

Elle avait passé d'innombrables années à fuir, à se cacher, jour et nuit. Par moments, elle avait cru, enfin, être devenue introuvable… Mais elle avait fini par comprendre qu'elle ne trouverait jamais la paix, si elle n'affrontait pas son destin en face. Elle avait dû se résoudre, à son tour, à devenir chasseuse. Même ainsi, cependant, en dépit de l'assurance qu'elle affichait, elle avait souvent connu une peur atroce, horrible…

Elle se redressa brusquement, toute fatigue envolée, prête à se défendre. Sauf qu'on ne l'attaquait pas.

Bryan MacAllistair était assis en face du lit, dans un fauteuil Voltaire. Elle ignorait depuis combien de temps il était là. Peut-être même l'attendait-il déjà, quand elle était entrée dans la pièce. Elle avait foncé vers la douche sans regarder. Elle ne l'avait pas vu. Pis encore : elle n'avait pas perçu sa présence.

Elle se maîtrisa, écarta une mèche de cheveux de son front, noua les bras autour de ses genoux repliés et le regarda bien en face.

— Vous pouvez me dire ce que vous fabriquez dans ma chambre ?

Il sourit à peine et riposta :

— Et vous, que faisiez-vous dans la mienne ?

— J'essayais de savoir qui vous êtes vraiment.

— Mes références sont précises…

— Vos références sont complètement bidon !

— Permettez-moi de protester. Quoi qu'il en soit, j'ai aussi quelques doutes sur les vôtres.

— J'ai mon diplôme dans mon bureau, fit-elle sèchement.

— Certes. Et j'imagine qu'il est parfaitement conforme, répondit-il d'un ton léger.

Il se leva et vint s'asseoir au bord du lit.

— Que faisiez-vous à l'hôpital, Jessica ?

— Je connaissais Mary.

— Et c'est pour ça que vous vous êtes déguisée en femme de ménage ? Pour venir voir son cadavre ?

— Qu'étiez-vous vous-même venu faire ?

— Tuer un vampire, répondit-il sans ambages.

Elle le dévisagea, médusée.

— Vous prenez vos conférences trop au pied de la lettre, professeur.

— Arrêtez.

— Pardon ?

— Vous savez très bien ce qui s'est passé.

— Je…

— Tout comme vous savez pertinemment ce que Mary est devenue.

Ce n'était pas une question, mais une affirmation.

— Et votre ami flic, lui aussi, est au courant. La

façon dont il l'a appris intéresserait sûrement la presse, d'ailleurs…

Jessica baissa les paupières, puis soupira.

— Il y a déjà eu des activités vampiriques dans la région, dit-elle enfin.

Elle se sentait glacée et devait se forcer pour continuer à raisonner.

— Alors, par quel miracle êtes-vous informé, vous ? poursuivit-elle. Qui êtes-vous ? Où avez-vous déjà été témoin de ce genre de situation ?

— Dans le monde entier. Mais ce qui compte, pour l'instant, c'est ici et maintenant.

— Je vois. Vous avez décidé un beau jour de débarrasser le monde des vampires, c'est ça ? demanda-t-elle, sincèrement intriguée, en dépit de ses soupçons.

— Je doute qu'une personne seule puisse suffire pour en venir à bout. Comme toutes les autres créatures, les vampires ont un fort instinct de survie. De nos jours, certains se dissimulent sous les traits de femmes au foyer, d'agents de change… Pour l'instant, je me suis concentré sur l'un d'eux en particulier.

— Ah oui ? Lequel ?

— Celui qui s'est emparé de Mary, en Transylvanie, et qui se trouve actuellement ici, à La Nouvelle-Orléans. Celui qui est connu sous le nom de Maître.

— Le Maître ?

Il connaissait donc son nom !

— Le Maître, répéta-t-elle en un lent murmure.

Bien sûr que le Maître était en ville. Son passage en Roumanie n'avait été qu'un leurre supplémentaire. Savait-il qu'il l'y trouverait ? Avant même son départ, se rappela-t-elle, elle avait eu des pressentiments. Maintenant, c'était clair. Elle sentait sa présence, en permanence. Ne fût-ce qu'à la couleur du ciel.

Souvent, par le passé, elle avait cru que c'en était fini, qu'il avait été tué, que l'obscurité maléfique ne reviendrait plus. Or, il avait continué à rôder. Et elle avait dû se remettre à le pourchasser.

Seulement, elle ne pouvait pas expliquer cela. Surtout pas à un homme qui, lui-même, ne révélait rien de ce qu'il était vraiment.

— Vous alliez enfoncer un épieu dans le corps de Mary !

— Absolument. Elle est devenue une créature du Maître. Je n'ai pas le choix.

Elle ouvrit de grands yeux.

— J'en conclus que nous sommes du même côté, alors…

— Je ne sais pas. Je ne vous connais pas suffisamment.

— Moi non plus, je ne vous connais pas vraiment.

— Ces jeunes étudiants vous ont fait confiance, en Roumanie, dit-il calmement. Et regardez ce qui leur est arrivé.

— J'ignorais tout de cette soirée avant d'avoir le message de Jeremy, protesta-t-elle. Et dès que je l'ai eu, j'ai immédiatement alerté la police ! Et vous, que faisiez-vous là-bas ? Vous n'avez pas levé le petit doigt quand le problème a surgi.

Bryan poussa un discret soupir d'exaspération, puis répondit :

— Ce qui importe, c'est ce qui se passe ici et maintenant. Et vous ne devriez pas vous en mêler.

— Pardon ?

— J'ignore ce que vous savez sur le Maître, mais je peux vous dire que le danger dépasse ce que vous pouvez imaginer.

— Vraiment ?

— Beaucoup de gens, au fil des siècles, ont essayé de le tuer : des chasseurs de vampires, des guerriers et même des rois. Ils ont tous échoué. Les sortilèges qu'il a peu à peu appris lui permettent toujours de s'évader et il ne reste jamais au même endroit. Je consacre ma vie à chasser ce personnage, dans l'espoir de l'empêcher de nuire. Il n'y a pas sur cette planète de créature plus malfaisante. Vous devez vraiment vous tenir à l'écart, Jessica. Vous et vos amis… Même si vous avez confiance dans vos forces, même si vous pensez en savoir long, vous affrontez une menace dont vous ne soupçonnez pas l'ampleur !

— Je n'ai pas l'intention d'aller au contact, je vous assure, répondit-elle avec lenteur. Sauf que je n'ai pas le choix. Du fait de ce qui s'est passé en Transylvanie, je suis impliquée, que je le veuille ou non.

— Je vous demande tout de même d'arrêter. Je ne peux pas à la fois vous protéger et venir à bout du Maître.

— Je suis capable de me protéger toute seule ! Pour qui vous prenez-vous donc ? Pour un champion de l'élimination des vampires ?

— Non. Seulement, comme je vous l'ai dit, il y a

très longtemps maintenant que je pourchasse cette créature.

— Quitte à tuer des vampires, si l'occasion se présente…

— Bien entendu.

— Mais…

Il l'interrompit d'un rire amer.

— Qu'allez-vous me suggérer ? Que certains d'entre eux ne sont pas si mauvais que ça ? Alors, vous courez un danger encore plus grand que je ne le prévoyais. Croyez-moi sur parole : les bons vampires, ça n'existe pas.

Elle baissa prestement les yeux pour murmurer :

— Je m'inscris en faux. J'ai entendu mentionner des cas…

— Il y a chez vous quelque chose…, dit brusquement Bryan, en changeant de conversation. Quelque chose… Vous me rappelez quelqu'un que j'ai connu autrefois…

Au son de sa voix, Jessica sentit une émotion profondément enfouie s'éveiller en elle.

— Peut-être nos chemins se sont-ils déjà croisés, murmura-t-elle d'une voix étouffée.

Il secoua la tête.

— Non, fit-il, en lui caressant la joue avec le pouce. Celle dont je parle est devenue mauvaise. Elle est morte. Depuis longtemps. Et si elle ne l'avait pas été, je l'aurais tuée moi-même. En ce qui concerne le Maître, je l'ai toujours suivi à la trace, de si près que je peux sentir son haleine fétide. J'en viendrai à bout, je le sais. Mais pour cela, j'ai besoin que vous ne vous en mêliez pas. Que vous restiez à l'abri.

Elle sentit les battements de son cœur s'accélérer.

Comment pouvait-elle ressentir une passion aussi dévastatrice pour un homme qui venait à peine d'entrer dans sa vie ?

Surtout, pourquoi avait-elle cette impression tenace, presque douloureuse, de l'avoir déjà rencontré ?

Car le grand amour de sa vie était mort. Depuis longtemps. Si longtemps…

— Vous me sous-estimez, dit-elle à voix haute.

Il s'assit à côté d'elle.

— Faites-moi confiance, Jessica…

— Seulement si, vous aussi, vous me faites confiance. Dites-moi ce que vous savez sur le Maître.

— Je le traque depuis assez longtemps pour connaître l'étendue de ses pouvoirs. Je sais que la dominatrice qui travaille avec lui est censée être la réincarnation d'une de ses créatures, Katherine, une comtesse anglaise exécutée sous le règne de Louis XIV. Elle a eu d'autres incarnations auparavant, bien sûr. C'est une créature maléfique dont la naissance remonte à la nuit des temps. Autrefois, il était plus facile à ces créatures de disparaître d'un endroit pour réapparaître à un autre. Certains disent que Katherine s'est installée en Chine, ou au Caire, en tout cas dans un pays où l'on remarque moins facilement un meurtre. Si c'est le cas, elle doit elle aussi mourir. J'insiste, Jessica. Vous n'avez pas idée de ce à quoi vous vous attaquez, avec ces deux-là. Je vous supplie de me croire !

Elle détourna la tête.

— Peut-être nous demandons-nous tous les deux l'impossible.

— En tout cas, je serais incapable de me détacher de vous. Sans me l'expliquer…

Elle releva lentement la tête, puis plongea son regard dans le sien.

— Que faisons-nous, maintenant ?

— Vous pourriez commencer par m'écouter. Je… j'ai déjà échoué, une fois. Je n'ai pas pu secourir une femme que j'aimais et je l'ai perdue. Chez vous, je retrouve le même courage, la même ténacité… Et je ressens les mêmes émotions qu'avec elle. Quand je suis auprès de vous, je suis paralysé par la crainte de vous perdre, comme je l'ai perdue, elle.

— N'ayez pas peur pour moi. Je vous en prie.

Sa voix n'était qu'un chuchotement. Bryan était tout près d'elle. Elle sentit une vague de désir la submerger, balayant toutes les craintes qui assombrissaient l'avenir. Longtemps, très longtemps auparavant, elle avait ainsi été soulevée d'espoir, aussi amère que fût la réalité. Et alors…

Lorsqu'il la frôla, elle sentit s'éveiller en elle le même espoir, le même élan où se mêlaient la nostalgie et l'exaltation, quelque chose d'à la fois triste et beau.

Ils étaient au cœur d'une tourmente maléfique et pourtant, en cet instant, cela n'avait plus d'importance.

Sans doute parce qu'il pensait la même chose, il ne répondit pas. Il se contenta de l'embrasser, sans rien de la fougue tourmentée, presque désespérée, de la fois précédente. Cette fois, son baiser livrait sans retenue le plus profond de son âme. Elle le lui rendit comme une réponse muette, avide d'apaiser le désir qui bouillonnait en elle, de retrouver des émotions enfouies depuis longtemps, de se plonger tout entière dans le tourbillon d'érotisme et de jouissance qu'il faisait naître.

En l'espace de quelques secondes, il ne fut plus question d'hésitations, de non-dits.

Elle caressa d'une main frémissante le visage de Bryan, son torse, défit les boutons de sa chemise, se glissa sous ses vêtements. Elle sentit sa peau brûlante sous ses doigts, tandis qu'elle descendait le long de son dos, étreignait ses hanches. Savourant la sensation de ce corps serré contre le sien, elle frôla d'une bouche tentatrice le creux de son cou, le titilla de la pointe de la langue, ondulant langoureusement.

Dans ses bras, elle oubliait tout. Son désir décupla ; il ne fut plus question de crainte, de doute, d'anxiété pour l'avenir. Seul le présent comptait, les battements mêlés de leurs cœurs, l'exigence avide de leurs baisers, de leurs doigts, la sensation des lèvres de Bryan sur ses seins, sa langue moite, qui faisait naître en elle une infinité de frissons.

Elle descendit la main, le sentit se durcir sous sa caresse. Ils roulèrent l'un sur l'autre, explorèrent avec gourmandise la moindre parcelle de leurs peaux. Elle frémit quand il glissa les doigts entre ses cuisses, le sentit frissonner quand elle effleura sa virilité de ses lèvres. Il l'attira à lui, nouant les bras autour d'elle, l'embrassa et elle le sentit enfin en elle, comme une barre d'acier en fusion. La jouissance l'embrasa et elle perçut au même instant le frisson convulsif, extatique, qui le traversait.

Elle resta alors immobile, béate, reprenant lentement conscience de ce qui l'entourait, savourant le contact de cette peau humide contre la sienne, de cette étreinte rassurante, comme elle n'aurait plus jamais pensé en connaître. L'étonnement et l'apaisement se mêlaient en elle. Elle aurait voulu s'y livrer tout entière, ne plus penser à rien. Mais il ne fallait pas.

Le plaisir était une chose, la vérité, une autre. En cet instant, plus que jamais, elle avait besoin de se mettre un peu à distance.

— Jessica ? appela-t-il d'une voix rauque, profonde, vibrante, qui la touchait jusqu'au fond de l'âme.

— Je suis très lasse, chuchota-t-elle.

C'était la vérité.

Il la serra contre lui en soupirant. Elle fit semblant de dormir puis, au bout de quelques minutes, s'assoupit pour de bon.

De nouveau, elle fit un cauchemar.

Elle était quelqu'un d'autre, dans une autre époque, un autre lieu. Elle était seule.

Née bâtarde au cœur de la guerre, fruit du péché, elle avait appris à manier l'épée et à lutter.

A tuer.

Elle avait retenu la plus dure des leçons : celle du courage.

Des bribes de souvenir, affadis, fragmentés, lui rappelaient le moment où son combat avait été juste, celui où il fallait défendre la vie de ses proches, l'avenir d'une nation tout entière.

Ensuite…

La mort ne lui avait pas apporté la paix. Elle s'était éveillée traversée d'une souffrance bien pire que la mort, tenaillée par une faim avide qui la cisaillait comme des milliers de poignards.

Un ennemi haï, ricanant au-dessus d'elle, jurait que tous ceux qu'elle avait aimés étaient morts. Il avait gagné. Elle était son butin, le trophée du vainqueur.

Désormais, elle devrait le servir. C'était le Maître.

Pourtant, elle avait enduré les tourments de cette faim surnaturelle, résolue, même si son âme devait en être damnée, à lui opposer toute sa volonté. Elle n'avait plus eu qu'un seul but : combattre ce pouvoir. Elle avait fui. Pendant des années, elle avait survécu d'une vie étrange, au-delà de la mort…

Elle avait réussi à lui échapper, ne prenant sa nourriture que sur les vrais coupables dûment condamnés, se faisant un devoir sacré de libérer les innocents. En dépit de ses efforts, cependant, elle était devenue pour les autres une créature du diable.

Et puis, le Maître l'avait retrouvée.

Lors d'une première confrontation, sur une lande, dans les Highlands, il avait cru possible de venir à bout d'elle avec la seule force de sa volonté. Mais les années avaient passé ; elle avait acquis de la force. Il s'était aperçu, surpris, qu'elle l'attendait munie de pieux pointus.

Cependant, elle ne l'avait pas tué, seulement blessé. Il avait battu en retraite.

La fois suivante avait eu lieu dans les brumes opaques des Carpates, sur une terre d'anciennes et effrayantes légendes où la réalité dépassait parfois en horreur la mort elle-même.

Là, elle avait d'abord occis les treize gardes qu'il avait placés devant son château dans l'espoir de l'abattre, avant qu'elle ne parvienne jusqu'à lui. Ensuite, elle était entrée sous la forme d'une brume argentée, tentatrice. Il était plongé dans la lecture d'un vieux grimoire, devant une grande table. Quand il s'y était le moins attendu, elle avait enfoncé son épieu dans sa poitrine...

Le coup n'avait pas suffi. Une lutte féroce s'était ensuivie. Il la raillait, lui rappelait sans cesse qu'il avait tué Ian, le chevalier qu'elle aimait.

Il ne s'était sans doute pas rendu compte que la souffrance qu'il lui causait décuplait sa force. Elle avait redoublé de rage. A la fin, elle lui avait déchiqueté le torse et les membres et presque entièrement détaché la tête, qui ne tenait plus qu'à quelques cartilages. Elle l'avait poursuivi dans des cryptes souterraines, labyrinthiques, pour finalement perdre sa trace.

Epuisée, elle avait cependant rassemblé suffisamment de forces pour transformer les cryptes en prisons, les barricadant de reliques saintes et de croix d'argent, consciente qu'il était là, tapi quelque part. Elle l'avait entendu chuchoter qu'il survivrait et qu'il la retrouverait.

C'est ainsi qu'elle avait compris que son cauchemar n'était pas encore terminé.

Elle s'éveilla, trempée d'une sueur glacée. Maudit soit Bryan MacAllistair ! Sa présence suscitait en elle des voluptés qu'elle ne pensait plus devoir connaître, mais en même temps, il faisait resurgir de terribles cauchemars du passé.

Elle avait froid, affreusement froid. Elle était seule dans son lit.

A la fenêtre. L'aube pointait.

Elle se leva, fonça sous la douche, puis s'habilla en hâte, envahie d'un terrible pressentiment. Elle dévala l'escalier et faillit se cogner dans Stacey.

— Jessica…

— Où est Bryan ?

— Il est parti et il m'a dit de ne pas te laisser sortir.

— Quoi ?

— Il m'a dit qu'il fallait que tu restes ici. Et que tu ne sortes surtout pas ce soir.

— Ça veut dire qu'il est inquiet. Qu'il va se passer quelque chose.

— Je t'assure, Jessica, il m'a fait peur ! Je pense vraiment que tu ne devrais pas mettre le nez dehors.

— Impossible. Tu le sais très bien.

— Tu pourrais envoyer quelqu'un d'autre…

— Non, Stacey. Il risque de se faire tuer. Je dois y aller. Reste ici, toi. Tu sais ce qu'il faut faire. Appelle Jeremy et dis-lui de venir ici avant qu'il fasse noir. Non, attends… n'appelle pas : va les chercher, Nancy et lui, avec Gareth. Même si vous devez passer les rues au peigne fin. Je dois filer.

— Jessica, attends au moins que…

— J'y vais !

Elle se précipita à l'extérieur. Quand Stacey arriva sur le perron, elle était déjà dans sa voiture. Il n'y avait pas une seconde à perdre et Stacey, même si elle était pleine de bonnes intentions, ne la ferait pas changer d'avis et lui avait fait perdre un temps précieux. Jessica lui fit signe de la main et démarra pour se faufiler aussitôt dans le trafic.

Arrivée chez Maggie, elle martela la porte avec impatience. Maggie vint ouvrir, un doigt sur les lèvres.

— Les enfants font la sieste...

— Maggie, je crois que je suis dans le pétrin.

— Oui, cette pauvre fille qui est morte et son corps qui a disparu... Au cabinet du maire, ils sont dans tous leurs états. Sean est en mauvaise posture.

— Il est en train de traquer un vampire, Maggie.

— Naturellement. C'est son métier !

— Je ne parle pas de Sean. Je parle de Bryan MacAllistair. Je n'arrive pas à saisir qui il est vraiment, ce qu'il cherche... comment il a pu savoir...

— Allons dans la cuisine, suggéra Maggie. Je ne veux pas réveiller les enfants.

Jessica la suivit. Maggie, pragmatique comme toujours, servit du café avant de s'asseoir. Le journal était grand ouvert sur la table, comme si elle avait été en train de le lire avant l'arrivée de Jessica.

— Il était à la morgue, avec un pieu, prêt à transpercer Mary. Il n'en a pas eu le temps car elle s'est réveillée vite. C'est incompréhensible. Normalement, il lui aurait fallu d'abord de longues heures dans l'obscurité.

— Il faisait encore jour ?

— Le soleil se couchait à peine.

Maggie tambourina des doigts sur la table.

— C'est forcément l'œuvre du Maître. Nous aurions

dû nous y attendre. Tu n'aurais jamais dû aller en Transylvanie.

— Allons, Maggie, je ne peux pas passer ma vie à me cacher !

— Nous aurions dû le prévoir, insista Maggie à voix basse. Je n'avais jamais vu un ciel pareil depuis des années. Je pense qu'on t'a tendu un piège.

— En Transylvanie ?

— Oui.

— Comment le Maître aurait-il pu m'attirer là-bas ? Il ne sait pas… il ne savait pas que j'habitais ici, à La Nouvelle-Orléans.

— Il le savait peut-être, au contraire.

Jessica secoua la tête.

— Non. Il me croit morte.

— Peut-être pas, tout compte fait. Je regrette que les autres ne soient pas là. Nous aurions dû les faire venir, ils nous auraient aidées. Nous n'aurions jamais dû te laisser partir seule. Je suis convaincue que tu as été victime d'un coup monté.

— Nous nous égarons. Le vrai problème, en ce moment, c'est Bryan MacAllistair. Je n'arrive pas à le cerner.

— Tu es sûre que ce n'est pas un vampire ? Mais non, bien sûr. Je m'en serais aperçue…

— Mais alors, qu'est-ce qu'il est ? Il sait qu'il y a des vampires en liberté et je suis certaine qu'il en a déjà tué plusieurs. En outre, il est obsédé par le Maître.

— Ça n'a rien de surprenant, si Bryan est bel est bien un chasseur de vampires. Le Maître est peu ou prou le diable incarné.

— Il me fait peur, murmura Jessica.

— Bryan MacAllistair ? Je croyais qu'il t'affectait d'une manière bien différente.

Jessica s'empourpra.

— C'est vrai aussi, souffla-t-elle. Et c'est bien là le hic. Depuis longtemps, je n'avais rien ressenti... rien désiré de si...

— Ni cédé à la tentation, j'imagine ?

Jessica secoua la tête.

— C'est comme si je le connaissais depuis toujours. Comme si nous étions destinés l'un à l'autre.

— Et alors ?

— Et alors, que se passera-t-il, s'il découvre ce que je suis vraiment ? Bien sûr, il y a peu de risques..., murmura Jessica, s'efforçant de se rassurer elle-même autant que son amie.

Elle attendit une réponse, mais Maggie garda le silence un long moment. Finalement, elle suggéra :

— Je crois que nous devrions essayer d'en apprendre le maximum à son sujet.

Elle tapota le journal d'un air entendu.

— Que veux-tu dire ?

— Il y a ici le programme de ses conférences. La prochaine porte sur les personnages de méchants dans l'Histoire et les légendes.

— Et ?

— Il va évoquer entre autres Katherine, comtesse Valor.

— Katherine Valor est morte. Il y a des centaines de témoignages. Les livres d'histoire en sont pleins.

— Mais ton chasseur de vampires n'en est peut-être pas persuadé, objecta Maggie.

Jessica secoua la tête, comme pour rejeter l'hypothèse. Puis, dans un souffle, elle demanda :

— Pourquoi me donne-t-il une telle impression de… de déjà-vu ?

— Tu l'as peut-être déjà rencontré.

— Non. Bien sûr, il me rappelle… Mais c'est impossible, Maggie, parce que je l'ai vu mourir. Sous mes yeux !

— N'y pense plus. La priorité, c'est de partir à la recherche de Mary, tout de suite. Inutile de retourner à l'hôpital : Sean a mis un homme de confiance pour surveiller le gardien qui a été mordu. Essaye ailleurs, dans les endroits sensibles. Et puis, il faut protéger les amis de Mary. Maintenant que le Maître t'a retrouvée et qu'il est là, ils sont particulièrement vulnérables. En ce qui concerne le professeur, nous allons faire des recherches. Je vais même m'y mettre tout de suite.

— Tu ne peux pas partir par monts et par vaux, Maggie. Tu as tes enfants.

— Je ne vais nulle part, répondit Maggie. Juste à mon bureau, devant internet.

Bryan n'avait pas dormi de la nuit. Il n'avait même pas osé se détendre. Allongé dans le noir, près de Jessica, il s'était senti submergé d'une profonde émotion. Il était prêt à se battre jusqu'à la mort pour protéger cette femme.

Mais en même temps, il avait peur. Un pressentiment obscur, inquiétant, lui opprimait la poitrine, lui martelait les tempes. Il avait éprouvé la même chose en Transylvanie.

Il repensa aux longues heures écoulées où, Jessica dans ses bras, il avait savouré une sensation de plénitude, d'infini bien-être. Jamais auparavant, il n'avait été aussi intimement convaincu d'être là où il devait être, à sa juste place, avec ce corps doux et confiant lové contre lui.

C'était même si précieux que ce fut précisément ce qui le poussa à agir.

Il avait quitté la maison après avoir farouchement insisté auprès de Stacey, dans l'espoir qu'elle saurait faire entendre raison à Jessica. Quoi qu'il en soit, il ne pouvait pas attendre.

Il se rendit au bureau de la jeune femme et, après avoir frappé avec insistance sans recevoir de réponse, crocheta la serrure. Il n'y avait pas trace de Jeremy ni de Nancy.

Il fallait reconnaître que la protection mise en place était impressionnante. Mais ce qui l'inquiétait vraiment n'était pas le fait que Mary essaye d'entrer : c'était que Jeremy, dans un accès de faiblesse, la laisse faire.

Alors qu'il se tenait debout dans la pièce principale, pensif, on frappa timidement à la porte.

Il alla ouvrir.

Une femme d'une trentaine d'années, jolie mais harassée, apparut sur le seuil, accompagnée d'un adolescent à l'air boudeur. Il était entièrement vêtu de noir et Bryan était certain qu'on l'avait amené là contre son gré.

— Bonjour. Que puis-je faire pour vous ? leur demanda-t-il.

— Nous souhaiterions voir Mme Fraser, dit la femme.

— J'ai bien peur qu'elle ne soit pas là, aujourd'hui.

— Oh !

Elle eut l'air désemparée.

— Je peux peut-être vous aider ? proposa-t-il

— Eh, mais je vous reconnais ! lança soudain l'adolescent. Vous êtes le professeur !

Il se tourna vers sa mère, enthousiaste.

— J'ai vu sa photo dans le journal. Il parle des vampires !

La mère, horrifiée, parut sur le point de reculer pour fuir à toutes jambes.

— Je suis effectivement professeur, dit Bryan, jaugeant rapidement la situation. Je mets les gens en garde contre les cultes ésotériques, en même temps que j'explique les origines des légendes, des croyances…

Elle le regarda un moment, puis rougit.

— Alors, vous pourrez peut-être convaincre mon fils d'arrêter de traîner au cimetière.

Bryan tourna vers le jeune homme un regard poli, tout en sentant les battements de son cœur s'accélérer.

— Tu fais ça ?

L'autre haussa les épaules, bougon.

— On est à La Nouvelle-Orléans, non ?

— Comme si on n'avait pas eu assez de catastrophes, marmonna sa mère.

— C'est pour retrouver des amis, que tu vas au cimetière ? lui demanda Bryan. Le problème, c'est que ce genre d'endroit sombre et isolé crée une atmosphère qui attire les criminels, les esprits malfaisants.

La femme lui tendit la main, comme si elle venait de gagner une bataille.

— Je m'appelle Myra Peterson. Mon fils, Jacob…

— Je pourrais peut-être parler un moment seul à seul avec Jacob, suggéra Bryan.

Myra Peterson eut l'air hésitant.

— Eh bien…

— Je pense pouvoir lui venir en aide, insista Bryan.

Elle hocha la tête.

— Vous êtes un ami de Jessica Fraser ? Vous travaillez avec elle ? Vous êtes professeur, pourtant, pas psychologue.

Il soutint son regard.

— Je peux l'aider, pourtant.

— Eh bien…, murmura-t-elle encore, en le dévisageant. Oui, d'accord. Merci.

— Parfait ! On y va, Jacob ?

Le garçon, l'air intrigué et un peu effrayé, le précéda dans la pièce où Jessica recevait ses clients.

Bryan referma la porte derrière eux.

— Qu'allais-tu donc faire dans le cimetière, Jacob ? lui demanda-t-il de but en blanc.

— Quoi ?

— Tu m'as bien entendu. Qu'allais-tu faire dans le cimetière, bon sang ?

— Vous n'avez pas le droit de me parler comme ça !

— Peut-être, mais réponds-moi !

— Des gens que je connais m'ont parlé d'un truc super qui va être organisé ici, à La Nouvelle-Orléans.

Avec un leader, un maître, quelque chose comme ça. On pourra trouver tout ce dont on a envie.

— Bref, on t'a dit qu'il y aurait un vampire dans le cimetière ?

Jacob devint écarlate.

— Oui. Evidemment, il n'y a pas beaucoup de sang sur les squelettes, mais beaucoup de gens sont venus repérer les lieux.

— Des gens qui se prennent pour des vampires ?

Jacob le fixa sans rien dire un moment, puis hocha la tête.

— Tu te fais avoir, gamin, dit sèchement Bryan.

— Dites donc, je n'ai rien…

— Tu cherches un clan, un réseau où tu te sentes reconnu ? Rien de plus normal. Mais ce n'est pas le bon endroit, crois-moi. Réfléchis. Que veut un vrai vampire ? Du sang et des esclaves. Ce sont des créatures que tu as tout intérêt à fuir.

Les paupières du gamin papillonnèrent.

— Mais ça a l'air cool, d'être un vampire…

— Les vampires n'ont qu'une envie, te sucer le sang jusqu'à l'os, fiston. Tu en sors peut-être vivant, mais agonisant. Ensuite, tu t'en prends à tous les gens que tu aimes. Et finalement, un vampire plus fort que toi, plus âgé, sans scrupule, t'envoie au casse-pipe à sa place et tu es fichu.

Jacob le regarda, terrifié.

— Qu'est-ce que tu croyais ? Que ces êtres immondes voulaient juste se faire de nouveaux amis ?

— Vous… vous parlez comme si… comme s'ils existaient vraiment.

Bryan haussa les épaules.

— D'une façon ou d'une autre, se mêler de vampirisme ne conduit qu'au désastre. Dis-moi donc qui tu as vu, au cimetière.

— Rien.

— Tu n'es qu'un menteur. Où t'a-t-on ordonné d'aller ?

Le jeune homme dansa d'un pied sur l'autre, sans répondre, mal à l'aise.

Bryan s'approcha, le saisit aux épaules et lui prit le menton pour le forcer à lever les yeux.

— La fille qui était à l'hôpital est morte, Jacob. Tu m'entends ? Elle est morte. Même si on n'en dit rien dans les journaux, c'est peut-être un vampire qui l'a tuée. Si ça se trouve, elle va revenir pour sucer le sang des vivants. Et si c'est le cas, je peux te promettre qu'on va s'arranger pour lui plonger un épieu dans le cœur et lui trancher la gorge. Alors, je te conseille d'éviter la soirée qu'on te propose, mon vieux. Ça te sauvera la vie. Où cette soirée doit-elle se tenir, exactement ?

— Je n'en sais rien. Je vous le jure ! J'ai juste entendu parler d'un cimetière. Pas celui de Saint-Louie. L'autre, le grand…

— Des agneaux qu'on mène à l'abattoir, murmura Bryan.

12

La nuit tombait vite. Beaucoup trop vite au goût de Jessica…

Après avoir quitté Maggie, la jeune femme se rendit à l'hôpital. Elle voulait vérifier par elle-même ce qui s'y passait. En arrivant, elle se rendit directement dans la chambre de Dave et s'assura qu'il y avait effectivement un policier qui y montait la garde.

Bien sûr, pour Mary aussi, quelqu'un avait été posté en faction. Et pour quel résultat… Faisant semblant de chercher une autre chambre dans le couloir, elle dévisagea discrètement l'officier. Elle faisait confiance à Sean, naturellement, mais…

C'était un métis, bel homme et costaud. Elle aperçut une chaîne autour de son cou. Il portait sûrement un crucifix.

Elle traîna dans les parages jusqu'au moment où elle l'entendit demander à l'infirmière qui sortait de la chambre :

— Comment va-t-il ?

— Mieux. Il a dit quelques mots, mais il ne se rappelle rien de ce qui lui est arrivé.

Elle baissa la voix pour ajouter :

— Toute cette histoire est louche, si vous voulez mon avis. On n'a jamais perdu de patient, ici. De patient mort, je veux dire. C'est la première fois qu'un corps disparaît de la morgue.

— C'est sûrement une blague d'étudiant.

— Je n'en suis pas sûre. Je ne me sens pas tranquille dans les locaux, ces temps-ci.

Elle sourit, fit un petit salut de la main et s'éloigna dans le couloir.

Jessica quitta alors l'hôpital pour regagner son bureau, espérant y trouver Jeremy et Nancy. Ils n'étaient pas là.

Elle regarda autour d'elle avec la curieuse impression que quelqu'un était venu. Sans doute les deux jeunes gens étaient-ils entrés dans sa petite pièce personnelle. Rien de plus.

Pourtant, son malaise persistait. Elle sentait qu'il s'était passé ici quelque chose d'anormal. Elle balaya la pièce du regard, puis ferma les yeux, tous les sens en alerte, pour que se précise la sensation.

Le Maître ?

Non. C'était autre chose. Un sentiment d'intrusion... Mais elle n'avait pas le temps de l'analyser plus en détail.

Elle ressortit et faillit hurler de saisissement en manquant se cogner dans Big Jim.

— Excuse-moi, Jessica ! s'écria-t-il, penaud. Je ne voulais pas te faire peur.

— Ce n'est rien. Mais qu'est-ce que tu fais là ?

— J'ai lu le journal et je me fais du souci pour toi, répondit-il avec douceur.

— Je vais bien, ne t'inquiète pas...

— Fais très attention quand même, tu veux bien ?

Quand les choses tournent mal, je le sens dans mes vieux os. Tu me connais… Surtout si c'est le monde de l'au-delà qui se manifeste. Je ne viens pas d'une famille vaudoue pour rien.

— Tes os ne sont pas si vieux que ça, Jim.

— Ce qui se passe en ce moment ne me plaît pas. Pas du tout ! Et les meilleurs d'entre nous sont loin, malheureusement.

— Je sais. Je pense que Maggie va passer quelques coups de fil.

— J'ai vu le ciel devenir rouge. L'esprit malfaisant est à tes trousses.

Jessica regarda rapidement autour d'elle.

— Tu es venu seul ?

— Oui. Barry Larson est un bon bougre, mais avec lui, je ne fais que plaisanter sur la prêtresse vaudoue que j'ai eue pour grand-mère.

— Toi aussi, sois prudent, Big Jim. Toute la ville est menacée. Si je pouvais, je demanderais à Sean d'imposer le couvre-feu.

— Pour qu'on l'envoie aussitôt à l'asile ?

— Voilà pourquoi je ne dis rien.

— Appelle-moi s'il y a quoi que ce soit.

— Oui. Fais vraiment attention à toi. Tu n'es pas à l'abri, toi non plus…

Big Jim eut un large sourire.

— Je ne risque rien. Je sais à quoi je m'attaque.

— Détrompe-toi. Aucun de nous ne mesure vraiment l'ampleur du danger.

— En tout cas, n'hésite pas.

— C'est promis.

Elle l'étreignit avec chaleur :

— Encore merci.

Il recula d'un pas pour la dévisager avec gravité.

— Tu veux que je te dise ce que je pense ? Il y a dans ton entourage quelqu'un qui n'est pas ce qu'il semble être.

Elle se figea sur place.

— Qu'est-ce que tu veux dire ?

— Si « lui » est sur place, il a forcément besoin d'assistants.

— « Lui », tu veux dire… le Maître ?

— Réfléchis, ma grande. Il a forcément quelqu'un qui travaille sous ses ordres ici même.

Big Jim avait raison.

Pourtant, elle secoua négativement la tête.

— Les seules personnes présentes en Roumanie étaient Jeremy, Nancy et Mary… et Bryan MacAllistair. Or ça ne peut pas être lui. Il traque le Maître, lui aussi. Il veut le détruire.

— Ah oui ? Il te l'a dit et ça te suffit ? Une fois de plus, réfléchis : où loge-t-il ? Chez toi, comme par hasard.

— Je ne peux pas croire… Ça peut être n'importe qui d'autre, Jim. Le Maître n'a pas eu besoin d'aide, en Transylvanie.

Elle s'efforçait de maîtriser le tremblement de sa voix.

Big Jim campa sur ses positions.

— Je persiste à dire qu'il a quelqu'un et quelqu'un dans ton entourage proche.

— Il faut que j'y aille, maintenant. Laisse traîner

tes oreilles dans tous les coins, quand tu es au bar, d'accord ?

— Bien sûr.

Le portable de Jessica sonna. Elle répondit sous le regard grave de Big Jim.

— Allô ?

— Jessica, c'est Maggie. Reviens tout de suite.

— Mais je n'ai pas…

— Je crois que tu ferais mieux de revenir. Sérieusement. Il reste du temps avant la tombée de la nuit.

Jessica hocha la tête et raccrocha.

— Si jamais tu vois Jeremy et Nancy, dis-leur d'aller chez moi, à la demeure Montresse, d'accord ?

En se garant dans l'allée, Jessica vit Maggie qui l'attendait sur le seuil.

— Qu'est-ce qui se passe ? lui demanda-t-elle, dès qu'elle l'eut rejointe.

— J'ai trouvé des grimoires.

— Des grimoires ? Par ordinateur ?

— Avec un peu de patience et de méthode, on trouve beaucoup de choses, sur internet, tu sais. Entre. Viens t'asseoir.

Elles s'installèrent dans la cuisine. Des feuillets sortis de l'imprimante s'étalaient sur la table.

— Celui-ci est de l'époque babylonienne. Je te le traduis : « Il apparaît lorsque les temps le réclament, lorsque les succubes se mettent à proliférer sur la terre. Ni dieu, ni homme, ni bête, il vient livrer la guerre à la pestilence qui s'étend. »

— C'est vraiment du babylonien ancien ? murmura Jessica.

— Oui. En voici un autre du XIIe siècle, provenant de la bibliothèque du Vatican.

— Celui-là est en latin, fit Jessica.

— Tu as la traduction sur la gauche.

— « Tout comme il y aura des démons, il y aura des anges. Et comme la guerre qui règne ici-bas est autre que celle des âmes, les puissances démoniaques feront régner la terreur parmi les innocents. Cette guerre sera éternelle, car là où est l'ombre, là aussi est la lumière ; là où est l'amour, là est la haine. Mais gardez en vous la foi, la force et le courage ; car il y aura, pour affronter ces puissances, des guerriers auxquels notre Seigneur, dans son infinie mansuétude, aura donné le souffle, la force et la bonté, et qui apporteront l'espoir là où règne le désespoir. Qu'ils combattent ainsi pour les siècles des siècles. »

Jessica reposa le feuillet et regarda fixement Maggie.

— Comment tu as trouvé ça ?

— Je m'y suis mise dès que tu es partie. Je suis d'abord tombée sur un certain nombre d'allusions à ces êtres connus sous le nom de « guerriers » dont j'avais déjà entendu parler. Je me rappelle une époque, en Europe, où ils faisaient très peur. Je n'en ai jamais croisé aucun, mais j'aurais dû me rappeler leur existence. D'ailleurs, réfléchis : toi aussi, tu as dû en entendre parler.

— Maintenant que tu le dis, oui, mais il y a très longtemps de ça. Je pensais qu'il s'agissait d'inquisiteurs envoyés par l'Eglise quand les gens prenaient les vieilles guérisseuses pour des sorcières, des épouses du diable… Quand on croyait que certains signaient un pacte avec Satan et allaient danser pour le sabbat, au clair de lune. Tu crois donc que Bryan est l'un d'entre eux ? Un de ces « guerriers » ? demanda Jessica.

— Je ne crois pas qu'il soit n'importe quel guerrier, répondit doucement Maggie. A mon avis, il est — ou il a été — le chevalier qui s'est battu pour le roi Robert Bruce et qui, à la bataille de Hay Glen, lui a permis de s'échapper quand Edouard III a conquis le trône et décidé de combattre les Ecossais.

Jessica se laissa tomber sur une chaise, sans quitter Maggie des yeux.

— Ce n'est pas possible !

— Si.

— Il aurait presque mille ans !

— Je n'ai trouvé aucune indication sur l'âge ou l'espérance de vie des guerriers, répondit Maggie.

— C'est impossible ! répéta Jessica.

— Pourquoi ?

— Parce que ce chevalier est mort. C'est écrit dans tous les livres. Il est mort !

— Les apparences sont parfois trompeuses, dit Maggie, l'air sombre. Maintenant, il faut que tu rentres chez toi et que tu t'enfermes.

— Je ne peux pas, tu sais très bien. Merci tout de même, Maggie. J'ai du mal à croire ce que tu me dis, mais je te promets d'être prudente.

— Garde tes distances avec MacAllistair.

— Il habite sous mon toit…

— Tu devrais peut-être lui demander de partir.

Jessica sentit ses joues s'empourprer.

— Oh, non ! Jessica ! gémit Maggie. Ne me dis pas que tu couches avec lui ! Je comprends pourquoi tu ne peux pas le faire partir !

— Oui. Même s'il y a chez lui quelque chose qui…

Sa voix mourut. Elle était incapable de formuler ce qu'elle ressentait.

— Ecoute, sois prudente. C'est tout ce que je te demande.

Jessica embrassa son amie, puis se dirigea vers la porte. Avant de sortir, elle se retourna pour ajouter :

— J'ai vu Big Jim. Il est convaincu que le Maître se fait aider par l'un de mes proches.

— Qui donc ?

— Quelqu'un qui se serait également trouvé en Roumanie.

— L'un des étudiants ? demanda Maggie, sceptique.

— Non. Bryan MacAllistair. Ton guerrier…

— Je persiste à croire que j'ai raison et qu'il combat le Maître.

— En tout cas, il y a bel et bien quelqu'un qui a essayé, là-bas. Un inconnu qui est arrivé avant moi et s'est attaqué au Maître. C'est pour ça que j'ai dû attendre avant d'intervenir et que la panique s'est déclenchée. Le pouvoir du Maître sur ses disciples est tel que si jamais ils le sentent menacé, ils se précipitent pour le défendre comme des lemmings qui se jettent à la mer. C'est ce qu'ils ont fait et, faute d'avoir pu intervenir à mon heure, je n'ai pas pu empêcher la bataille. La seule façon de le vaincre, c'est de le prendre par surprise.

Seulement, maintenant, il sait que j'étais sur place et il va tout faire pour essayer de me tuer.

— Exactement, affirma Maggie. Voilà pourquoi tu dois à tout prix l'éviter.

— Non. Ce que je dois faire, maintenant, c'est avoir un coup d'avance. Tout va très vite, mais… c'est le bon moment. Je le *sens*.

— Tu ferais peut-être mieux de te tenir à l'écart, de laisser MacAllistair livrer bataille. C'est le seul but de son existence, après tout.

— Je ne peux pas. C'est mon combat, depuis le début.

— Jessica, laisse tomber ! la supplia Maggie.

Elle croisa le regard résolu de son amie.

— Je vois… Tu n'abandonneras pas, n'est-ce pas ?

Jessica l'étreignit une fois encore, puis partit.

Une fois dehors, elle sentit l'anxiété l'envahir. Le soleil n'était pas encore couché, mais le ciel changeait déjà de couleur et se striait de volutes rougeâtres.

Elle se figea. Elle avait peur.

Il allait se passer quelque chose.

Cette nuit même.

Bryan réussit à trouver Jeremy et Nancy sans difficulté. Il en fut le premier étonné. Ils étaient dans un bar de la rue Bourbon, occupés à siroter des cocktails d'un vert électrique dans des verres scintillants, tout en écoutant un groupe rock.

Bryan se glissa dans l'alcôve à côté de Jeremy.

— Bonjour, Prof, dit Jeremy d'une voix morne.

— Salut ! fit Nancy avec une gaieté forcée.

— Ça va, vous deux ? s'enquit Bryan.

— Oui, super…, répondit Jeremy, tout aussi morose. Ma meilleure amie est morte et vous êtes tous à me dire qu'elle est devenue un vampire, qu'elle va s'attaquer à moi et que vous allez être obligés de la transpercer avec un pieu. Sa mère a essayé de me joindre et je n'ai pas le courage de la rappeler. Pour tout arranger, je sens que je vais devoir passer le reste de mon existence à me cacher. J'ai peur, je voudrais voir Mary et, si je raconte quoi que ce soit à un tiers, on va m'enfermer comme fou furieux…

— Je pense que c'est un assez bon résumé de la situation, répondit Bryan. En attendant, il se fait tard…

— Oui, c'est ça, il est tard, grommela Jeremy.

— Je vais vous ramener à la demeure Montresse. Sur-le-champ.

— Jessica a tout préparé pour nous dans son bureau, objecta Nancy.

Bryan secoua la tête.

— Vous serez plus en sécurité dans sa maison. Il y a de la compagnie là-bas.

— Foutaises ! cria Jeremy, en dardant sur lui un regard incendiaire. Ce que vous voulez, c'est faire venir Mary, pour la tuer !

Nancy posa doucement une main sur la sienne.

— Mary est déjà morte, Jeremy…

— Peut-être, mais elle a le même air qu'avant et quand elle me supplie…

— Elle a faim, c'est tout, coupa Bryan, en se mettant debout. Allons-y.

***

La demeure Montresse était une très belle maison, avec effectivement beaucoup de place, se dit Jeremy, en arrivant. Stacey, qui semblait faire office de gouvernante et régenter bien des choses, était gentille, quoiqu'un peu autoritaire. L'homme à tout faire, Gareth, intervenait beaucoup moins. Il était taciturne et, à vrai dire, un peu bizarre. Il faisait si peu de bruit qu'on ne remarquait jamais son arrivée, puis, tout à coup, on se retournait et on le trouvait debout derrière soi.

Les lieux, cela dit, semblaient sûrs. Et cela faisait du bien d'être en compagnie de Stacey, qui restait calme et détendue, comme si rien ne lui faisait peur.

Quand elle accompagna Jeremy à sa chambre, il lui demanda :

— Vous croyez vraiment à tout ça, alors ? Par moments, je me demande si je ne vais pas apprendre qu'il s'agit complètement d'autre chose. Tout ça est dingue…

Stacey lui sourit.

— En général, les choses s'équilibrent. Mais il arrive que les plateaux de la balance soient faussés. Comme c'est le cas actuellement…

— Donc, vous croyez aux vampires ?

— Oui.

— Et comment… Enfin, je veux dire… Pourquoi est-ce que…

— Il existe différents niveaux d'existence. Le plus souvent, ils se déroulent en parallèle mais, parfois, le monde que nous connaissons et celui que nous appelons le royaume des ténèbres entrent en collision. Ça vous va, comme explication ?

— C'est des histoires, tout ça !

— Croyez ce que vous voulez, je ne vous dirai rien de plus. Je vais m'occuper de Nancy. Installez-vous confortablement…

— Où est Jessica ? demanda-t-il. Si je pouvais la voir une minute…

— Je ne sais pas où elle est, mais je sais qu'elle voulait que vous veniez ici et que vous restiez prudents.

— Il faut que je lui parle de Mary. Mary n'est pas un être malfaisant !

Stacey lui prit la main.

— Ce que Mary est devenue a été créé par le Mal. Il vous faut l'accepter. Je reviendrai vous voir dans un moment, pour que vous ne restiez pas seul. Mettez-vous à l'aise en attendant, d'accord ?

Sur ce, elle le quitta.

Il marcha jusqu'à la porte-fenêtre qui donnait sur le balcon. Les rideaux étaient ouverts ; il les ferma. Tout autour des portes et des fenêtres, on avait disposé des guirlandes de fleurs et des plantes grimpantes artistiquement entremêlées d'ail. Jeremy caressa la croix qu'il portait au cou, puis la serra fortement dans sa paume, se rappelant alors que Mary avait arraché celle qu'elle portait pour la jeter loin d'elle.

Stacey parcourut le long couloir et s'arrêta devant la porte de la chambre de Jessica. Elle frappa : Jessica ne répondit pas. Ce qui n'était pas très étonnant. La jeune femme continua et tenta sa chance à la porte de Bryan MacAllistair. Lui au moins était là, puisqu'il venait d'arriver avec Jeremy et Nancy.

— Bryan ?

Pas de réponse. La porte était fermée à clé. Stacey avait un passe et, tout en sachant qu'elle n'aurait pas dû, elle s'en servit.

La pièce était vide.

Les sourcils froncés, Stacey referma et se précipita au rez-de-chaussée.

— Professeur MacAllistair ?

Personne ne répondit.

Elle sortit sur le perron pour jeter un coup d'œil à l'extérieur, mais ne vit personne. Elle retraversa la maison jusqu'à l'arrière, courut jusqu'au cottage de Gareth et tambourina sur sa porte.

— Gareth !

Il ne répondit pas non plus, ce qui inquiéta encore plus Stacey.

Son portable sonna à ce moment-là.

— Stacey ? C'est Jessica.

— Jessica, Dieu merci ! Je crois que tu devrais revenir tout de suite.

— Je ne peux pas. Mais il faut absolument que Bryan reste avec vous.

— Il a bien amené les étudiants ici, mais il a disparu. Je n'arrive pas à le trouver.

D'ailleurs, songea-t-elle à part soi, *même si je le trouvais, je ne pourrais pas l'obliger à rester.*

A l'autre bout de la ligne, Jessica jura à voix basse.

— Si tu le vois, dis-lui que vous avez besoin de lui sur place, que tu es sûre que Mary est dans les parages. Dis-lui… je ne sais pas, moi… Trouve le moyen de le convaincre de rester, c'est tout.

— Je ferai de mon mieux. Jessica…

— Oui ?

— Est-ce que Mary va vraiment venir ?

— Oui, Stacey. Elle va vraiment venir.

— Jeremy…

Depuis que Stacey l'avait laissé, Jeremy n'avait rien fait d'autre que rester assis sur une chaise, le regard dans le vide.

— Jeremy…

— Je n'ai rien entendu. J'ai rêvé, gémit-il à voix haute.

Mais il avait bel et bien entendu. C'était la voix de Mary.

— S'il te plaît !

Il ne devait pas l'écouter. Il le savait.

Il se mit néanmoins debout et se dirigea vers la fenêtre, d'où provenait la voix. Il ouvrit les rideaux.

Elle était là.

Elle n'était pas nue comme la fois précédente, mais portait une ravissante robe blanche. Ce qui ne rendait pas les choses plus faciles.

On aurait dit une robe de mariée. Le vêtement lui dénudait les bras et soulignait la perfection de sa poitrine, la finesse de sa taille. Elle n'avait pas du tout l'air malfaisant, mais angélique, au contraire, tandis qu'elle flottait de l'autre côté de la vitre dans sa robe immaculée, vaporeuse.

Jeremy se répéta qu'il avait vu ce genre de scène

dans des dizaines de films. La beauté tentatrice, fixant d'un regard avide sa…

Sa proie.

— Oh, Mary ! dit-il d'un air malheureux.

— Jeremy, j'ai si peur !

— Tu es morte, Mary.

— Non, Jeremy. Je suis là et j'ai besoin de toi. Je t'en supplie… Je ne te ferai aucun mal. Tu dois me laisser entrer, me garder avec toi.

Mary était un vampire, se força-t-il à garder à l'esprit. Elle s'était toujours servie de lui et elle essayait de nouveau. Sauf que cette fois, c'était son sang qu'elle voulait. Sa vie.

— Jeremy ?

Après l'avoir appelé une dernière fois, elle n'ajouta rien. Les vampires pouvaient-ils pleurer ? Oui, apparemment. De grosses larmes jaillirent de ses yeux et roulèrent sur son visage pâle.

— Ne pleure pas, Mary.

— J'ai tellement peur… On m'a choisie… On m'a donné l'ordre… Aide-moi, Jeremy. Garde-moi avec toi. A l'intérieur, près de toi !

Sans savoir si les supplications de la jeune fille lui avaient fait perdre la tête, ou s'il avait vraiment fini par la croire, il entrouvrit la fenêtre.

Il tendit la main vers elle. Il s'étonna qu'elle ne soit pas glacée, comme il s'y était attendu.

Il la serra dans ses bras. Elle l'étreignit à son tour, puis se pencha et l'embrassa sur les lèvres. Elle tremblait.

Il sentit qu'elle faisait glisser ses lèvres frémissantes le long de sa gorge.

Son cœur battait à se rompre. Voilà… Les dés étaient jetés. Il n'avait jamais su lui résister et, maintenant, il allait en mourir.

13

La nuit était tombée, à présent. La lune brillait, haut dans le ciel, une lune écarlate, sanglante.

Son instinct poussa Jessica à repasser chez elle s'assurer que tout se déroulait selon ses souhaits. Elle avait très peu de temps, mais il fallait absolument qu'elle aille s'en assurer.

C'était la Nuit redoutée, avec un grand N. Elle s'en voulait de ne pas l'avoir compris à temps. Elle aurait dû le prévoir. Elle aurait dû comprendre les avertissements célestes.

Dépêche-toi… Vite, plus vite !

Mais pour aller où, ensuite ?

Pourquoi ses sens en alerte ne lui fournissaient-ils aucune réponse ? En bonne logique, le drame allait se nouer dans un cimetière. Mais lequel ?

Tout en conduisant, elle jeta un coup d'œil vers le ciel. Oui, c'était une lune maléfique, même si ce n'était pas encore tout à fait celle du démon, cette lune pleine qui s'élèverait, d'un rouge pur, brillant, teignant la nuit entière. Les événements se produiraient donc un peu avant.

En s'engageant dans l'allée, elle ressentit un choc

épouvantable. On avait pénétré chez elle, brisé les protections ! Elle le devinait, tout comme elle avait deviné qu'on était entré dans la petite pièce attenante à son cabinet médical.

Elle sortit de la voiture et contempla la façade de sa maison. Puis elle ferma les yeux, glacée.

En entrant, elle trouva Stacey dégoulinant d'eau et comprit que son assistante s'était aspergée d'eau bénite. Elle tenait à la main un fusil dont Jessica savait qu'il contenait des balles spécialement fabriquées dans un mélange de bois et d'argent.

En la voyant entrer, Stacey s'écria :

— Attention ! J'aurais pu te tirer dessus !

— Je ne pense pas, objecta Jessica. Je t'ai bien entraînée et je te fais confiance.

— Je n'ai jamais eu si peur, Jess ! Je crois bien que quelqu'un est entré dans la maison.

— Quelqu'un est entré, Stacey… Où est Jeremy ?

— Là-haut, dans sa chambre. Il est parfaitement protégé. J'ai vérifié.

Jessica grimpait déjà l'escalier.

— Protégé contre tout, sauf contre lui-même, dit-elle.

Elle déboula dans le couloir, dépassa la chambre de Bryan et la sienne et ouvrit à la volée la première chambre d'amis. Nancy, à demi éveillée, se redressa.

— Que se passe-t-il ? demanda-t-elle.

— Rien. Rendormez-vous, fit Jessica.

Elle fonça vers la pièce suivante.

Ils étaient là. Jeremy et Mary. Sur le balcon. En train de s'embrasser.

Jessica se précipita sur eux à la vitesse de l'éclair,

touchant à peine le sol. Avant qu'elle ait pu atteindre la jeune fille, Jeremy l'avait fait passer derrière lui.

— Non ! cria-t-il. Elle ne m'a rien fait. Je le jure ! Et je ne l'ai pas laissée rentrer dans la maison. Si vous devez la tuer, il faudra me tuer d'abord…

— Il dit la vérité. Je ne lui ai rien fait ! Jessica… Je vous en supplie !

— Regardez, reprit Jeremy, en penchant la tête pour montrer sa gorge.

Il n'avait aucune marque.

Jessica hésita, puis se reprit. Il n'y avait pas une seconde à perdre.

Au même instant, Stacey surgit dans la pièce et poussa un cri étranglé. Elle brandit son fusil d'une main tremblante.

Jessica posa la main sur le canon pour l'empêcher de tirer.

— Jeremy, dit-elle, montrez-moi vos bras.

Il s'exécuta et remonta ses manches.

Jessica ne vit rien. Certes, il avait pu être mordu ailleurs, mais elle savait qu'il ne mentait pas. Il était capable de mourir pour Mary. Peut-être, tout compte fait, pouvaient-ils essayer d'utiliser Mary et, d'une façon ou d'une autre, la sauver.

— Stacey, va lui chercher ce que tu sais, ordonna-t-elle.

— Quoi !

— Tu m'as bien entendue !

— Comment peux-tu te fier à…

— Il vient un moment où il faut faire confiance. Dépêche-toi, je t'en prie.

Stacey se précipita au rez-de-chaussée.

— Vous n'allez pas la transpercer, n'est-ce pas ? murmura Jeremy.

— Je n'ai tué personne, je vous le jure, dit Mary. J'ai failli, mais… on m'en a empêché. Après, je… j'ai trouvé un chat, et puis quelques oiseaux… J'ai essayé un rottweiler, mais il était trop féroce. Je… j'ai vraiment faim. Mais je n'ai fait aucun mal à Jeremy et je ne lui ferai jamais de mal. Je suis venue le trouver, pour qu'il m'empêche d'y aller.

Sa voix n'était plus qu'un chuchotement.

— D'aller où ?

Mary hésita, les yeux agrandis dans son beau visage pâle.

— Où ? insista Jessica.

— A la fête. Celle qui doit se tenir cette nuit. On m'a ordonné d'y aller, mais j'ai peur.

— Où a-t-elle lieu ?

— Au cimetière, souffla Mary.

— Lequel ?

— D'abord, on a rendez-vous ici, répondit Mary, distraite, comme si elle s'efforçait de mettre de l'ordre dans ses pensées.

Elle se pressa les mains contre les tempes.

— Ce sera ma première fois. Le Maître l'a dit. Il dit que je lui appartiens et qu'après cette fête, je saurai ce que je suis vraiment, ce que je peux avoir, la façon dont il règne. Après le cimetière, on doit nous emmener à un autre abri, le long de la rivière…

— De quel cimetière s'agit-il ? Mary !

Stacey réapparut, avec une bouteille en plastique à la main. Jessica prit la bouteille et la tendit à Mary.

— Que… qu'est-ce que c'est ? demanda-t-elle.

— Du sang O positif. Quel cimetière ?

Mary fournit enfin le renseignement. Jessica donna quelques ordres, insistant pour qu'on confine Mary à une seule pièce, puis repartit.

Bryan se garda bien de se montrer et resta à quelque distance. Des chênes couverts de tillandsie bordaient les rues qui menaient au cimetière. La municipalité avait amélioré l'éclairage de ces quartiers isolés, où la lie de la société rôdait à l'affût de passants sans défense. Mais à l'instant où il s'immobilisa sur le trottoir, fixant l'entrée, l'un des réverbères brasilla, puis s'éteignit en grésillant.

Bryan attendit sans bouger que ses yeux s'accoutument à l'obscurité. Il percevait du mouvement à l'intérieur du cimetière. Des ombres se déplaçaient, s'élargissaient, disparaissaient.

Il entendit un éclat de rire vite étouffé et secoua la tête, maudissant la naïveté irresponsable de ces gens qui se laissaient séduire par la perspective d'un peu de sexe et d'aventure. La colère l'envahit. Chaque fois qu'il avait presque touché au but, il avait dû sauver des innocents et cela l'avait fait échouer dans sa mission principale.

La grille d'entrée, avec ses élégantes arabesques de ferronnerie, se dressait devant lui, un peu mangée de rouille, désuète, de ce style victorien mélancolique si fréquent dans la région. Le mur de pierre, de part et d'autre, s'effondrait par endroits.

D'un bond, il sauta par-dessus et, aussitôt, ses narines perçurent une pestilence inhabituelle, même pour cette cité des morts où de gracieux mausolées abritaient les dépouilles d'une humanité disparue depuis longtemps.

Il emprunta une allée étroite, envahie de végétation, et avança en restant à couvert des monuments, dans une obscurité de plus en plus épaisse. C'était l'un des plus vastes cimetières de la ville, un labyrinthe de sentiers ombreux bordés de tombes oubliées aux dalles brisées par les racines des arbres. Ici ou là, des anges de pierre sanglotaient, gracieusement penchés sur les dalles funéraires.

Soudain, il distingua dans la pénombre une silhouette adossée à un tombeau, immobile, aux aguets.

C'était une jeune femme. Elle avait revêtu une tenue de dominatrice, avec de grandes bottes et une minijupe. Son déguisement, cependant, n'était pas entièrement au point. Il était bien imité, mais laissait subsister des traces d'une autre vie, avec une chevelure coupée court, teinte de plusieurs couleurs et coiffée dans le plus pur style punk.

— Hé ! chuchota-t-elle dans l'obscurité.

Elle sourit et émergea de sa cachette pour l'accoster.

— J'aime bien votre costume, il vous flatte… Vous êtes venu pour la fête ? Vous allez bien vous amuser. C'est le truc le plus dingue que vous aurez jamais fait !

Tout en parlant, elle se rapprochait de lui. Une fois tout près, elle tendit la main et se coula à ses côtés.

— Vous ne voulez pas commencer tout de suite ?

Ici même ? Il n'y a pas de raison d'attendre. Je suis prête. J'espérais trouver quelqu'un comme vous. Je peux vous donner envie de moi en quelques secondes. Croyez-moi, je peux faire perdre la tête à n'importe quel homme, ou d'ailleurs à n'importe quelle femme. Je satisfais leurs rêves les plus fous.

Elle eut un petit rire et poursuivit :

— Allons, juste un petit baiser…

— Ni dans cette vie, ni dans l'autre, dit-il.

— Faites-moi confiance, murmura-t-elle.

Sa voix se faisait chuintante. Elle se hissa sur ses pointes de pied. Il savait où elle voulait en venir. Il avait vu mille fois ce genre de scène. Impassible, il la regarda se redresser.

Elle se lova contre lui, puis entrouvrit les lèvres. Un rayon de lune écarlate fit scintiller ses crocs.

A l'instant où elle se penchait vers son cou, sûre d'elle, il tira son épieu de sous son manteau et le lui plongea dans la poitrine.

Elle poussa un léger cri, le regarda avec fureur, puis se désintégra sous ses yeux, ne laissant plus sur le sol qu'un petit tas de cendres et d'ossements.

— Leurs rêves les plus fous ? Plutôt leurs cauchemars, marmonna-t-il.

Il se demanda combien il y avait encore de vampires dans l'enceinte du cimetière. Beaucoup, sûrement. Ce serait une nuit difficile. Un sixième sens l'avertissait qu'ils grouillaient partout. Galvanisés par la présence du Maître, ils étaient sortis de leurs cachettes, quittant leurs vies secrètes, si variées. Certains s'adaptaient à merveille au monde moderne, aux technologies.

D'autres se repaissaient du sang d'animaux comme un humain dîne d'un bifteck. D'autres encore essayaient de simplement survivre, en prétendant mener la vie de tout le monde…

Ce soir, ils étaient tous là. Ils avaient répondu à l'appel de leur meneur, se rappelant grâce à lui qui ils étaient, convaincus de l'étendue de leurs pouvoirs. Le Maître réaffirmait sa promesse : tous les humains étaient leur bétail.

Aucun vampire n'était un bon vampire.

Il baissa le rebord de son chapeau et se remit en chasse.

Jessica s'avançait dans la foule d'un pas assuré. Sa cape à capuche de cuir la rendait indiscernable, ombre au milieu des ombres. Tout en marchant, elle tendait l'oreille.

Un groupe de jeunes férus de littérature, qui prenaient trop au pied de la lettre les légendes locales, avaient revêtu des costumes inspirés du XVIIe siècle. Dans un autre groupe, des adolescentes à piercing et tatouages riaient fort. Elles étaient toutes vêtues de noir, certaines avec de longues jupes, d'autres avec à peine quelques centimètres carrés de tissu sur le derrière. Quelques ivrognes déambulaient, ricanant.

Au milieu de ces groupes, des silhouettes plus inquiétantes rôdaient, jaugeant les alentours, repérant ceux qui venaient de loin, ceux qui étaient là juste pour voir, ceux qui voulaient pimenter un peu leur existence, les influençables, les égarés… Tous ceux-là seraient leurs proies.

Jessica percevait autour d'elle la faim des vampires, leur convoitise. Elle savait qu'ils se délectaient à l'avance, ravis que les pouvoirs du Maître leur permettent un tel festin.

— Il va venir bientôt, lui dit quelqu'un, en s'arrêtant devant elle.

C'était un homme grand, mince, aux cheveux noirs. Il n'était pas vieux mais son regard trahissait une expérience ancienne et blasée.

— Mais vous le savez, bien sûr, ajouta-t-il, puisque vous êtes sa servante favorite. Qui ne connaît pas la célèbre dominatrice ?

Il se pencha comme s'il saluait une princesse.

Eh bien, elle avait réussi son coup, songea-t-elle ironiquement. La rumeur qu'elle avait lancée en Transylvanie s'était répandue comme une traînée de poudre. Le Maître, là-bas, était presque le seul à ne pas savoir qu'il avait une dominatrice, et quand elle était arrivée au château en ruines, dans la forêt, on l'avait reçue sans sourciller. Tous ceux qui avaient entendu parler de la soirée, qui avaient deviné l'appel, s'attendaient à trouver une dominatrice. Elle avait été accueillie avec ferveur. C'était normal, étant ce qu'elle était. En outre, elle savait admirablement jouer la comédie.

Maintenant, le Maître, lui aussi, était au courant. Sans doute la guettait-il. Jusque-là, il lui avait probablement tendu des pièges. Mais ce soir…

Elle aurait dû recruter de l'aide. Ou, au moins, prévenir Sean de ce qu'elle allait faire.

Non. Pas question de lui faire risquer sa vie.

En Transylvanie, comptant sur l'effet de surprise, elle s'était sentie pleine d'assurance, sûre de son pouvoir. Et pourtant, en dépit de ses précautions, de sa certitude d'avoir tout calculé, elle n'en avait pas moins perdu la partie.

Son plan, parfaitement mis au point, n'avait dérapé que de quelques secondes, mais ces quelques secondes avaient coûté la vie de Mary.

Finalement, elle se dit qu'elle avait bien fait de venir seule. Inutile d'imposer un nouvel échec à d'autres. Et puis, c'était elle que le Maître traquait.

Elle serra les dents. Quelle que soit l'issue du combat, il fallait qu'elle ait confiance en ses pouvoirs et, plus encore, qu'elle soit convaincue de la justesse de sa cause.

Elle sourit.

— Je doute que la fête proprement dite se déroule ici, dit-elle à l'homme d'un ton léger.

Elle tendait une perche, n'ayant aucune idée de ce que le Maître avait prévu. S'il avait retenu un lieu précis, comme en Transylvanie, ce serait sûrement un endroit bien plus éloigné de la ville que ce cimetière. Elle devait à tout prix faire parler son interlocuteur.

— Le Maître, reprit-elle, n'aime pas les choses… bâclées.

— Je sais, répondit-il. J'ai entendu dire qu'il y aura une douzaine de fiacres. Il peut aussi rendre momentanément aveugles ceux qui l'entourent et marcher dans la rue en plein jour sans qu'on ne le remarque. Ce soir, il va nous emmener dans un endroit où nous pourrons assouvir toutes nos convoitises... Mais vous le savez, bien sûr...

Elle fit un petit mouvement de la tête pour laisser l'autre croire qu'elle acquiesçait. Mais il n'y aurait sûrement pas de fiacres, contrairement à ce que l'autre affirmait. Le Maître était trop intelligent pour attirer l'attention. Il y aurait probablement quelques limousines, mais elles se déplaceraient dans l'obscurité, comme des ombres. L'inconnu avait raison sur un point : d'une manière ou d'une autre, personne ne les remarquerait.

— C'est bien vous la dominatrice, n'est-ce pas ? reprit-il. On nous avait annoncé que vous seriez là, en Transylvanie, et que c'est vous qui nous donneriez le signal.

Il fit une pause et se rapprocha.

— Mais cette nuit-là, la dominatrice était un imposteur. Elle a tué beaucoup d'entre nous. Et en plus, un guerrier est arrivé.

Il frissonna, au souvenir de cette nuit.

— Ce soir, nous ne risquons rien, soyez rassuré, lui répondit-elle, en sentant sa mâchoire se crisper à l'évocation du « guerrier ».

Elle ignorait toujours où la soirée devait se dérouler vraiment et se sentait de plus en plus contrariée, mais elle devait jouer serré.

— D'où est-ce que vous venez ?

Il avait un léger accent qu'elle n'arrivait pas à situer.

Il agita la main.

— Je viens de France. Juste après la bataille, en Transylvanie, nous avons su que le Maître allait organiser un nouvel événement d'envergure, sans attendre. Nous avons tous soif de vengeance. Nombre de vampires ont succombé, mais par bonheur, malgré le piège et la trahison, le Maître a survécu.

Il s'inclina de nouveau, la frôlant presque, puis se redressa, un sourire sensuel aux lèvres.

— Je me présente : Henri, comte de Vallier. C'est un plaisir de faire votre connaissance.

Il se rapprocha encore, pour lui murmurer à l'oreille :

— J'existe depuis très longtemps. J'ai beaucoup d'expérience…

— Vraiment ?

— Oui. J'ai sucé le sang d'innombrables jeunes beautés qui n'en sont pas moins mortes en chuchotant mon nom avec extase.

Elle lui toucha le visage.

— Vous avez pris des vies innocentes ? En savourant les gémissements des agonisants ?

Elle se força à lui sourire, prenant un air gourmand, comme s'ils étaient devenus amis, voire complices.

— Il paraît que les choses ont changé, de nos jours, reprit-il. Que nous devrions nous tourner vers le Bien, ne plus nous comporter comme des monstres… Mais mon opinion, c'est que notre nature reste ce qu'elle est. J'ai fait des efforts, je cherche souvent des proies qui n'en ont plus pour longtemps de toute façon. Mais j'avoue garder un faible pour les femmes jeunes et belles. Le service que je leur rends…

Il fit courir un doigt le long du bras de Jessica, l'air entendu.

— Je sais que vous êtes la favorite du Maître. C'est ce que tout le monde dit. Il paraît aussi que vous aimez beaucoup… divertir vos semblables, tout en dînant du sang de nos victimes. Vous m'attirez d'une manière stupéfiante, mais êtes-vous libre ? Je ne me permettrais pas de toucher à ce que le Maître considère comme son bien propre. Le Maître sait pertinemment ce que nous sommes. Il connaît nos besoins, nos exigences. Notre prétendu roi, en revanche, est un idiot, convaincu que les humains nous accepteront si nous apprenons à nous plier à leur monde. Mais qu'est-ce que ce monde pour nous, sinon un vaste garde-manger ? Le Maître, lui, l'a compris. C'est pour ça que je le vénère…

— Je n'appartiens qu'à moi-même, dit-elle, le cœur serré.

Ce vampire avait tué d'innombrables fois et il continuerait. Le simple fait de penser aux belles jeunes femmes qui étaient mortes à cause de lui la rendait malade.

Des jeunes femmes comme Mary.

Non… pas comme Mary, à qui le Maître avait permis de réapparaître pour le servir. Elle était certaine que cet Henri, au contraire, laissait rarement à ses victimes une chance de revenir à la vie ou, plus précisément, à l'existence. Qu'est-ce qui valait mieux ? Elle ne savait le dire. Même pour elle-même, elle n'avait pas de réponse.

En même temps, quelque chose dans le discours du vampire trouvait en elle un écho douloureux. Quand donc, en effet, seraient-ils véritablement acceptés dans le monde des vivants ? Quand donc les regarderait-on enfin sans crainte ?

Elle entendit pouffer dans l'ombre, au bout d'une allée bordée de mausolées ouvragés. Henri sourit de convoitise. Sous l'étrange clarté lunaire, l'un de ses crocs scintilla, d'un rouge sanglant comme la nuit.

— Je suis tenté, murmura-t-il. Et j'ai vraiment faim. Peut-être vais-je m'accorder une mise en bouche, avant que ça ne commence…

— Méfiez-vous, le prévint Jessica. Nous ne pouvons pas nous permettre de laisser traîner des cadavres qui pourraient être découverts.

Le sourire d'Henri s'élargit. Il passa un bras autour d'elle.

— Rien ne vaut la sensation d'un jeune cœur palpitant, la saveur d'une chair vivante et fraîche. J'ai déjà le goût du sang dans la bouche. Je crois que je vais céder à la tentation, mais je vais vous laisser le plaisir de passer la première, chère dominatrice…

Elle fit semblant de réfléchir à sa proposition, puis glissa la main sous sa cape.

Elle frappa sans qu'il ait le temps de comprendre. L'épieu était petit, mais très pointu, taillé dans un bois de chêne très dur. Elle le lui enfonça droit entre les côtes, d'un geste sûr.

Il la fixa de ses yeux arrondis de stupeur.

Puis, l'espace d'une seconde, une lueur de rage incrédule traversa ses prunelles. Il ouvrit la bouche pour parler. Ses lèvres se retroussèrent sur ses crocs luisants.

Enfin, sans le moindre bruit, il s'effrita sur le sol, poussière retournant à la poussière.

Les derniers éléments de son être à disparaître furent ses dents rougeâtres et l'étincelle furibonde de son regard.

Aux pieds de Jessica, les cendres de ce qui avait été un vampire se mêlaient maintenant à la boue du sentier. Un ange aux ailes brisées montait une garde silencieuse au sommet d'un tombeau, versant des larmes de pierre. Le temps paraissait suspendu.

Elle regarda autour d'elle, ses yeux accoutumés à l'obscurité, repérant les silhouettes noyées dans l'ombre.

Certains attendaient le signal de la fête avec impatience.

D'autres étaient d'innocents agneaux partant à l'abattoir.

Un prestidigitateur au sommet de son art, expert en prodiges, tel était le Maître.

A l'abri d'un tombeau de forme pyramidale, Bryan observait les dizaines de limousines qui venaient de faire leur apparition, aussi silencieuses que des mirages.

Un brouillard humide, couleur de sang, s'était levé en volutes tourbillonnantes, comme animé d'une vie propre, faisant naître une atmosphère mystérieuse, surnaturelle et spectaculaire. Cette brume avait inondé progressivement toutes les allées, dissimulant l'arrivée des longs véhicules noirs.

Quand elle commença à se dissiper, il y eut des chuchotements étouffés, mêlés de ricanements sarcastiques et d'exclamations excitées.

Les loups et les agneaux étaient ensemble, mélangés.

Bryan les observa un moment. La variété des déguisements empêchait de distinguer les chasseurs des chassés. Il y avait des Gothiques vêtus de noir, dont les longues capes balayaient le sol ; de belles femmes en robes ajustées, toutes en dentelles et velours d'un violet profond. D'autres étaient habillés plus simplement, comme ils l'auraient fait pour une soirée en ville, passant d'un bar à l'autre pour écouter le meilleur jazz de La Nouvelle-Orléans. D'autres encore avaient campé des personnages particuliers : Casanova, planteurs coloniaux, chevaliers. Il y avait aussi de jeunes caïds, des orphelines aguicheuses.

Tous grimpèrent dans les limousines, frémissant d'anticipation, ou gardant un silence calculateur. De parfaits inconnus se mettaient à flirter ensemble. Les bandes d'amis se déplaçaient bras dessus bras dessous, les yeux écarquillés d'excitation.

Bryan garda sa faction jusqu'à ce que la dernière limousine soit remplie. Puis, calculant son élan, il s'élança souplement et atterrit, les bras en croix, sur le toit d'un des véhicules.

Les limousines s'ébranlèrent alors, comme des spectres dans les rues qui bordaient le puissant fleuve Mississippi.

Bryan regarda derrière lui. Il eut l'impression que la lune pourpre avait animé les statues. Les anges de pierre semblaient s'agiter, lutter pour crier, ou se mettre à sangloter.

La destination finale était une vieille plantation abandonnée. En la découvrant, Jessica s'étonna qu'aucun promoteur n'ait encore mis la main dessus, pour la réhabiliter en hôtel-restaurant de luxe.

L'allée qui y menait, autrefois majestueuse, était maintenant parsemée de branches et de racines, en rendant l'accès cahoteux. Elle était même à ce point envahie de végétation qu'on ne la voyait plus du tout depuis la route. Le lieu idéal, vraiment…

Le brouillard écarlate les avait enveloppés tout au long du trajet et, quand les limousines s'arrêtèrent, tous avaient l'impression d'être arrivés au bout du monde, dans une cinquième dimension, un univers surnaturel baigné de pourpre.

Le sentier qui menait au porche décrépit de l'ancienne demeure coloniale était lui aussi couvert d'herbes folles et de branchages. Par les fenêtres, on devinait des lumières rouges, comme une douce invitation. Les fêtards, descendus de voiture, se hâtaient d'entrer, avides d'assister enfin à des festivités exceptionnelles, réservées à l'élite qu'ils croyaient représenter.

Jessica se fraya un chemin parmi eux. Il fallait qu'elle prenne très vite ses repères.

La maison était construite selon un plan assez classique : des portes symétriques à l'avant et à l'arrière pour laisser circuler l'air, au rez-de-chaussée comme à l'étage. Le domaine incluait sûrement un quartier des esclaves, un fumoir, des granges et d'autres bâtisses.

Dans le vaste hall d'entrée, on avait dressé un écran géant, fonctionnant sans doute grâce à un générateur électrique. Un grand escalier en spirale, encore majestueux, conduisait à l'étage. Dans le salon de réception, d'anciennes tables de boucher couvertes de rafraîchissements faisaient office de bar.

Un jeune homme aux yeux vitreux attendait pour servir les cocktails qui incluaient, bien sûr, des Bloody Mary. Jessica s'approcha de lui. Il la salua.

— Bonjour ! Vous êtes la dominatrice, n'est-ce pas ? On m'a dit que vous alliez venir…

— Ah bon ?

Indiscutablement, le Maître s'attendait à sa venue.

Elle se pencha vers le garçon, jusqu'à le toucher et plongea son regard dans le sien.

— Partez, lui commanda-t-elle. Tout de suite !

— Je… partir ? répéta-t-il, visiblement prêt à obéir. Mais comment ?

— Passez par-derrière. Rejoignez le fleuve et marchez jusqu'à ce que vous trouviez un bateau. Dépêchez-vous ! Ne restez pas ici. Vous avez compris ?

Il hocha la tête, puis commença à se faufiler dans la foule.

Jessica dévisagea les groupes qui se pressaient autour d'elle, prenant le temps de jauger les gens un par un. Elle saisit enfin un homme par le revers de sa veste — une redingote de style édouardien — et l'entraîna en lui jetant un regard impérieux.

— Vous ! Vous tiendrez le bar !

Il parut sur le point de protester. Elle incurva ses lèvres en un sourire :

— Faudra-t-il que je vous fouette pour vous faire obéir ? Vous savez qui je suis, n'est-ce pas ? Donc, vous ferez tout ce que je vous dirai.

Il s'inclina, faillit presque s'agenouiller. Elle se retint de secouer la tête, tant elle s'émerveillait de le voir aussi facilement soumis.

— Je vous supplie de me laisser vous servir, dit-il enfin.

— Parfait. Alors, exécution !

Elle le laissa alors se précipiter derrière le bar, prêt à remplir son office.

Gardant le même ton tout à la fois impérieux et sensuel, elle déambula dans la foule, multipliant les ordres, séparant les loups des agneaux. Ces derniers devaient rester au rez-de-chaussée, pour pouvoir s'échapper. Quant aux loups…

— Votre attention, s'il vous plaît ! lança-t-elle à la cantonade. Nous attendons tous l'arrivée du Maître. Dans l'intervalle…

Elle baissa la voix, la modula pour la rendre rauque et voilée :

— Dans l'intervalle, je vais tous vous recevoir les uns après les autres. Ceux qui viennent pour la première fois passeront les derniers. Les autres, plus expérimentés, me rendront visite à l'étage, dans mes appartements. Ils peuvent venir un par un ou en couple, s'ils préfèrent. Nous commencerons par les plus anciens.

Avec un grand geste de la main, elle conclut :

— Le bar est ouvert. N'hésitez pas à vous servir, puis montez me voir… Nous saurons nous distraire ensemble… Je vous le promets…

Elle se remit en marche dans la foule, évaluant les assistants. Il lui fallait commencer par les plus endurcis, ceux qui choisiraient les victimes les plus jeunes, les plus fraîches. Elle leur murmura des invitations à l'oreille, tandis qu'elle ordonnait aux agneaux de rester en bas et d'attendre leur tour. Elle se demandait quand le Maître allait arriver.

Elle patienta dans l'obscurité et, quand son premier convive se présenta, ne prit même pas le temps de jouer la comédie avant de le tuer. Elle ouvrit la porte et le frappa aussitôt de son pieu. Il se réduisit en cendres, comme Henri, et se dispersa dans la poussière séculaire qui couvrait le sol.

La chambre qu'elle avait choisie jouxtait celle que le Maître allait occuper ; elle l'avait compris en voyant l'ameublement, identique à celui qu'il avait eu en Transylvanie, avec un vaste lit raffiné et une coiffeuse plus raffinée encore. Elle tendit l'oreille, consciente qu'il pouvait venir lui tendre son piège d'une minute à l'autre.

Un couple arriva ensuite. C'étaient des agneaux. Elle leur ordonna de retourner attendre leur tour au rez-de-chaussée.

Après eux…

Défilèrent les loups. Certains arrivaient en se vantant de leurs hauts faits. Quand ils se vantaient d'un grand nombre de morts et de désastres, Jessica trouvait plus facile de leur enfoncer son épieu dans le cœur.

La poussière et les cendres s'amoncelaient à ses pieds.

Elle était stupéfaite de leur stupidité, de ces egos démesurés qui les poussaient à venir la rejoindre, les uns après les autres. Cependant, il en restait d'autres. Beaucoup d'autres. Mais du moins, elle avait fait pencher la balance en sa faveur. Maintenant, elle devait trouver le moyen de vaincre le Maître et de faire fuir ses proies.

Elle ouvrit la porte et se glissa dans le corridor. Elle ne s'était pas trompée : une obscurité de ténèbres émanait à présent de derrière la porte voisine.

Il allait surgir d'un instant à l'autre. Elle le sentait…

Il devait y avoir une pièce d'observation, comme toujours. Sans doute se situait-elle de l'autre côté de la pièce du Maître. Elle s'y dirigea en hâte et y entra.

C'était bien cela, avec la vitre sans tain donnant sur la chambre et la caméra, posée sur un meuble élégant. Tout était prêt pour la mise en scène, la démonstration de son immense pouvoir : la mise à mort d'une innocente. Il jouissait de cette performance, de la peur qu'il suscitait, du fait d'être observé et de savoir que ceux qui le regardaient se pâmaient d'extase, prêts à s'incliner devant lui.

Elle arrivait à temps. Tout était en place, mais il n'y avait encore aucune jeune femme parée de blanc devant la coiffeuse, occupée à se brosser les cheveux en attendant, la gorge dénudée…

Il y eut soudain un cri terrible au rez-de-chaussée. Elle sursauta. Se serait-elle trompée encore une fois ? Elle fonça vers la porte, mais une main se posa sur son épaule et l'arrêta net dans sa course.

Une main d'acier, qui l'étreignait comme un étau.

— Et maintenant, tu vas mourir, chuchota une voix tout contre son oreille.

14

Dave se sentait en pleine forme, à présent, au point de se demander ce qu'il pouvait bien faire dans un lit d'hôpital. Apparemment, pourtant, il n'était toujours pas question de le laisser sortir.

En plus, le policier qui le gardait avait l'air bizarre. Il avait discrètement accroché quelque chose sur un montant de la fenêtre et Dave, avec tout le respect qu'il devait à l'honorable police locale, aurait mis sa main au feu que c'était de l'ail.

L'homme s'appelait Santini, Giovanni Santini. Son côté bizarre mis à part, il était plutôt sympathique, mais Dave se demandait pourquoi on lui imposait une surveillance rapprochée. Sans doute à cause de cette histoire de cadavre disparu, pendant son service à la morgue. Il avait le plus grand mal à se rappeler ce qui s'était passé. Il se souvenait seulement qu'il avait vu surgir devant lui une femme, vraiment belle, nue, avec des seins splendides.

— Ça va, fiston ?

Dave sursauta : Santini était resté jusque-là tellement silencieux, sur sa chaise, qu'il l'avait cru endormi.

— Oui, ça va. Mais j'aimerais rentrer chez moi.

— Ça va venir, dit gaiement Santini, tout en triturant la grande croix qu'il portait autour du cou, identique à celle que Dave avait trouvée à son propre cou, quand il s'était réveillé après le… l'incident.

— Si tu as besoin de quoi que ce soit…

— Je n'ai besoin que de rentrer chez moi. Je voudrais pouvoir dormir une nuit entière sans qu'une infirmière me réveille à tout bout de champ pour prendre ma température.

Santini se mit à rire.

— Je comprends ! En tout cas, si tu as besoin de quelque chose quand tu te réveilles, dis-le-moi. Maintenant, essaye de dormir un peu.

— Oui, monsieur.

Dave commença à s'assoupir mais, avant de sombrer dans un sommeil profond, il sentit qu'on se déplaçait dans la chambre. Il rouvrit les yeux.

Cette fois, ce n'était pas une infirmière, mais un médecin, une véritable armoire à glace. Il s'approcha du lit et saisit son bras. Une lumière jaillit et son jet aveuglant, dirigé sur son visage, l'empêcha de distinguer les traits de l'homme, qui n'était qu'une silhouette aux contours flous.

— Tourne-toi, gamin, lui dit le médecin. Je dois te faire une prise de sang.

— En pleine nuit ! s'étonna Dave.

Il aurait voulu s'abriter les yeux de la lumière, mais il se sentait étrangement rattrapé par le sommeil qui l'avait fui, et ses muscles ne lui obéissaient plus.

— J'en ai besoin, répondit le médecin. Tourne-toi. Je vais prendre ma pinte et tu pourras te rendormir.

Dave s'exécuta, puis les mots atteignirent ensuite seulement son esprit.

Je vais prendre ma pinte.

Une pinte de sang ! Il se mit à hurler.

L'homme le maintenait toujours et plongea ses crocs dans une veine apparente.

Santini, réveillé par le cri du jeune homme, sauta sur ses pieds. Sans même lever les yeux vers lui, l'autre détendit le bras, le frappa violemment à la poitrine et l'expédia à l'autre bout de la pièce.

La porte s'ouvrit à la volée et un second policier, en uniforme, apparut. Le pseudo-médecin n'avait toujours pas lâché Dave.

— Arrêtez ou je tire !

L'autre se releva enfin. Dave eut à peine le temps de réaliser ce qui se passait : en l'espace d'une seconde, le pseudo-médecin s'était dressé devant le policier, dont l'arme avait volé à terre. On entendit un bruit strident, atroce. L'homme avait soulevé le policier d'une seule main et Dave vit qu'il le mordait au cou, pressait ses lèvres sur la blessure, suçant…

Santini se mit debout en s'ébrouant et s'élança sur le dos de l'agresseur, mais ce dernier devina son approche : il projeta son poing vers l'arrière. Santini retomba brutalement.

Les horribles bruits de succion continuèrent, obsédants, interminables. Dave essaya de hurler, pour appeler à l'aide, mais un voile noir teinté de rouge lui brouilla la vue et il s'évanouit.

*
* *

La pièce, plongée dans le noir, s'était emplie d'une vapeur rougeâtre. Jessica ne voyait pas son attaquant, mais elle savait d'instinct que ce n'était pas le Maître : la voix lui était inconnue. Au moment où elle levait le bras pour frapper, un coup violent s'abattit sur son poignet et son épieu vola à l'autre bout de la pièce.

Elle savait se battre. En quelques secondes, elle rassembla ses forces, puis détendit brusquement la jambe, donna un coup de pied brutal et déséquilibra son adversaire, qui recula en vacillant.

Au rez-de-chaussée, on hurla de nouveau.

Elle reprit son épieu, ouvrit la porte à la volée, fonça dans le corridor, dévala l'escalier à toute allure et se ramassa sur elle-même, prête à agir.

Elle avait détruit un grand nombre de loups, mais il en restait beaucoup et ils n'avaient pas attendu les ordres pour passer à l'action.

Sous ses yeux, une femme émaciée, vêtue d'une robe noire très moulante, maintenait par les cheveux un jeune homme en tenue gothique, prête à lui plonger ses crocs dans le cou. D'autres étaient déjà passés à l'attaque, un peu partout dans la pièce.

Elle se dirigea d'abord vers la femme en robe noire, qui était la plus proche. Un coup d'épieu dans le dos la réduisit promptement en poussière. Derrière elle, elle entendit un crachement de fureur. Elle se retourna : un vieux vampire grisonnant, aux longs bras squelettiques, s'apprêtait à bondir sur elle. Elle s'écarta, le laissa plonger à l'avant, puis l'enjamba et le transperça.

Au même instant, elle vit passer devant elle un corps qui se dissolvait sous ses yeux.

Stupéfaite, elle tourna la tête.

L'inconnu au long manteau et au chapeau rabattu, vu en Tansylvanie, était de retour.

Un vampire fonçait sur lui. L'inconnu tira de sous son manteau une petite arbalète et, quand l'agresseur ne fut plus qu'à quelques centimètres, tira. Sa flèche atteignit l'autre au visage et il s'effondra.

Les portes étaient grandes ouvertes. Dans le tourbillon de violence qui s'était déchaîné, des hurlements résonnaient, faisant trembler les vieux murs, et les agneaux se précipitaient à l'extérieur, terrorisés.

Jessica pivota, sans quitter des yeux l'homme au chapeau qui traversait la pièce, en lançant ses flèches, l'une après l'autre. Attaquée de nouveau, elle esquiva le couteau qu'on allait lui plonger dans la gorge, puis se redressa et transperça son adversaire.

Puis, tout à coup, ce fut le silence. La pièce s'était vidée : les loups étaient réduits en poussière et les agneaux avaient fui.

Il ne restait plus qu'elle-même et l'inconnu qui, maintenant, la visait de son arbalète, tout en sortant une flèche de sous son manteau.

Elle prit son élan et plongea sur lui. Il tomba en se cognant contre le mur, l'entraînant dans sa chute. C'était lui qui l'avait agressée à l'étage et il semblait résolu à la tuer.

Le souffle court, elle prit appui sur sa poitrine pour se redresser et prendre la fuite.

En vain : il tendit le bras et la rattrapa par la cheville.

Elle retomba avec un choc sourd. L'instant d'après, il était sur elle, la clouant au sol de tout son poids.

Elle fit levier de son bras, le repoussa, commença à se relever, mais il s'était mis debout et la rattrapait par l'épaule. Il la souleva comme une plume et la propulsa à l'autre bout de la pièce, où elle s'écrasa au pied de l'escalier. Sonnée, elle se rattrapa à la rampe. Comme il s'approchait, elle lança un brutal coup de pied devant elle, le forçant à reculer.

Elle tenta de fuir de nouveau, mais il la rattrapa. Elle voulut le frapper : il lui saisit le bras. Elle perdit l'équilibre et tomba près du couteau dont un vampire l'avait menacée un peu plus tôt.

Elle s'en empara, tandis que l'inconnu s'asseyait sur elle à califourchon pour l'immobiliser.

Elle tenait le couteau. Elle aurait pu s'en servir, mais une sorte de sixième sens la retint.

L'autre s'était immobilisé, lui aussi, et la regardait fixement.

Elle soutint son regard sans ciller.

— Vous ! s'écria-t-il alors.

Le ton de sa voix fit naître en elle une souffrance telle qu'elle n'en avait pas connu depuis des années… Des centaines d'années.

Sean ne tenait plus en place, rongé d'inquiétude. Il sentait que quelque chose de terrible se tramait, mais il n'avait aucune idée de l'endroit où l'événement se produirait.

Puis un appel téléphonique l'avertit : il fonça à l'hôpital.

Sur les lieux, il aperçut un jeune policier qui sortait de la chambre de Dave en vomissant, apparemment très secoué par ce qu'il y avait vu. Sur ses talons, Sean reconnut George Mendez.

— Où en êtes-vous, Mendez ? le questionna-t-il.

— J'ai reçu l'appel dans ma voiture et nous avons tout de suite alerté le médecin-légiste et une unité de scène de crime. Ils sont en chemin. Quand je suis entré dans la chambre…

Il prit une profonde inspiration avant de poursuivre :

— J'ai compris tout de suite que nos deux hommes étaient morts. Le jeune homme est encore vivant. Je l'ai fait emmener. C'est l'infirmière de service qui a trouvé les corps. Elle a entendu crier et a vu l'agent en faction dans le couloir se précipiter dans la pièce. Comme il ne ressortait pas, elle a appelé la sécurité puis est allée voir. Quand les agents de sécurité sont arrivés, ils l'ont trouvée debout en train de hurler et ce sont eux qui ont alerté la police.

Sean jeta un coup d'œil dans la chambre. Le lit était vide. Il y avait une tache de sang sur les draps, pas très grande.

En revanche, le reste de la pièce baignait littéralement dans le sang.

— C'étaient Santini et Clark. Vous ne les reconnaîtriez pas, lieutenant. Ils sont… méconnaissables.

Mendez était un officier chevronné et endurci, mais aussi l'un des plus humains et des plus fervents pratiquants avec lesquels Sean eût jamais travaillé. Il avait les larmes aux yeux.

— Santini était l'un de mes meilleurs amis, ajouta-t-il. C'était un bon flic et Clark aussi. On s'est donné beaucoup de mal pour monter une mise en scène et faire croire qu'ils se sont battus à coup de scalpel, mais c'est de la foutaise. Ils ne se sont pas battus !

— Voici des gants et des protège-chaussures, monsieur, dit un officier, en tendant à Sean de quoi entrer sur la scène de crime.

Il n'osait pas regarder à l'intérieur de la pièce et lui tendit les objets en détournant la tête.

— Merci, Rohan, murmura Sean.

— J'ai oublié d'en mettre, marmonna Mendez. Je…

— N'y pensez plus. Vous dites que le gamin est vivant ?

— Oui. Ils sont en train de le transfuser.

— Je vois, murmura Sean. Espérons qu'il survive.

— Espérons…

Mendez n'avait pas l'air d'y croire une seconde.

Sean pénétra dans la chambre avec précaution. C'était exactement ce que Mendez avait décrit. Les deux policiers étaient pratiquement allongés l'un sur l'autre, chacun d'eux tenant en main un scalpel.

Sean s'accroupit, mâchoires serrées. Les deux hommes avaient été égorgés. Il inspecta les corps avec soin. La gorge de Santini avait été tranchée net, avec une force considérable.

Celle de Clark, en revanche, avait été lacérée, tailladée, à de multiples reprises.

Dans le but, Sean en était sûr, de dissimuler les marques laissées par les crocs du tueur. Il se redressa. La brigade de scène de crime ne trouverait aucun indice, aucune marque de pas, aucune empreinte digitale. Rien qui puisse expliquer ce crime, qui resterait pour eux un mystère.

Puis il se pencha de nouveau, l'œil attiré par la main de Clark. Dans sa paume ouverte, un nom en lettres de sang.

Sean fixa ce nom, pétrifié, sans pouvoir en détacher son regard.

Il étouffa un juron, le cœur serré, puis fit semblant d'observer de plus près et, du bout du doigt, brouilla les lettres.

Il se releva et sortit de la pièce. Mendez le suivit des yeux, l'air grave. Il avait compris.

— Est-ce que je dois rester au chevet du gamin ? demanda-t-il.

— Oui, ça vaut mieux, répondit Sean, en le regardant droit dans les yeux. Mais ça veut dire que vous n'avez pas le droit de dormir. Vous ne devez pas vous laisser prendre par surprise.

Mendez eut un rire sans joie.

— Oh, je suis bien préparé, chef, faites-moi confiance. J'étais déjà venu monter la garde pour la jeune dame, Mary. Regardez mes cheveux : je me suis littéralement inondé d'eau bénite. Santini s'est battu de toutes ses forces. Vous croyez qu'il est devenu un ange, maintenant ?

— Peut-être, répondit Sean.

Que dire d'autre ?

— Vous pouvez y aller, chef, reprit Mendez. Je ne bougerai pas d'ici.

Sean s'en alla, pensif.

Mendez avait vu, comme lui, le nom dans la paume de Clark. Mais savait-il ce qu'il signifiait ?

*
* *

— Vous ! répéta MacAllistair, les yeux fixés sur Jessica.

— Bryan ! murmura-t-elle.

Il se pencha. Elle frémit, mais il se borna à lui retirer sa perruque brune et son loup noir.

— Vous portez des lentilles de contact, je suppose ?

Toujours allongée, elle haussa les épaules.

— C'est donc vous la dominatrice, reprit-il d'un ton sec.

— Il n'y a pas de vraie dominatrice.

Il glissa la main sous son manteau. Sûrement pour prendre l'une de ses flèches, se dit Jessica.

— Ecoutez-moi, Bryan… J'ai monté le personnage de la dominatrice de toutes pièces, en faisant courir le bruit de son existence. C'était le seul moyen de m'introduire dans les soirées du Maître sans attirer les soupçons. Je peux vous jurer que la dominatrice n'est apparue nulle part avant la Transylvanie.

Il redressa le buste, mais la maintenait toujours à terre.

— Donc, vous y étiez… Vous vous êtes régalée ?

— Ne soyez pas idiot. Vous n'avez donc rien vu de ce qui s'est passé, ce soir ? J'ai tué plus de ces créatures malfaisantes que vous-même !

— Ça m'étonnerait. Quelle importance, d'ailleurs ? Les vampires se retournent volontiers contre leurs congénères, en cas de besoin. Or, vous êtes une vampire.

Elle soutint son regard, puis répondit dans un souffle :

— Il y a de bons vampires.

Les traits de Bryan se crispèrent douloureusement.

— Non ! cria-t-il. Les bons vampires, ça n'existe pas !

— Si, murmura-t-elle. Je vous le jure.

Elle réfléchissait à toute allure. Il savait maintenant, qu'elle était une vampire. Mais que savait-il d'autre ?

— A votre avis, reprit-elle, pourquoi les gens ont-ils pu se sauver pendant que vous vous battiez avec le Maître, en Transylvanie ? Pourquoi sont-ils si nombreux à avoir survécu ?

— Grâce à vous, peut-être ?

Sans répondre, elle le défia du regard.

— Dans ce cas, où est le Maître ? reprit-il d'une voix dure.

— Mon Dieu !

— Vous n'avez pas le droit d'invoquer Dieu !

— Vous n'êtes qu'un idiot ! Vous ne comprenez rien ! Vous ne voyez pas que c'est un piège ? Pendant que nous nous combattons l'un l'autre, il est en train de faire d'autres victimes et il espère bien que nous allons nous entretuer. C'est pour le tuer, *lui*, que je suis venue !

Avait-elle réussi à le convaincre ? Elle ne devait jamais le savoir car, au même instant, un hurlement à glacer le sang s'éleva à l'extérieur.

Bryan bondit sur ses pieds. Elle l'imita. Ils foncèrent vers la porte, mais il l'atteignit le premier et se précipita dans la pénombre écarlate. Elle le vit s'élancer comme s'il avait des ailes, entendit un cri rauque, puis un rugissement furibond et aperçut enfin une silhouette qui filait à toute allure sans toucher le sol.

Transpercée par une flèche, la silhouette se désintégra en vol.

Il y eut un bruit de sanglots, puis Bryan demanda d'une voix pressante :

— Il vous a mordue ?

— Non… non, dit une voix féminine d'un ton piteux.

Quelle que fût la suite des événements, Bryan était de taille à les affronter, se dit Jessica. Après tout, c'était un guerrier. Il était temps pour elle de lever le camp.

Et de partir à la recherche du Maître.

La jeune fille, qui portait une jupe bien trop courte et bien trop de maquillage, regardait Bryan d'un air hébété. Elle était pâle comme un linge et tremblait de tous ses membres. Elle paraissait surtout totalement abrutie, comme si son cerveau venait de griller. Elle avait sûrement bu ou pris de la drogue. Peut-être ne se rappellerait-elle rien de tout cela par la suite.

— Approchez-vous, lui ordonna Bryan avec impatience.

— Est-ce que… vous êtes l'un d'eux ? balbutia-t-elle, terrifiée, d'épaisses coulées de mascara sur les joues.

— Approchez-vous, répéta-t-il. Je n'ai pas de temps à perdre, pour l'amour du Ciel ! Je vais vous aider à fuir, mais je dois d'abord m'assurer…

— Je n'ai pas été mordue, je le jure ! Ne me tuez pas !

Avec un soupir exaspéré, il l'attrapa par un bras pour l'examiner. Elle se laissa faire. Elle avait des ecchymoses dans le cou. Il était miraculeux qu'elle ait réussi à crier, alors que le vampire avait serré au point de l'étrangler à moitié.

Il vérifia ses bras, toutes les surfaces de peau exposées, sans trouver de marques.

— Ça a l'air d'aller, dit-il. Mais si vous mentez…

Il la retint un moment, s'efforçant de se fier à son instinct, toujours infaillible.

Presque toujours.

Car, avec Jessica, cela n'avait pas marché. Quand il la tenait contre lui, son cœur se mettait à palpiter et tout son corps s'embrasait. Elle était chaude comme une flamme.

— Où sont vos amis ? Avec qui êtes-vous venue ?

— Je… avec Cindy et Jean. Elles sont parties. On a couru, mais j'ai heurté une racine et…

Sa voix mourut. Elle le regarda fixement, puis fondit en larmes, se jeta dans ses bras et s'évanouit.

— Zut ! grommela-t-il.

Il fallait qu'il la ramène en sécurité, là où il y avait de la lumière et des gens.

Car, ce soir, il n'y aurait pas de voitures de police à la rescousse. Le Maître était ailleurs.

Pourtant, impossible d'abandonner cette jeune fille avant de partir en chasse.

De toute façon, ce que le Maître avait prévu était sûrement déjà accompli.

Il souleva la jeune fille et revint vers la maison, sans essayer d'appeler Jessica. Il savait qu'elle était déjà partie.

15

Jessica revint aussi vite que possible chez elle, redoutant le pire, terrifiée à l'idée que le Maître ait pu venir y chercher Mary, qui était encore sous son emprise et n'aurait pas pu résister. On ne pouvait bien sûr pas compter sur Jeremy et Nancy. Quant à Stacey et Gareth, ils faisaient bien peu le poids face à lui…

Gareth l'accueillit sur le perron et la dévisagea d'un air inquiet. Elle comprit son étonnement : c'était la première fois qu'elle rentrait vêtue de cuir, de dentelle et de latex. Dans sa précipitation, elle ne s'était pas souciée de changer de costume.

— Est-ce que tout le monde va bien ? s'enquit-elle sans attendre.

Il hocha la tête, surpris.

— Oui, bien sûr. Vous étiez à la soirée où le Maître…

— Le Maître n'y était pas ! coupa-t-elle. Il n'est pas venu ici ?

— Non, tout va bien. J'ai passé la nuit au rez-de-chaussée et je viens de monter jeter un coup d'œil à l'étage. Stacey et Jeremy sont réveillés, Mary aussi, bien sûr. Nancy dort comme un bébé.

Jessica s'engagea dans l'escalier. Derrière elle, elle entendit Gareth repousser le verrou de la porte d'entrée.

Comme elle l'avait ordonné, Mary était cantonnée dans le coin d'une pièce, encerclée de récipients pleins d'eau bénite, de guirlandes d'ail et de croix. On lui avait donné un oreiller, une couverture et une large réserve de sang O positif. Elle semblait bien installée.

Stacey et Jeremy étaient assis à l'autre bout de la pièce. Dès qu'il vit Jessica, Jeremy bondit sur ses pieds.

— Jessica ! cria-t-il avec soulagement.

Stacey se leva.

— Jessica, Dieu merci, te voilà de retour ! Mais tu es dans un état ! Que s'est-il passé ? Est-ce qu'il…

Jessica secoua la tête.

— C'était un traquenard.

Elle se laissa tomber sur le lit.

Jeremy la regarda en ouvrant de grands yeux. Il comprenait soudain que c'était elle la dominatrice qu'il avait croisée en Transylvanie.

— Tu n'as donc pas vu le Maître ? demanda Stacey.

— Non. Il n'est pas venu.

— On dirait que tu t'es battue, pourtant.

— C'est le cas.

— Je vois…

Avec le sens pratique qui la caractérisait, Stacey reprit les choses en main.

— D'abord, tu vas prendre une douche, lui dit-elle. Et je vais dire à Gareth de te préparer à manger. Le jour va se lever, il ne devrait plus rien se passer avant de nombreuses heures, du moins je l'espère… Ensuite, il faut que tu te reposes. Mary…

Elle s'interrompit un instant, tournant la tête vers la jeune fille, l'air angélique dans son étrange prison.

— Va bientôt dormir, acheva-t-elle. Alors, il faudra...

Elle s'interrompit en poussant un petit cri : le téléphone venait de sonner.

— J'ai fait suivre tous les appels à l'étage, expliqua-t-elle. Mais qui peut bien appeler à cette heure-ci ?

— Je le prends, dit Jessica.

Elle roula sur le lit pour décrocher l'appareil posé sur la table de chevet.

— Allô ?

— Jessica, c'est toi ? Dieu merci !

C'était Maggie.

— Oui ?

— Dès que le soleil sera levé, viens chez moi.

— Que se passe-t-il ? fit Jessica, la gorge nouée. Un problème avec le Maître ?

— Je t'expliquerai de vive voix.

— J'arrive tout de suite.

— Non ! Attends qu'il fasse grand jour. Il vient de frapper encore.

Jessica se mordit la lèvre, les doigts crispés sur le récepteur.

— Combien de victimes ?

— Deux, dit Maggie à voix basse. La gorge tranchée.

— Où ?

— A l'hôpital. Les deux policiers. Jessica, ne bouge surtout pas avant le lever du soleil, tu m'entends ? Sinon, je ne te dis plus rien.

— Entendu, Maggie. A tout à l'heure.

Elle raccrocha. Stacey la dévisageait.

— Eh bien, maintenant, je sais où il était cette nuit, dit-elle doucement.

— Où ?

— A l'hôpital. Il a tué deux officiers de police. Je n'en sais pas plus pour l'instant. Il faut que j'y aille.

— Tu dois au moins te changer avant de partir, lui fit remarquer Stacey. Va prendre ta douche, vite. C'est presque l'aube.

— D'accord…

Jessica se dirigea vers la salle de bains, puis s'immobilisa. Elle n'avait pas le temps de prendre une douche : Bryan MacAllistair était encore à l'extérieur. Allait-il revenir ici ? La croirait-il, si elle lui expliquait ce qui se passait ? Se pouvait-il qu'en fait… il sache…

Non.

Pourtant, si c'était le cas…

Non !

Sinon, il l'aurait déjà tuée.

En conduisant la jeune fille à l'hôpital, Bryan vit des voitures de police un peu partout. L'agitation la plus grande semblait régner, à l'intérieur, comme à l'extérieur. Des brigades fouillaient le périmètre de l'établissement. Il ne faisait pas encore tout à fait jour, mais des curieux se regroupaient déjà dans la rue et les rumeurs allaient bon train.

Il avait laissé son manteau de cuir, son chapeau et ses armes dans sa voiture et déposé la jeune fille inconsciente aux urgences, en restant dans les parages pour s'assurer qu'un médecin de garde la trouverait rapidement.

— Encore une overdose, entendit-il quelqu'un commenter.

Certain qu'on allait s'occuper d'elle, il ressortit se mêler aux badauds.

— Que se passe-t-il ? demanda-t-il autour de lui.

— On ne sait pas encore très bien, lui répondit une infirmière, l'air très anxieuse. Il paraît que deux flics se sont battus et entretués…

Derrière elle, une jeune fille renchérit, en serrant les bras sur sa poitrine :

— Ou qu'on les a tués, car ils sont presque décapités, à ce qu'on dit !

Il n'y avait qu'un seul moyen d'en savoir plus, se dit Bryan : prendre l'information à la source. Il contourna la foule qui grossissait de minute en minute et s'avança vers un groupe de policiers en uniforme qui attendaient les ordres.

— Tout ça donne la chair de poule, disait l'un d'eux. D'abord, un cadavre qui disparaît…

— Ça, on s'en fout, commenta l'un de ses collègues. Ce qui est grave, c'est que deux d'entre nous sont morts.

Ils restèrent silencieux un moment.

— Tu y crois, toi, au fait qu'ils se seraient entretués ? reprit le premier. Moi non. Santini ne supportait même pas de faire mal à un suspect en le menottant. Pourquoi s'en serait-il pris à Clark ?

— C'est peut-être Clark qui a commencé, suggéra un troisième homme.

— Foutaises ! Ça ne tient pas debout. Comment voulez-vous qu'ils aient pu, concrètement, se trancher mutuellement la gorge ?

Cette fois, il y eut un profond silence. Puis le premier policier déclara :

— Il faut que j'aille aux toilettes…

Il se détacha du véhicule contre lequel il s'appuyait et se dirigea vers l'entrée du personnel.

Bryan le suivit à l'intérieur.

Les couloirs étaient déserts. A un croisement, des pancartes fléchées indiquaient : « radiologie ambulatoire, distributeurs, caisses, toilettes ».

Bryan décida de laisser au policier le temps de se soulager. Quand ce dernier réapparut, il l'assomma d'un rapide coup de poing. L'homme s'effondra sans un bruit et Bryan le traîna dans les toilettes.

— Désolé, vieux. J'ai juste besoin de ton uniforme.

Il se changea rapidement et grimpa à l'étage. Des rubans de scène de crime bloquaient l'entrée de la chambre de Dave, dont la porte était ouverte.

Il s'approcha pour regarder à l'intérieur, feignant l'air interrogateur, comme s'il venait chercher une consigne.

Les deux corps étaient toujours dans la pièce.

— Dites donc, Harrison ! le héla soudain un policier massif.

— Officier ? répondit Bryan.

— Qu'est-ce que vous fichez là ? Vous êtes censé rester en bas. Il va falloir contrôler la foule. Le maire va faire une déclaration et ça risque de tourner au vinaigre.

— Désolé, lieutenant… Mendez, répondit Bryan, lisant le nom de l'autre sur son badge. On m'a dit de venir me présenter…

Il le regardait fixement et Mendez cilla, en tripotant

la croix qui lui pendait au cou. Une lueur inquiète s'alluma dans ses yeux et il se signa discrètement.

— Vous n'êtes pas Harrison ! dit-il dans un souffle.

— Non, répondit Bryan. Mais j'ai besoin de voir les corps.

— Vous… vous n'avez pas le droit de vous faire passer pour flic, balbutia Mendez sans conviction.

Il s'écarta cependant pour le laisser passer.

— Restez dans le couloir, lui intima Bryan. Personne ne doit entrer. Vous avez compris ?

— Oui, dit Mendez d'une voix sans timbre, en se plantant sur le seuil.

A l'autre bout du couloir, Bryan vit qu'un groupe d'infirmiers empêchait un journaliste de passer. Parfait.

Il fouilla rapidement la chambre, vérifia le lit, puis s'agenouilla près des corps et les examina avec soin. Il vit les scalpels, la mare sanglante.

Et, sur le sol, un mot tracé en lettres de sang.

Il se raidit, se releva, passa en hâte devant Mendez toujours à demi hébété et se faufila dans le groupe qui retenait le journaliste.

Il sortit du bâtiment, cette fois-ci par la grande porte. De nouvelles escouades de policiers étaient arrivées. Il reconnut l'un d'eux.

C'était Bobby Munro, le petit ami de Stacey.

Jessica arriva chez Maggie quelques minutes seulement après le lever du jour. Les enfants dormaient encore. Maggie avait mauvaise mine, comme si elle avait tourné en rond pendant des heures.

— Que s'est-il donc passé cette nuit ? lui demanda Jessica.

— Les deux policiers qui ont été tués… On a essayé de maquiller leur mort pour donner l'impression qu'ils s'étaient entretués. Mais il est impossible qu'ils se soient mutuellement tranché la gorge de cette manière.

— Tu les as vus ?

— Non. Mais Sean m'a décrit la scène. Et je peux te dire qu'il ne s'agissait pas d'un vampire récent en train de chercher à manger. C'est bel et bien l'œuvre du Maître. Il est entré dans l'hôpital.

— Il nous a tendu un traquenard parfaitement monté. Tout y était. Les aspirants vampires, les vrais, la vieille maison… Tous ces éléments faisaient partie du stratagème. Comme si…

— Comme si le piège t'était destiné, termina Maggie. Après toutes ces années où tu lui as échappé, où tu as réussi à te dissimuler, il a tout de même fini par te retrouver. Et maintenant, il veut te voir souffrir. Te montrer l'étendue de son pouvoir.

— Ce qui signifie qu'il a découvert que je vivais à La Nouvelle-Orléans, que j'étais psychologue, qu'il y avait une conférence à laquelle j'allais assister et qu'il a organisé sa soirée au château, sachant que j'allais y venir…

— Il a eu tout le temps de planifier sa vengeance, lui rappela Maggie.

Il la haïssait depuis des siècles. C'est vrai que c'était long !

— Tu y es allée, cette nuit, alors ? Tu en as tué beaucoup ?

— Oui, plus ou moins…
— Bryan est venu ?
— Oui.
— Il t'a vue en dominatrice ?
— Oui.
— Et il n'a pas essayé de te tuer ?
— Si.
— Jessica ! Tu ne l'as pas tué, j'espère ! Tu n'aurais pas tué un guerrier, n'est-ce pas ?
— Non ! Bien sûr que non !
— Mais alors…
— Alors nous sommes arrivés à une impasse.
Maggie la dévisagea longuement, puis proposa :
— Allons dans la cuisine. Il y a du café frais.
Elle garda le silence le temps de servir. Jessica prit sa tasse et s'assit sans rien dire. Maggie prit place en face d'elle.
— Maintenant, Jess, raconte-moi tout. En détail.
— J'étais montée à l'étage attendre le Maître pour l'affronter. Et je me suis occupée de régler leur compte à quelques vampires… Je me suis vite aperçue que je n'étais pas la seule à le faire.
— Bryan ?
— Lui-même.
— Continue…
— Le Maître n'était toujours pas là, mais les festivités avaient commencé. Il y a eu des hurlements. Nous nous sommes tous les deux précipités en bas, nous avons combattu les vampires, puis… nous nous sommes battus. Ensuite, nous avons… parlé.
— Vous avez arrêté de vous battre pour parler ?

s'exclama Maggie, incrédule. Bryan est le chevalier du roi, Jessica. C'est Ian !

— Je… je ne peux pas le croire.

— Comment ça, tu ne peux pas le croire ? Vous vous êtes aimés, jadis, et vous avez été amants.

— Il y a presque mille ans ! protesta Jessica.

— Dans la mesure où tu t'es autorisé une liaison tous les deux cents ans, à peu près, tu devrais pouvoir reconnaître le grand amour de ta vie !

— S'il s'avère qu'il est bien…, commença-t-elle.

Elle s'interrompit, fit la grimace.

— S'il a vraiment été Ian MacDuncan, pourquoi n'ai-je jamais entendu dire qu'il était vivant, durant tout ce temps ?

— Qui te dit que les guerriers restent vivants ? rétorqua Maggie. Tu es bien placée pour savoir qu'on peut vivre sans être vivant.

— *Exister*, corrigea Jessica. On peut *exister*, sans être vivant. Mais Bryan MacAllistair est vivant ! Ce n'est pas un ange désincarné ! C'est un être de chair et de sang, plein de feu. *Vivant*, Maggie !

— Sûrement, dans un sens…, concéda Maggie. Je ne saurais dire, n'ayant jamais rencontré de guerrier auparavant. Rappelle-toi que je n'ai même pas existé deux cents ans en tant que vampire et ne connais aucun cas, à part moi-même, de quelqu'un qui aurait été mordu et aurait ressuscité plus d'un siècle après.

Jessica se rassit, désemparée.

— Je ne sais plus quoi penser. En tout cas, il sait ce que je suis, mais il ne sait pas *qui* je suis.

— Tu vas devoir le lui dire.

— Non !

— L'heure est grave, Jessica. Très grave. D'abord, il y a eu l'agression contre Mary. Ensuite, deux policiers sont égorgés et nous savons que ce n'est pas l'acte d'un vampire banal, cherchant juste à survivre. C'est un crime malfaisant, volontairement mis en scène. Or tu es la seule, Jessica, qui ait blessé si gravement le Maître, qu'il a mis des siècles à cicatriser. Ce n'est rien de dire qu'il te hait. Il ne reculera devant rien pour te détruire.

— Non… non, je n'arrive pas à croire qu'il m'ait retrouvée, qu'il sache que j'existe encore. La seule raison pour laquelle j'avais créé le personnage de Katherine, comtesse Valor, c'était pour lui faire croire que j'étais du côté du Mal et qu'on m'avait éliminée.

— Tu te trompes. D'une manière ou d'une autre, il t'a percée à jour. Réfléchis : il y a des siècles que tu vis en paix, mais tu ignores depuis quand il est revenu. Je sais que tu avais pris toutes tes précautions, que tu avais barricadé la crypte avec des croix, mais il a réussi à sortir, peut-être grâce à un éboulement. Il…

Maggie s'interrompit brusquement et fixa l'entrée de la cuisine, derrière Jessica, les yeux agrandis de stupeur.

Jessica se retourna avec lenteur.

C'était Bryan.

Il était entré sans frapper. Elle comprit à son expression qu'il n'était pas étonné de la trouver là.

Elle soutint son regard sans ciller.

Maggie se leva.

— Je ne vous ai pas entendu frapper, dit-elle d'un ton froid et hautain.

— C'est parce que je ne l'ai pas fait, répondit-il avec naturel. Je n'ai pas besoin qu'on m'invite à entrer, puisque je ne suis pas un vampire. D'ailleurs, même si j'en étais un, vous m'avez déjà invité une fois…

Il lui jeta un regard dur.

— Qui êtes-vous exactement, madame Canady ? Vous n'êtes pas un vampire, votre mari non plus, mais vous semblez tout connaître d'eux. Et il règne dans cette maison une atmosphère…

— Vous venez de pénétrer chez moi sans y être convié. Ne croyez-vous pas que c'est à *vous* de vous expliquer d'abord ?

— L'explication est simple. Je suis un chasseur de vampires.

Ses yeux se posèrent sur Jessica.

— Et il y en a un, en particulier, que je cherche depuis des années et des années. Vous voyez toutes les deux à qui je fais allusion, n'est-ce pas ?

Les deux femmes échangèrent un coup d'œil en retenant leur souffle. Maggie battit des paupières pour faire comprendre à Jessica qu'il valait mieux tout avouer.

Cependant, Jessica restait réticente. Elle réfléchissait aussi vite qu'elle le pouvait. S'il était bien ce que disait Maggie, comment ne l'avait-elle pas deviné, elle, même après tout ce temps ? Bien sûr, il y avait eu d'emblée cette sensation de familiarité, d'intimité même…

— Nous n'avons appris le retour du Maître que quand je suis arrivée en Transylvanie, dit-elle. Jusque-là, il était resté… disons, inactif, pendant des siècles.

Bryan s'approcha de la table et la fixa d'un regard ardent.

— C'est donc en Roumanie que vous avez introduit le personnage de la dominatrice ?

— Oui. Je n'allais tout de même pas apparaître sous les traits de Boucle d'Or ! fit-elle, ironique. Vous vous trompez totalement à notre sujet. Vous n'avez pas idée du nombre d'entre nous qui combattons les autres vampires.

— Et vous aviez l'intention de tuer le Maître ?

— Oui.

Il fit demi-tour vers Maggie, si brusquement qu'elle sursauta.

— Et vous ? Vous aidez Jessica dans son entreprise ? Et votre mari est au courant de tout ce qui se passe ?

— En tout cas, je comprends très exactement ce que ressent Jessica, répondit Maggie. Car moi aussi, j'ai été une vampire, autrefois.

— Autrefois ?

— Je... je ne le suis plus. C'est une longue histoire.

— J'ai tout mon temps...

Les deux femmes le dévisagèrent sans rien dire.

— Commençons par Sean, ajouta-t-il. Qu'est-il exactement ?

— Un flic. Parfaitement normal.

— D'accord. Et les autres ? reprit-il, en se tournant vers Jessica. C'est juste votre petite bande, ou bien y a-t-il d'autres « bons » vampires, comme vous le prétendez ?

— Il y en a d'autres, murmura Jessica.

— Vous n'avez donc tué aucun de vos alliés, hier soir ?

— Non. Et ce n'est pas non plus pour vous impressionner que je me suis armée d'un épieu ! C'est ainsi que nous procédons. Nous ne tuons pas aveuglément, comme cela semble être votre principe. Nous faisons la différence entre le Bien et le Mal.

— Où sont les autres, alors ?

Jessica regarda Maggie.

— Lucien et Jade sont quelque part en Afrique, à la poursuite d'un démon très ancien…

— Lucien ? releva-t-il sèchement. Celui qui a été roi des vampires ?

Il en savait donc plus qu'elle ne le croyait… Lucien avait effectivement été élu roi des vampires, avant de préférer se mettre au service de la justice, las d'être redouté et haï.

— Je proteste contre le déroulement de cet interrogatoire, professeur, intervint Maggie. Si vous voulez que nous répondions à vos questions, il va d'abord falloir répondre à quelques-unes des nôtres. Nous pensons savoir ce que vous êtes : un guerrier. Mais cela fait-il de vous un ange ?

— Un ange, lui ? ricana Jessica.

— Non, je ne suis pas un ange. Mais bien, comme vous l'avez dit, un guerrier, voué à combattre le Mal.

— Je ne suis pas du côté du Mal, réaffirma Jessica.

— Comment survivez-vous, alors ?

— Nous sommes au XXIe siècle. Vous n'avez pas entendu parler des banques de sang ?

— Et où gardez-vous vos provisions ?

— Pourquoi n'avez-vous pas fouillé chez moi, si vous êtes aussi malin ?

— J'ai regardé dans le réfrigérateur.

— Eh bien, vous n'avez pas été assez astucieux pour trouver le tiroir secret.

— Je vois. Maintenant, résumons, dit-il doucement, en tirant une chaise pour s'asseoir en face de Jessica. De toute évidence, hier, on nous a tendu un piège. Cette soirée a servi à détourner l'attention. Le Maître n'a jamais eu l'intention de s'y rendre. Je m'attendais à ce qu'il essaye de retrouver Mary, pour la forcer à tuer tous les occupants de la demeure Montresse pendant ce temps-là, mais il a visiblement concocté un autre plan encore plus ignoble : massacrer deux policiers. Non seulement les malheureux se sont trouvés au mauvais endroit au mauvais moment, mais en outre la façon dont il les a égorgés est un signal clair de ses capacités de malfaisance.

— Vous savez donc ce qui s'est passé à l'hôpital ?

Il hocha la tête, l'air grave.

— Je pense qu'il joue au chat et à la souris pour vous montrer ce dont il est capable, avant de s'attaquer directement à vous.

— Et si c'était vous qu'il visait ? suggéra Jessica.

Elle attendit sa réponse en retenant son souffle. S'il n'était pas celui qu'elle croyait, il rejetterait l'hypothèse d'un haussement d'épaules. Sinon... Ce serait la preuve. Il y avait peu d'hommes que le Maître ait autant haï que le champion du roi, le preux chevalier nommé Ian.

Il ne nia pas.

Maggie, toujours directe, lui lança :

— Maintenant, nous connaissons votre identité.

Il haussa les sourcils.

— Vraiment ?

Elle hocha la tête.

— Vous êtes Ian, chevalier du roi Robert Bruce, que vous avez sauvé lors d'une bataille contre Edouard III. Bataille au cours de laquelle, d'ailleurs, Robert a perdu tragiquement l'une de ses filles illégitimes…

Elle s'interrompit, réussit à ne pas regarder Jessica, puis enchaîna :

— Bref, par votre bravoure, en affrontant plusieurs ennemis à la fois, vous avez permis au roi de s'enfuir et vous êtes mort. Seulement… On n'a jamais retrouvé votre corps. Ni, d'ailleurs, celui d'un prêtre qui a disparu le même jour.

Bryan regarda Maggie puis, à la grande surprise de Jessica, baissa la tête, toute superbe envolée.

— Je ne suis pas sûr d'avoir été vraiment héroïque, en fait, murmura-t-il. J'étais comme fou.

— C'est donc bien vous, souffla Maggie.

— Alors, vous… vous n'êtes pas mort ? fit Jessica, s'efforçant de ne pas se trahir. Vous êtes devenu ce que vous êtes après la bataille ?

— Pas exactement. J'ai sombré dans une espèce de très long sommeil et je me suis éveillé quelques centaines d'années plus tard. Quand j'ai ouvert les yeux, ce prêtre, le père Gregore, était auprès de moi.

Il garda le silence quelques instants, avant de reprendre :

— Il a survécu assez longtemps pour que je puisse apprendre de lui à faire mon chemin dans un monde nouveau. Il m'a laissé le temps de comprendre que l'être malfaisant qui se déchaînait désormais sur terre, s'attaquant aux femmes et aux enfants pour le seul plaisir de violer, de mutiler, de tuer, sans aucun besoin de défendre un prince ou un royaume, n'était autre que mon pire ennemi, le plus ignoble chevalier que j'aie connu de mon vivant. Et que c'était pour cette raison que j'étais revenu : pour retrouver cette créature, même si cela devait prendre des siècles.

Il regarda Jessica, puis ajouta doucement :

— Et, aussi, pour éliminer les semblables de ce monstre, réduire ainsi son pouvoir et l'éradiquer définitivement.

— Vous traquez donc le Maître depuis le début, murmura Maggie.

— Pas seulement, précisa Bryan, en serrant les poings. Au départ, j'avais aussi un autre but : retrouver la fille du roi pour la tuer. Je l'ai aimée, jadis. C'était elle-même une guerrière, résolue à défendre les villageois de notre pays, massacrés et décimés chaque fois que les armées ennemies pénétraient sur nos terres. Elle volait au secours des femmes, des enfants… Et puis, elle a été capturée par le Maître, qui l'a corrompue avec une sauvagerie et une immense cruauté, sans doute décuplées par le pacte qu'il avait passé avec le diable. Je voulais la retrouver pour ramener la paix à une âme que le Maître avait détruite.

Il écarta les mains dans un geste d'impuissance.

— Je suis presque convaincu qu'à un moment donné, elle a pris les traits d'une comtesse anglaise séjournant à la cour du roi Louis XIV, en France. D'autres que moi, apparemment, se sont chargés de la détruire, mais parfois, je m'interroge. Le Mal règne encore en bien des endroits. Il y a tellement de lieux où elle peut se cacher, si elle existe encore…

Il se pencha en avant et dit :

— Maintenant, à votre tour, Jessica.

Elle battit des paupières.

— Eh bien, je… j'ai été mordue, bien sûr.

— Quand ?

Fallait-il dire la vérité ? Non. Jamais.

Pas après ce qu'il venait d'avouer.

— A Dublin, en Irlande, au XVIIIe siècle.

Malheureusement, au même instant, Maggie répondait de son côté :

— A Savannah, en 1760.

Les deux femmes se regardèrent avec effroi.

— Tiens donc ! fit Bryan avec un calme trompeur. J'imagine que la vérité est entre les deux ?

Elles n'eurent pas l'occasion de lui répondre, ni pour inventer autre chose ni pour avouer. On entendait un bruit de pas dans l'entrée.

C'était Sean.

Depuis le hall, où il se trouvait, Sean ne voyait dans la cuisine que Maggie et elle-même.

— Dieu merci, Jessica, tu es là ! s'écria-t-il. J'ai de si mauvaises nouvelles que j'ai préféré venir plutôt qu'alerter Maggie par téléphone.

Il entra et prit Jessica par les épaules. Il tournait le dos à Bryan et ne l'avait toujours pas vu.

— C'est encore pire que ce que nous craignions,

enchaîna-t-il. Le Maître sait que tu es ici. Il sait qui tu es vraiment. Il a écrit ton nom en lettres de sang.

— Jessica Fraser ? chuchota Maggie.

— Non, répondit Sean. Son vrai nom. Igrainia.

16

Bryan poussa un cri étranglé. Sean fit volte-face, prenant soudain conscience de sa présence.

— MacAllistair ! s'écria-t-il.

Bryan dévorait Jessica des yeux.

— Igrainia ! murmura-t-il.

— Je vous interdis de me juger ! Quoi que vous puissiez penser, vous vous trompez.

— Absolument, renchérit Maggie.

Sean posa la main sur l'épaule de sa femme.

— Laisse-les résoudre ce problème seuls, Maggie.

— Alors qu'il n'a qu'une idée en tête : la tuer ?

Mais Bryan n'avait prêté aucune attention à cet échange. Il fixait Jessica sans ciller et la jeune femme était parcourue d'un frisson glacé. Elle n'avait jamais eu aussi peur depuis des décennies, voire des centaines d'années, peur non pas d'une agression physique, mais d'un danger bien plus profond, menaçant le plus intime de son âme.

Tout à coup, ils entendirent, dans l'escalier, une petite voix appeler :

— Maman ?

Jessica se tourna alors vers Maggie et Sean :

— Bryan et moi allons vous quitter pour discuter ailleurs.

— Je ne te laisse pas partir avec lui ! objecta Maggie.

— Ça se passera très bien, ne t'en fais pas…

Maggie ouvrit la bouche pour protester, mais son mari l'interrompit.

— Il faut régler ça entre vous, effectivement. Mais rappelez-vous que la priorité, c'est de neutraliser le Maître. La situation est très grave. Je vous demande de ne pas l'oublier. Je me fais bien comprendre ?

— Vous avez raison, approuva Bryan, en se tournant vers lui.

Puis il fixa Maggie pour ajouter :

— Jessica n'a rien à craindre de moi. En tout cas pour l'instant.

— Pour l'instant ? répéta Maggie, prête à contre-attaquer.

— Ça ira, répéta Jessica, en s'approchant d'elle pour la serrer dans ses bras.

— Maman !

Jessica glissa son bras sous celui de Maggie, rassurante, et l'entraîna vers l'escalier.

— Tout se passera très bien, je te le promets.

— Je n'en crois rien, chuchota Maggie. Tu es amoureuse de lui, exactement comme autrefois, et il va en profiter pour endormir ta méfiance. Ensuite, il te tuera.

— Je ne suis pas naïve à ce point, Maggie. Sinon, je n'aurais pas survécu aussi longtemps.

— Seulement parce qu'il ne savait pas où tu étais, ni même que tu existais encore.

— Tu oublies que moi aussi, je pourrais le tuer, lui rappela Jessica.

— Sauf que tu ne le feras pas.

— Va t'occuper de ta fille, Maggie. Je te promets d'être prudente.

Maggie s'engagea dans l'escalier à l'instant où Sean et Bryan sortaient de la cuisine. Elle se retourna pour leur jeter un regard furibond.

— Je crois que vous allez devoir chercher un autre hébergement, lança-t-elle à Bryan.

— Le problème n'est pas là pour l'instant, Maggie, dit encore Jessica. Notre priorité, c'est de neutraliser le Maître, rappelle-toi.

— Sois de retour ici pour 3 heures cet après-midi, Jessica, lui dit Sean. A ce moment-là, j'en saurai plus et nous pourrons échafauder un plan, au lieu de nous contenter d'attendre sa prochaine manœuvre.

Il ajouta à voix basse :

— Ou ses prochains crimes…

— Entendu, je serai là, promit-elle.

Lorsqu'ils furent tous deux dehors, ils se dirigèrent directement vers la voiture de la jeune femme.

— C'est votre mode de déplacement habituel ? demanda Bryan, en se dirigeant vers la portière côté passager.

— Que voulez-vous insinuer ? Que d'ordinaire, je me transforme en brouillard ? Que je change de forme à volonté ?

— Je suis certain que vous en êtes capable.

— Oui, j'en suis capable. Est-ce que je le fais pour

autant ? Rarement. Uniquement lorsque c'est nécessaire. D'ailleurs, j'adore ma voiture. Montez donc et allons-y, répondit-elle d'un ton affable. Et vous ? Quel genre de super-héros êtes-vous ? Pouvez-vous sauter d'un seul bond par-dessus un building ?

— Uniquement lorsque c'est nécessaire.

Son visage s'assombrit.

— Jessica… Je suis convaincu que quelqu'un, dans votre entourage, œuvre pour le compte du Maître. Etes-vous vraiment sûre de Stacey ?

— Je ne vous permets pas d'insinuer ce genre de chose !

— Pourquoi pas ? Elle vous connaît bien, elle connaît tous vos déplacements…

— Impossible. Je l'ai rencontrée par la paroisse, si vous voulez savoir.

— Par la paroisse ?

— Vous ne comprenez vraiment rien ! s'écria-t-elle impatiemment.

— Excusez-moi, mais j'ai rarement croisé, au cours des siècles passés, des vampires qui allaient à l'église.

— A combien d'entre eux avez-vous posé la question ?

Il ne répondit pas.

— Ça ne peut pas être Stacey, réaffirma-t-elle avec conviction. Gareth et elle veillent sur moi depuis des années.

— Ne soyez pas si naïve, Jessica. Quelques années, ça ne veut rien dire, pour le Maître !

Il garda le silence un moment, puis explosa :

— Bon sang ! La haine qu'il me voue confine à la folie. Il ne lui a pas suffi de vous voir morte : il a aussi fallu qu'il vous convertisse au Mal, pour la seule raison que je vous aimais. Et maintenant, sa rancune à votre égard l'emporte sur tout le reste. Je me blâme de la situation. J'aurais dû savoir qu'il rôdait ici. J'aurais dû surveiller Mary moi-même, sans la quitter d'une semelle, dès l'instant où il l'a mordue. Je n'aurais jamais dû échouer en Transylvanie.

Elle l'écouta s'adresser tous ces reproches, stupéfaite. Il semblait bien plus en colère contre lui-même que contre elle. Il s'était exprimé presque comme s'ils pouvaient redevenir alliés, comme s'il commençait à croire que même après avoir souffert d'une contagion malfaisante, on pouvait y échapper par le seul fait de sa volonté.

— C'est moi qui suis à blâmer, pas vous, répondit-elle. Mais ça ne nous avance à rien de nous jeter la pierre.

— Exact. Alors... qui ?

— Comment ça, « qui » ?

— Qui, dans votre entourage, aide le Maître ? D'après vous, il ne peut s'agir ni de Stacey, ni de Gareth, bien qu'ils soient vos intimes. Depuis combien de temps les connaissez-vous exactement ?

Elle garda le regard fixé sur la route.

— Gareth travaille pour moi depuis dix ans. Stacey, depuis quelques années.

— Bobby Munro ! s'écria soudain Bryan.

— Bobby ?

— Pourquoi pas ?

— Parce qu'il vient souvent chez moi, qu'il aime Stacey, que c'est un bon flic ? C'est aussi ridicule que si vous suggériez Big Jim !

Voyant qu'il ne disait rien, elle protesta :

— Ce n'est pas lui non plus, voyons ! Big Jim est l'un des plus braves types que je connaisse !

Nouveau silence.

— Il y a toujours la possibilité que ce soit quelqu'un d'autre, un inconnu.

— Certes, fit-il d'un ton qui prouvait qu'il n'y croyait pas, c'est *possible*, mais ce n'est pas *probable.*

— Je sais jauger les gens qui m'entourent. Mon expérience remonte à plusieurs siècles. J'ai appris à connaître la nature humaine.

— Personne ne connaît vraiment complètement les autres.

— Pour un champion de l'angélisme, je vous trouve bien cynique ! fit-elle remarquer d'un ton froid.

— Je ne suis pas un ange, lui rappela-t-il.

— Exact. Vous êtes un guerrier au service du Bien. Cela devrait vous convaincre qu'il peut y avoir aussi un peu de bon chez les autres.

Ils étaient arrivés devant chez elle. Elle remonta l'allée et coupa le contact. Ils restèrent assis un moment dans la voiture. Bryan observa la façade un moment, puis tourna les yeux vers elle.

— Je reconnais une chose, c'est que votre maison est bien protégée contre les vampires. Comment arrivez-vous à y entrer vous-même ?

— Décidément, vous êtes obtus !

Elle sortit de la voiture et se dirigea vers le porche en redressant les épaules, indignée. Il se précipita, l'attrapa par le bras et l'obligea à s'arrêter. Elle s'apprêtait à l'envoyer au diable, quand elle comprit que ce n'était pas à elle qu'il en voulait.

— Attention ! Soyez prudente, même ici, marmonna-t-il, tout en regardant autour de lui, la mâchoire serrée, suspectant le danger. Il y a un vampire tout près, reprit-il. Et ce n'est pas vous dont je parle.

Elle le retint, alors qu'il allait se précipiter à l'intérieur.

— C'est Mary, dit-elle.

— Quoi !

— Tout va bien. Nous la tenons sous contrôle.

— Il faut la détruire !

— Non. Je l'aurais fait moi-même la nuit où elle est venue, s'il l'avait fallu. Moi aussi, j'ai cru d'abord qu'elle voulait nuire. Mais ce n'est pas le cas, Bryan.

— Il n'y a pas de…

— Inutile de me redire qu'il n'y a pas de bons vampires.

— Jessica !

— Quoi donc ?

— J'essaye de vous croire, je vous le jure. Mais vous avez intérêt à prévenir Mary et tous vos petits camarades qu'au premier faux pas, ils seront éliminés.

— En retour, sachez que si vous attaquez l'un d'entre nous sans qu'il y ait eu la moindre provocation, je n'aurai pas plus de scrupules à votre égard !

— Je n'en ai pas le moindre doute. Mais vous rendez-vous compte du danger que vous courez, maintenant que vous avez laissé entrer Mary ?

— Mary passe la journée à dormir.

— Le Maître peut entrer dans ses rêves.

Elle se figea. C'était vrai : le Maître avait ce pouvoir.

Il avait bien pénétré dans les siens pour y faire surgir des images cauchemardesques du passé. Une intrusion qu'elle avait alors, stupidement, attribuée à Bryan.

— Vous êtes réellement menacée, insista-t-il à voix basse.

— Oui, par vous.

— J'ai dit que je ne chercherai pas à vous éliminer. Je ne suis pas un menteur.

— Oh, non, vous êtes un parangon de vertu ! railla-t-elle.

Il éclata de rire.

— Je n'irais pas jusque-là. Mais je sais tenir parole.

Elle gravit les marches du porche. Stacey lui ouvrit la porte et les regarda l'un après l'autre.

— Tout va bien ? lui demanda Jessica.

La jeune femme hocha la tête, l'air anxieux cependant.

— Eh bien, Mary est en sécurité… En tout cas, j'ai fait tout ce qu'il fallait pour.

— Je suis sûre que c'est parfait…

— J'espère. J'ai veillé à ce qu'elle soit bien repue, autant que si elle avait mangé une dinde entière. Le ventre plein, elle risque moins de répondre à un appel, n'est-ce pas ?

— Elle s'est même très bien défendue contre le Maître jusqu'à maintenant, commenta Jessica. Je n'avais jamais vu de cas semblable.

— Sauf un. Le tien !

Bryan émit un grognement sceptique.

— Où est Gareth ? demanda encore Jessica.

— Il monte la garde auprès de Mary, Jeremy et

Nancy. Si Mary représente le moindre danger, il fera ce qu'il faut, même si Jeremy s'y oppose.

— Dans ce cas, je vais aller dormir un peu. Réveille-moi vers 2 heures, s'il te plaît…

— Il y a du nouveau ?

— Sean et Maggie explorent certaines pistes, lui répondit Jessica, en posant sur son bras une main qu'elle voulait rassurante. Ils savent ce qu'ils font.

Elle se retourna vers Bryan :

— Je vais me coucher. Bonsoir.

Quand elle arriva à la porte de sa chambre, il était sur ses talons.

Elle le fixa avec colère :

— Que voulez-vous ?

— Vous êtes vraiment certaine de pouvoir faire confiance à Stacey et Gareth ?

Elle soutint son regard.

— Absolument certaine. Comment avez-vous pu durer si longtemps, sans vous rendre compte qu'il faut parfois faire confiance aux autres ? Nous ne vivons pas dans une tour d'ivoire. Moi, en tout cas, je n'en ai pas l'intention.

Elle entra dans sa chambre et poussa le battant, mais il était entré à son tour.

— J'ai besoin de repos, Bryan…

— Je sais. Mais vous êtes en danger. Je ne vous laisserai pas seule.

— D'après Maggie, si je cours un danger, c'est avec vous.

— Le Maître est à l'affût, répondit-il à voix basse.

Il fit le tour de la chambre, regarda dans le placard, dans la salle de bains et sous le lit.

— Je ne pense pas qu'il soit caché là-dessous, Bryan. Il a d'autres modes opératoires !

— C'est un bon matelas. Vous ne dormez pas dans un cercueil, donc ?

— Plus personne ne dort dans un cercueil ! Enfin, aucun des vampires que je connais, en tout cas.

— Et ce vieux coffre, sous le sommier, que contient-il ? Un peu de terre d'Ecosse, j'imagine ?

Ce fut au tour de Jessica de hausser les épaules.

— Je suis vraiment étonnée que vous n'ayez pas réduit mon mobilier en miettes pour voir ce que vous pourriez trouver, depuis le temps que vous êtes ici.

— Je n'ai pas eu de soupçons tout de suite, avoua-t-il. J'avais l'esprit occupé par autre chose. J'aurais dû deviner plus tôt, cela dit. Même après toutes ces années…

— Je n'ai pas deviné non plus, répondit-elle. Le… le temps guérit beaucoup de blessures. Sauf…

— Sauf ?

Oui, songea-t-elle, *j'aurais dû comprendre, quand j'ai ressenti de nouveau ces émotions enfouies depuis des siècles.*

Elle avait une absurde envie de fondre en larmes. Elle n'aurait jamais pensé le revoir, tant elle était sûre de sa mort. Et maintenant…

— Rien.

Il la fixa puis, voyant qu'elle restait coite, sortit sur le balcon examiner le ciel. Elle le rejoignit.

— Il n'est pas là, dit-il.

— Vous êtes sûr ?

Il hocha la tête, l'air grave.

— Oui. Mais il est venu il n'y a pas longtemps. Au début, je n'y ai pas cru. Je suis si obsédé par cette traque que j'ai pensé que mon imagination me jouait des tours. J'avais tort : il est bel et bien venu. Au moins, il ne peut pas entrer. Ou alors, il peut, mais il préfère attendre.

— J'opte pour la première hypothèse, répondit-elle. Les amis qui veillent sur moi savent très bien me protéger.

— Ont-ils réussi à vous protéger de moi ?

Rien n'aurait pu me protéger de vous, Ian…

— Vous n'êtes pas un vampire… Quant au Maître, il n'est pas là parce que nous sommes en plein jour. Il est obligé de dormir.

— Ah bon ? Vous êtes active pendant la journée, vous, pourtant, et vous êtes aussi vieille que lui.

— Je pense que certaines femmes se froisseraient du compliment !

Il ignora son sarcasme.

— Disons que vous êtes, comme lui, dotée de très grands pouvoirs, rarement égalés.

— Vous avez raison de souligner que s'il est très fort, il n'est pas le seul.

— J'ai tout de même peur pour vous.

— Peur pour moi ? Ou peur de moi ?

Il secoua la tête sans répondre.

Elle revint dans sa chambre. Il la suivit en refermant soigneusement la porte-fenêtre et, pendant un long moment, inspecta les guirlandes d'ail et les croix ouvragées accrochées tout autour.

— Intéressant, murmura-t-il.

— Ne pensez-vous pas que s'il existe un Etre suprême qui œuvre pour la paix dans le monde, cela veut dire que toutes les créatures sensibles peuvent faire à la fois le Bien et le Mal ?

Il la prit aux épaules et plongea son regard dans le sien.

— Je crois ce que je vois, répondit-il.

— Mais la foi implique de croire à ce que l'on ne voit pas, dit-elle avec douceur.

— Vous n'avez pas l'air d'avoir beaucoup de foi en moi, ce soir.

— Comment le pourrais-je ? Vous avez admis que l'un de vos principaux buts dans la vie est de m'éliminer.

— J'ai dit aussi que je ne le ferai pas.

— Pour l'instant !

— Notre priorité est de venir à bout du Maître. Définitivement.

Il avait toujours les mains posées sur ses épaules. Leurs visages se touchaient presque. Ses yeux… Comment avait-elle pu ne pas les reconnaître ?

Sa mémoire l'avait trahie et seul son instinct lui avait soufflé la vérité. Maintenant, elle tremblait tout entière. Etait-ce dû à la passion, ou aux mises en garde de Maggie ?

En tout cas, il ne fallait pas céder. Elle n'osait pas prendre le risque… Pourtant, malgré elle, elle lui caressa le visage.

S'il n'avait pas, à cet instant, murmuré un mot fatidique, elle aurait pu encore reculer. Mais il le prononça :

— Igrainia…

Il y avait, dans sa voix, un désir poignant, venu du fond des âges, le rappel frémissant de ce qu'ils avaient partagé et perdu.

Elle resta immobile. Elle n'aurait pas bougé, même s'il lui avait plongé un épieu dans le cœur. Il lui prit le visage entre les mains et lui caressa les joues avec une tendresse infinie. Sans même s'en rendre compte, elle se retrouva serrée contre lui. Il se pencha et leurs lèvres se joignirent en un profond baiser. Le désir monta lentement, puis les embrasa. Elle crispa ses mains dans les cheveux de Bryan et leur baiser se prolongea, incandescent.

Ils se dépouillèrent ensuite de leurs vêtements qui voltigèrent au sol, puis se retrouvèrent nus dans les bras l'un de l'autre et plus rien ne compta.

Rien.

Rien d'autre que cette chaleur qui les enfiévrait, cette frénésie avide.

Jessica explora son torse du bout des doigts, le sentit palpiter sous sa bouche, s'agenouilla pour glisser le long de son ventre frémissant. Il lui caressait les cheveux tandis qu'elle l'inondait de baisers, retrouvant des sensations oubliées, en découvrant d'autres. Elle descendit encore, jouissant du contact de ces muscles tendus, de cette peau ferme, recouverte de cicatrices…

Le temps lui semblait aboli. Elle avait l'impression que le vent des Highlands soufflait autour d'eux, comme s'ils avaient été nus sur la lande. Elle noua les mains autour de ses hanches et ce fut comme si toutes les nuances printanières d'une lointaine vallée se mettaient à chatoyer. Elle entendait le rugissement du tonnerre, le fracas des vagues contre la falaise, se replongeait dans l'innocence de sa jeunesse, dans l'amour confiant…

Inlassablement, elle parcourait son corps de la bouche et des doigts, aiguillonnée par les souvenirs. Bryan tressaillit et elle se retrouva soulevée dans ses bras puis allongée sur les draps frais, qui semblaient avoir le parfum oublié des bruyères couleur lavande. Leur désir, qu'elle avait attisé, décupla, se fit exigeant, sauvage. Bryan la parcourait des mains et des lèvres comme si tous les siècles écoulés n'avaient été qu'un prélude à ce seul instant.

Il avait toujours été un amant extraordinaire et il le prouva de nouveau, explorant de baisers brûlants ses seins, son ventre, le creux intime de ses cuisses. Puis il s'allongea sur elle, la pénétra et tous deux retrouvèrent la lande, la sensation rugueuse de la couverture de laine étalée sur le sol, le ciel tour à tour bleu et orageux, parcouru de nuages gris sombre, et leur jeune passion naissante, cet amour qui avait grandi et gonflé comme un fleuve, les liant à jamais…

Dans la vie comme dans la mort.

En même temps, le présent aussi était bien réel. Bryan la soulevait d'un tourbillon de jouissance purement charnelle. Les draps, le soleil haut dans le ciel étaient tout aussi vrais que cet homme de chair et de sang, que cette passion déchaînée. Elle se sentit culminer à un zénith, un paroxysme qui la secoua comme si elle mourait de nouveau mais, cette fois-ci, emportée par une pure extase physique.

Elle s'accrocha à lui, stupéfaite du bonheur qui l'envahissait, si prégnant qu'elle avait l'impression de flotter sur un nuage argenté avant de redescendre lentement sur terre, dans son lit, dans sa chambre, dans sa maison du Quartier Français.

Et de se retrouver là, dans ses bras. Dans les bras d'Ian…

Mais la douleur revint bien vite. Dieu, cette souffrance ! Ses paupières picotèrent des larmes qu'elle n'osait verser.

Elle chuchota :

— Si vous devez le faire, faites-le maintenant.

— Quoi donc ? demanda-t-il, en se redressant sur un coude.

— Vous êtes un guerrier et je suis une vampire.

Penché sur elle, il la dévisagea un long moment sans rien dire.

— Parfois, dit-il enfin, un mince sourire aux lèvres, il faut faire confiance aux autres et avoir foi en ce que l'on ne voit pas.

Il se rallongea, en l'attirant contre lui. Elle resta immobile, songeant que s'il devait la tuer maintenant, cela n'aurait plus d'importance.

Elle serait heureuse de mourir dans ses bras.

— Si seulement…, murmura-t-il.

— Si seulement quoi ?

— Si seulement nous pouvions toujours rester ainsi.

C'était impossible. Ils le savaient tous les deux.

Elle ouvrit la bouche pour parler, mais il l'arrêta

en posant les doigts sur ses lèvres et la serra plus étroitement.

— Nous devons nous reposer.

Elle acquiesça.

Elle l'avait cru mort. Elle s'était crue définitivement seule. Elle s'était battue pour se défendre, pour s'endurcir, avait appris à ne craindre aucun danger.

Mais maintenant, il était là, vivant…

Etait-ce le plus grand danger qu'elle aurait à affronter ?

Peut-être pas. Lovée dans la chaleur de ses bras, elle se sentait protégée, chérie comme elle l'avait été des siècles plus tôt. Il pouvait mourir pour elle.

Il l'avait déjà fait.

Aujourd'hui, cependant…

Tant pis ! Quoi que l'avenir leur réserve, elle voulait savourer cet instant, cette sensation d'être si totalement aimée.

Elle resta immobile, envahie d'une immense fatigue, puis finit par s'endormir.

Aucun cauchemar ne vint la hanter. Elle perçut seulement la voix de Bryan, tout près d'elle, qui murmurait :

— Igrainia…

17

Bobby Munro entra en trombe dans le bureau de Sean.

— Nous avons retrouvé le propriétaire de la plantation près du fleuve, lui annonça-t-il.

— Ah oui ?

— Mais ça ne nous avance à rien : elle appartient à la municipalité.

— Alors quelqu'un devait savoir qu'elle était inoccupée.

— Tout le monde ici le sait, Sean, répondit Bobby, en haussant les épaules. C'est de notoriété publique !

— Faites tout de même le tour des bars. Essayez de savoir qui aurait pu donner le tuyau.

— Autant chercher une aiguille dans une botte de foin. Nous sommes à La Nouvelle-Orléans… En plus, nous sommes vraiment sous pression. Un cadavre disparu, deux flics assassinés… Les médias ne nous lâchent pas d'une semelle.

— Vous connaissez la consigne à leur égard.

— Oui : aucun commentaire, fit Bobby en soupirant.

— Exactement.

— Pourtant, lieutenant…

— Oui, Bobby ?

— Rien.

— Je n'ignore pas ce qui se passe, mais quand nous saurons qui a obtenu ces locaux pour organiser cette soirée, nous aurons fait un grand pas. En outre, c'est moi qui donne les ordres !

— Oui, chef. Bien sûr.

Sean se dit qu'il ne serait peut-être plus chef très longtemps, s'il n'apportait pas rapidement des réponses au maire de la ville. Mais il savait ce qu'il faisait.

— Alors, au travail, Bobby, reprit-il. Prenez deux brigades avec vous. Je vais moi-même aller patrouiller dans les rues.

Avant cela, cependant, il devait rendre une petite visite à la prison.

Quand Jessica descendit dans la cuisine, elle trouva Bryan en train de se servir du café. Les autres étaient là aussi, excepté Stacey et Mary.

— Mary dort à poings fermés, lui chuchota Gareth quand elle entra. Stacey la surveille.

— Merci, répondit-elle du même ton.

Jeremy la regarda, tout heureux.

— Bryan dit que Mary ne présente plus de danger, au moins pour l'instant.

— Ah bon ?

Elle tourna la tête vers Bryan. Il était très séduisant dans son jean et sa chemise bien coupée. Ses cheveux étaient encore humides de la douche. Pourtant, le temps les avait éloignés l'un de l'autre. Le temps et, aussi, leurs croyances, ce qui était pire. Elles creusaient entre eux un écart, comme une épée de Damoclès au-dessus de leurs têtes.

— Il ne faut pas laisser Mary seule une minute, cela dit, déclara-t-il.

Jessica fronça les sourcils. Qu'est-ce qui lui faisait penser qu'elle ne présentait plus de danger, alors ?

— Tu veux des pancakes ? lui proposa Nancy. Il faut que tu manges.

En fait, elle n'avait pas vraiment besoin de manger. Elle le faisait tout de même, dans son aspiration pathétique à mener la vie de tout le monde.

— Avec plaisir, répondit-elle. Combien de temps avons-nous ?

— Environ une heure, répondit Bryan.

— Une heure avant quoi ? demanda Jeremy.

— Nous devons aller voir des amis.

— Je viens avec vous, alors…

— Non, Jeremy ! coupa Jessica.

— Mais j'étais sur place, en Transylvanie ! Je peux vous raconter, je…

— Stacey et moi savons ce qu'il y a à faire ici, intervint Gareth, plaidant la cause du jeune homme. Jeremy et Nancy peuvent vous être utiles.

— Il est vrai, déclara Bryan à la grande surprise de Jessica, que comme nous avons rendez-vous pour réfléchir et échafauder un plan d'action, ils peuvent très bien participer.

Jeremy parut ravi, puis se rembrunit.

— Vous n'essayez pas de vous débarrasser de moi pour revenir en douce éliminer Mary, n'est-ce pas ?

— Mary devra être éliminée, c'est vrai, répondit

Bryan. Mais je n'ai pas l'intention de le faire dans votre dos. J'ai des soucis plus importants pour l'immédiat et, en outre, je sais que le Maître n'est pas dans les parages pour l'instant.

— Comment le savez-vous ?

— Je le sens. Je peux me tromper, mais mon intuition est qu'il est passé pour l'instant à autre chose. Il n'est peut-être pas très loin, peut-être à l'hôpital, à la recherche de Dave Hayes et il se peut qu'il revienne chercher Mary à un moment donné. Mais, dans l'immédiat, je sais qu'il ne se trouve pas aux alentours.

— Qu'a-t-il donc prévu, d'après vous ?

— Attendons d'être avec Sean et Maggie pour la réponse, d'accord ?

Jessica hocha la tête.

— Entendu. Ce qui signifie que vous faites confiance à Stacey et Gareth pour garder Mary ?

Bryan leur lança à tous deux un regard entendu.

— Oui, parce que s'ils échouent… Ou Mary aura raison d'eux, ou je les tuerai. Et ils le savent.

Que Bryan fût sincère ou non, Gareth devint livide. Il se leva et Jessica, fière de lui, l'entendit déclarer :

— Je consacre ma vie à protéger Jessica, professeur, avec ou sans vous !

— Je vous crois, Gareth. Maintenant, Jessica, allons-y.

Cal Hodges et Niles Goolighan avaient été inculpés et le procureur avait pris soin de ne pas les laisser sortir sous caution.

Cal avait demandé à voir Sean, sans la présence de

son avocat. Ils s'installèrent dans une pièce humide, peinte en vert, de part et d'autre d'une table au bois tout éraflé.

— Vous avez souhaité ma visite…, déclara Sean en guise de préambule.

Cal eut un sourire laconique.

— Ouais…

— Pourquoi ?

— Parce que je voulais vous voir vous empêtrer. Vous devez être bien embêté, maintenant. Vous avez perdu deux flics et vous n'avez pas le début d'une piste. Pas la queue d'une !

— Vous auriez dû voir comment ces flics sont morts. Ça vous aurait servi de leçon, répliqua Sean d'une voix égale.

Il crut voir une lueur d'inquiétude dans les prunelles du jeune homme.

— Je ne suis plus là pour très longtemps, vous savez, continua le jeune homme.

— Pourquoi ? Quelqu'un va vous faire sortir ?

— Exactement.

— Et qu'est-ce qui vous fait croire ça ?

— Les temps sont venus. C'est tout ce que je sais, mais…

Sean se pencha vers lui.

— Il vous parle quand vous dormez ? demanda-t-il d'un ton poli.

En voyant Cal froncer les sourcils, Sean comprit qu'il avait touché juste.

Il sourit.

— Quand il en aura fini avec vous, il va vous dévorer

et vous recracher en petits morceaux. Aviez-vous reçu l'ordre de vous en prendre au Dr Jessica Fraser ?

Ce changement de tactique produisit son effet. Cal s'assombrit plus encore.

— Non… oui. Vous n'êtes qu'un sale con de flic ! On nous a orientés vers elle. Cette chienne m'a pris ma sœur, si vous voulez savoir.

Il se mit à rire.

— Mais je n'ai pas eu l'occasion de la descendre, vous vous rappelez ?

— Et maintenant, tout va s'arranger pour vous, ironisa Sean, parce qu'« Il » va vous sortir de là… « Il » s'intéresse tellement à vous, n'est-ce pas ?

Des gouttes de sueur perlaient sur la lèvre supérieure de Cal.

— Qu'est-ce que vous voulez de moi, à la fin ? Je n'étais pas à l'hôpital et ce n'est pas moi qui ai tué vos flics. Et je n'étais pas non plus à la soirée, et pour cause !

— Mais vous saviez qu'elle aurait lieu.

Cal haussa les épaules.

Sean se pencha plus près.

— Comment l'avez-vous su ?

Tandis qu'ils s'engageaient dans la superbe allée qui menait à la demeure des Canady, Jeremy se tenait droit sur son siège, tendu. Il y avait déjà plusieurs véhicules garés devant le porche.

— Ce sont celles de vos amis ? demanda-t-il à Jessica.

— J'en ai bien l'impression.

— Toute une bande de suceurs de sang. Extra ! railla Bryan, tandis qu'elle coupait le moteur.

Jeremy devina que Jessica se retenait de dire le fond de sa pensée, uniquement parce que lui-même et Nancy étaient à l'arrière.

— Vous voulez abattre le Maître, se contenta-t-elle de répondre. Or, les gens qui sont ici ont réussi à combattre des créatures terriblement malfaisantes et à survivre. Nous avons besoin de leur aide.

Bryan ne la contredit pas.

— Allons-y, se borna-t-il à dire, en sortant de la voiture.

Nancy avait l'air presque aussi effrayée que la nuit où il l'avait vue, à l'hôpital, en Transylvanie. Jeremy prit la main de la jeune fille, pour l'aider à s'extraire du véhicule. Il allait la relâcher, mais elle s'agrippa à lui. Il sourit et noua un doigt autour du sien. Lui n'avait pas peur. Pas à cet instant du moins.

Une très belle femme aux cheveux roux vint répondre à leur coup de sonnette.

— Pile à l'heure, dit-elle.

— Maggie, voici Jeremy et Nancy… Maggie, notre hôtesse…, présenta Jessica.

— Bonjour, dit Jeremy, qui lâcha la main de Nancy juste le temps d'une poignée de main.

— Bonjour, fit Nancy à son tour, les yeux écarquillés. Est-ce que vous êtes aussi…

— Je ne suis pas une vampire, non.

— Non, bien sûr, murmura Nancy.

— Mais je l'ai été, continua leur hôtesse avec un grand sourire. Venez, entrez.

Elle leur fit traverser le hall jusqu'à un grand salon. Jeremy faillit éclater d'un rire nerveux en constatant que personne, parmi les assistants, n'avait l'air d'un mort-vivant ou d'un zombie. On se serait même cru à un casting pour des photographies de mode.

Bryan MacAllistair entra d'un pas vif, s'arrêta au beau milieu de la pièce et fixa son regard sur un homme grand et brun.

— Vous êtes Lucien ? L'ancien roi des vampires ?

— Oui, c'est moi, répondit l'homme simplement.

Le roi des vampires ? songea Jeremy, sentant que Nancy s'abritait discrètement derrière lui.

Il espérait que Jessica ne les aurait pas amenés, s'ils n'avaient pas été en sécurité.

Jessica vint se placer entre Bryan et les autres.

— Lucien, je te présente Bryan MacAllistair. Bryan, Lucien DeVeau. Et voici Jeremy et Nancy.

Elle présenta un autre homme de haute taille comme étant Ragnor et un troisième comme Brent Malone. Les femmes étaient Jade, l'épouse de Lucien, Tara, celle de Brent, et Jordan, la femme de Ragnor, qui prenait des notes sur un ordinateur portable.

— Et vous, vous êtes un guerrier, fit Brent Malone, en considérant Bryan avec une curiosité mêlée de respect.

— Vous-même, vous n'êtes pas un vampire, répliqua Bryan d'un ton sec.

— Hélas non. Un loup-garou, j'en ai peur, fit Brent avec une petite grimace. Mais je suis totalement dévoué à la guerre contre le Mal sous toutes ses formes.

— En totale contradiction avec ce que j'ai toujours enseigné, murmura MacAllistair.

Jessica posa la main sur son bras.

— Les temps ont changé, Bryan. Nous faisons

tous partie de ce que nous appelons l'Alliance et nous… eh bien, nous sommes engagés dans un combat éternel contre le Mal. Plusieurs d'entre nous sont des vampires. Parmi les autres, outre Brent, il y a Jade, qui possède certains pouvoirs mais pas tous, car elle n'est pas morte après avoir été mordue. Tara et Jordan sont entièrement humaines.

Jade intervint d'une voix douce :

— Il faut nous y mettre… Nous n'avons pas de temps à perdre. Quand Sean doit-il revenir, Maggie ?

— Je l'attends. Je ne sais pas ce qui le retient.

Bryan s'avança jusqu'à la cheminée pour se planter face à Lucien DeVeau. Les deux hommes se jaugèrent.

— Je vous croyais parti chasser des démons en Afrique, dit Bryan.

— C'était vrai. Mais nous sommes revenus.

— Et ces démons ?

— Ils attendront un peu. Maintenant que le Maître est de retour, alors que nous espérions tous qu'il ne se manifesterait plus, il faut absolument l'arrêter.

— Vous n'avez pas peur de moi, n'est-ce pas ?

— Non. Je devrais ?

— Vous savez que je suis un guerrier, pourtant.

— Oui, mais vous-même ne savez pas vraiment qui nous sommes, répondit Lucien d'une voix calme. Sinon, vous comprendriez tout de suite pourquoi nous n'avons aucune raison de vous craindre, maintenant ou jamais. Pour l'instant, l'essentiel est de mettre fin aux agissements du Maître. Tenons-nous-en là, si vous voulez bien.

MacAllistair le dévisagea en silence un long moment, puis répondit :

— Entendu. Commençons par les deux jeunes. Ils peuvent décrire ce qui s'est passé en Transylvanie cette nuit-là, du début à la fin. J'ajouterai mes commentaires et Jessica les siens. Peut-être que tout cela vous évoquera quelque chose qui nous aurait échappé.

Il prit place sur un divan, croisa les bras sur la poitrine et enchaîna :

— Pour ma part, je suis convaincu qu'il y a, dans l'entourage de Jessica, un traître. Elle refuse d'y croire, mais sans doute pourrez-vous la convaincre de s'interroger sur les antécédents de ses proches.

Jessica protesta à voix basse, mais Lucien la fit taire.

— Nous devons envisager toutes les hypothèses, Jessica.

— Le café est prêt. Nos jeunes gens peuvent commencer, déclara Maggie.

Jeremy vit tous les regards se tourner vers lui. Il avait la bouche sèche. Il s'humecta les lèvres puis se lança.

— Tout a commencé quand Mary m'a demandé de l'accompagner à une soirée…

Niles Goolighan, étendu dans sa cellule, contemplait le plafond en regrettant amèrement d'avoir cru aux futiles promesses d'une vie différente, pleine de pouvoirs surnaturels et de femmes sublimes.

Pour être franc, c'était surtout cette dernière perspective qui l'avait fait basculer. Avec Cal, plus âgé que lui, plus téméraire, il avait toujours été à la traîne. Mais maintenant, il pourrissait en prison… Leur avocat commis d'office leur avait suggéré un marché. S'ils acceptaient de dire ce qu'ils savaient sur l'assassinat des deux policiers, leur peine pourrait être allégée.

Il tourna et retourna la proposition dans sa tête. Ce qu'ils avaient à dire était très simple, en fait.

Brusquement, un frisson glacé le parcourut. Il regarda à travers les barreaux. Un homme venait d'apparaître, très grand, les traits taillés à la serpe. Bizarrement, pourtant, il portait un costume banal, comme celui de n'importe quel avocat.

— Niles ? lança l'inconnu.

— Oui ? répondit-il, intrigué.

— Je suis venu t'aider. Laisse-moi entrer.

— C'est aux gardes qu'il faut demander. Ils ne m'ont pas confié la clé, vous savez !

Qu'est-ce que ce type pouvait bien lui vouloir ?

Puis, tout à coup, il se mit à rire.

— Allez-y, après tout. Si vous êtes capable d'entrer, faites-le.

A sa stupéfaction, la porte métallique s'ouvrit et l'homme pénétra sans peine dans la cellule. Niles sentit la terreur l'envahir. Il bondit sur ses pieds et recula contre le mur.

— Tu ne pensais tout de même pas me trahir, n'est-ce pas, Niles ?

— Vous trahir ? balbutia Niles, affolé. Parce que vous existez vraiment ?

L'homme eut un sourire froid.

— Bien sûr que j'existe. Quant à toi…

Il rit doucement.

— J'ai besoin de toi. Alors, même si tu n'es qu'un minable trouillard, je vais réaliser ton rêve le plus cher.

— Je n'en ai pas, protesta Niles, épouvanté.

Il ouvrit la bouche pour appeler au secours, mais aucun son ne franchit ses lèvres.

L'homme se retrouva soudain juste devant lui, les yeux rivés aux siens, luisant comme des braises.

Il avait des crocs de vampire.

Des vrais.

Il le mordit au cou. Niles entendit un craquement atroce.

Puis plus rien.

— Voilà donc l'histoire…, commenta Lucien DeVeau, quand Jeremy et Nancy eurent achevé leur récit.

— Oui. Nous n'avons compris ce à quoi nous devions notre survie qu'en revenant ici, quand Mary est morte et que nous avons appris ce qu'étaient réellement Jessica et Bryan, répondit Jeremy.

— Voici ce que je pense, dit Bryan, en se mettant debout pour arpenter la pièce. Le Maître a récemment découvert où et sous quelle identité Jessica se cachait. Il a alors échafaudé un plan méticuleux. En apprenant qu'elle assisterait à ce colloque, en Roumanie, il a organisé sa soirée. Il savait qu'elle viendrait l'y traquer. Il ignorait, cependant, qu'elle serait déguisée en dominatrice…

Il s'interrompit puis reprit, pensif :

— Je ne pense pas non plus qu'il savait que j'étais sur ses traces et que j'en savais long sur ses agissements. Quand il a dû venir ici, sur le terrain de Jessica, il a eu besoin d'aide. Il a alors entrepris de créer la confusion autour d'elle pour deux raisons. D'abord, pour la faire souffrir et l'inquiéter ; ensuite, pour lui tendre un piège en espérant l'éliminer définitivement. Il n'a jamais eu l'intention de venir à la soirée de La Nouvelle-Orléans, mais il savait que nous y serions. Ce qui lui laissait les mains libres pour tuer les deux policiers et s'attaquer au gardien de la morgue, par le truchement de Mary. Tout ça signifie qu'il connaissait les allées et venues de Jessica : il a forcément bénéficié d'une complicité dans son entourage.

— Qu'est-ce qui vous rend si sûr de ça ? protesta Jessica, ouvrant la bouche pour la première fois depuis la fin du récit de Jeremy.

— Je crois qu'il a raison, Jessica..., intervint Lucien. Même si c'est difficile à entendre pour toi...

Ragnor s'approcha d'elle et lui prit les mains.

— La personne qui t'a trahie n'en a peut-être jamais eu l'intention. N'oublie pas que le Maître est très puissant.

A cet instant, Sean entra dans la pièce d'un pas vif. Tout le monde se tut.

— Vous n'allez pas me croire ! s'écria-t-il.

— Qu'est-ce qu'il y a ?

— Passez-moi l'ordinateur...

Tout le monde s'écarta. Sean s'assit à la table et tapa l'adresse d'un site qui promouvait le vampirisme comme un moyen de s'assurer le pouvoir, l'argent, le sexe et la reconnaissance entre pairs.

Les autres se rapprochèrent et firent cercle autour de lui, les yeux rivés à l'écran.

— L'image essentielle va apparaître. Comme je l'ai déjà vue une fois et que je suis seulement humain, je préfère m'éloigner de la ligne de front.

Sean se leva et recula. Une lueur aveuglante traversa alors l'écran, fondit au rouge sombre, puis un visage en surgit.

C'était celui du Maître. L'image s'accompagnait d'une bande-son :

Sers-moi. Honore-moi. Incline-toi devant moi et obéis à mes ordres.

Bobby Munro se sentait au bout de ses forces. Il avait fait deux services d'affilée et interrogé un nombre incalculable de personnes. Sans aucun résultat et sans pouvoir dire si certaines avaient menti ou non. De nouvelles équipes allaient prendre le relais ; il ne lui restait plus qu'à aller se coucher.

Sur son chemin, il traversa la rue Bourbon et s'arrêta devant le bar où Big Jim jouait habituellement. Un dernier verre et un peu de jazz ne lui feraient pas de mal, après les rudes heures qu'il venait de passer !

Il entra, commanda une bière et s'installa à une table juste devant l'orchestre. Big Jim l'aperçut et le salua de la main. Barry Larson lui fit un grand sourire. Bobby leur sourit à son tour, puis ferma les yeux. Bon sang, que ça faisait du bien un bon morceau de jazz !

Une migraine atroce lui martelait les tempes. La musique commençait à peine à le détendre que l'orchestre s'arrêta pour la pause. Big Jim vint s'asseoir à sa table, Barry Larson sur les talons.

— La journée a été dure, j'imagine…, lui dit Big Jim, compatissant.

— Surtout avec vos deux collègues tués, continua Barry. Ça fait vraiment froid dans le dos ! C'est le crime d'un maniaque, non ? Personne ne croira que ces deux hommes se sont entretués !

Bobby posa sur lui un regard froid. Il n'aimait pas beaucoup Barry, qui suivait Big Jim partout comme un caniche et avait tendance à mettre le pied en travers de la porte pour être intégré à leur petit groupe.

— Non, en effet, répondit-il, ils ne se sont pas entretués.

— Comment te sens-tu ? lui demanda Big Jim.

— Je tiens le coup. Je ne rêve que de passer quelques heures allongé au soleil avec Stacey ! Mais elle est très occupée, ces temps-ci.

Son visage s'éclaira à l'évocation de la jeune femme.

— Je vais d'ailleurs passer lui rendre visite un petit moment…

Il se leva et posa de l'argent sur la table.

— Offrez-vous une ou deux bières, leur dit-il, en prenant congé.

— Entendu. Merci, Bobby, fit Big Jim en souriant.

Un peu requinqué, Bobby s'engagea rue Bourbon. Il y avait un monde fou, ce soir. Cela faisait chaud au cœur de voir la ville renaître, après les mois terribles qui avaient suivi l'ouragan.

Son humeur s'assombrit, cependant, tandis qu'il marchait, saisissant çà et là des bribes de conversation. Il n'y était question que du maniaque en liberté, de ses collègues morts, du cadavre disparu et, corollaire inévitable, de l'indignation de la foule contre la police dont on se demandait bien ce qu'elle faisait… *Tout ce qu'elle peut et plus encore…*, grommela-t-il entre ses dents. Ruminant ces pensées, il s'éloigna progressivement de la zone d'animation de la rue et se retrouva bientôt à marcher seul.

Subitement, il s'arrêta. Il aurait juré qu'on le suivait. Suivi ? Dans la rue Bourbon ? Décidément, il était plus fatigué qu'il ne l'aurait cru !

Il arriva à la demeure Montresse et gravit deux à deux les marches du porche. Il frappa et aperçut alors Gareth qui regardait entre les rideaux de la fenêtre, l'air soupçonneux. Une seconde plus tard, la porte s'ouvrit. Au même instant, Bobby eut de nouveau la sensation d'une présence derrière lui. Il fit demi-tour, la main prête à dégainer son arme.

— Big Jim ! Annonce-toi, bon sang ! Tu ne sais pas que c'est dangereux de suivre un homme armé et fatigué !

— Bobby Munro, qu'est-ce que vous faites là ? demanda Gareth en même temps.

— Je voudrais voir Stacey… Juste une minute, Gareth. Je ne savais pas que Big Jim me rejoindrait.

— Stacey est occupée, dit Gareth.

— Allons ! Faites-moi entrer. Je suis crevé. Je ne resterai pas longtemps…

— Attendez ici. Je vais l'appeler.

Bobby franchit le seuil, puis se retourna.

— Qu'est-ce que tu veux, Jim ? Pourquoi est-ce que tu es venu ?

— Je ne sais pas. Je me sentais nerveux.

— Et voilà le résultat, grogna Bobby. Ton caniche est juste derrière toi !

Big Jim pivota et vit Barry Larson remonter l'allée.

— Eh, Jim ! lança ce dernier, tu as filé alors qu'on n'a même pas fini !

— C'est la pause, lui répondit Big Jim, en secouant la tête d'un air agacé. Mais tu n'es pas obligé de jouer les remorques en permanence, Barry.

— Excuse-moi. J'ai pensé que quelque chose n'allait pas, répondit Barry, vexé.

— C'est bon, entre une minute. On repartira ensemble.

— Oui, entrez, fit Bobby, en se forçant à sourire.

Barry obéit et regarda autour de lui.

— Dites donc, super baraque, hein ? fit-il.

— Oui… Ferme la porte. Tu laisses entrer les insectes.

Stacey, assise sur une chaise, surveillait Mary. En fait, pour que la jeune fille se sente à l'aise dans sa prison improvisée, il suffisait de la nourrir de manière adéquate et de la laisser regarder la télévision.

Pendant ce temps, Gareth patrouillait dans la maison. Il montait les voir toutes les demi-heures, s'assurait auprès de Stacey que tout allait bien, puis repartait, refaisait systématiquement le tour des portes et des fenêtres.

— Stacey ? fit soudain Mary.

— Oui ?

— Qu'est-ce qui va m'arriver ?

Elle avait une petite voix pathétique.

— Eh bien…

— Soit « il » va venir me chercher, soit quelqu'un va me transpercer le cœur avec un pieu, c'est ça ?

— Peut-être pas, Mary. Il y a peut-être une troisième solution, seulement…

Au même instant, Mary tressaillit, affolée tout à coup.

— Qu'est-ce qui se passe ? lui demanda Stacey.

La jeune vampire pressa ses mains sur ses oreilles.

— Il est là, dehors…, dit-elle.

Le ton de sa voix donnait la chair de poule.

— Mais je ne le laisserai pas entrer. Non, non, je le jure !

Stacey la vit crier de douleur, s'effondrer sur le sol et se recroqueviller en position fœtale.

— Non ! hurlait Mary.

Stacey se précipita dans le couloir.

— Gareth ! Gareth ! Vite !

Bientôt Gareth apparut au sommet de l'escalier, suivi e Bobby, Big Jim et Barry Larson.

Gareth fit volte-face et leur cria :

— Redescendez ! On ne vous a pas demandé de monter !

Pourtant, tous entrèrent dans la chambre.

Au même instant, la porte-fenêtre explosa. Des fragments de verre pointus voltigèrent, scintillant comme des aiguilles.

Une brume s'éleva, rougeâtre, méphitique…

Et un homme se matérialisa, massif, les traits cruels, les yeux luisants.

— Merci infiniment de m'avoir invité à entrer, dit-il sur le ton de la conversation mondaine.

Terrifiée, incapable de faire le moindre geste,

Stacey se demanda ce qu'il voulait dire. Qui donc l'avait convié ?

— Maintenant, ordonna-t-il, en désignant la barrière de protection improvisée autour de Mary, enlève-moi tout ça. Je suis venu chercher la fille.

Mary cria de nouveau. Stacey aurait voulu voir qui allait lui obéir, mais elle avait bien trop peur de tourner le dos à une créature qui n'était autre que le Maître.

Jessica regarda l'image se dissiper sur l'écran. Bryan recula d'un pas et se tourna vers Sean.

— Je pense que c'est en apparaissant ainsi qu'il prend le contrôle des esprits, lui expliqua ce dernier. Comme dans la publicité subliminale. Il est entré dans l'ère des technologies de communication.

Bryan se raidit.

— Bon sang !

— Oui, c'est impressionnant, n'est-ce pas ?

— Ce n'est pas ça. Nous devons aller tout de suite chez Jessica !

— Pourquoi ? s'écria Jessica en sursautant, les yeux agrandis d'inquiétude.

— Il arrive, fit Lucien. Je le sens aussi. Ragnor, viens avec nous… Brent, reste ici avec les filles pour surveiller cette maison.

Bryan suivait déjà Jessica vers la sortie.

Sur le perron, elle s'immobilisa et lui jeta un regard hésitant.

Il comprit à quoi elle pensait.

— Oubliez la voiture, dit-il. Allez-y à votre façon

et je ferai à la mienne. Je vous retrouve là-bas. Soyez prudente !

En quelques secondes, Jessica ne fut plus qu'une ombre qui filait dans le ciel, suivie de deux ombres identiques : Lucien et Ragnor.

Elle vit les fenêtres brisées de la chambre du premier étage avant même d'atteindre le balcon. Elle se prépara mentalement, fonça dans la pièce et reprit sa forme.

Il était là.

Il était entré chez elle, dans sa maison, et il n'était pas venu seul.

Elle reconnut deux créatures qu'elle avait vues dans le château en ruines, en Transylvanie : la danseuse de hip-hop à laquelle elle avait arraché Nancy et un grand homme roux. La danseuse s'était emparée de Stacey, mais la jeune femme, contrairement à Nancy, se débattait.

Big Jim, à genoux par terre, les mains levées, psalmodiait une très ancienne mélodie. Le rouquin, debout devant lui, tendait les mains, prêt à l'étrangler de ses doigts crochus. Bobby était là aussi, l'arme au poing, mais il ne pouvait pas tirer : ils lui avaient jeté un sort pour l'immobiliser et il se tenait debout, tremblant, désespéré, témoin impuissant de l'agression contre la femme qu'il aimait.

Le Maître avançait maintenant vers Mary. Grand, habillé d'un costume noir comme n'importe quel homme d'affaires, sûr de son pouvoir, sûr de sa victoire, il ricanait et l'écho de son rire résonnait d'une manière funeste dans la pièce. Il semblait énorme, comme une ombre qui aurait envahi entièrement le temps et l'espace et tiendrait tout sous son contrôle. Deux corps gisaient au sol : Gareth et Barry Larson.

Bryan arriva à cet instant. Jessica eut à peine le temps de faire un pas sur le verre brisé qu'il avait déjà agrippé la femme, libérant Stacey. Jessica se félicita qu'il ait aussitôt compris la situation. En dépit de son furieux désir de tuer le Maître, il avait compris qu'il fallait d'abord sauver Stacey et lui éviter un sort pitoyable.

Jessica, pour sa part, plongea sur l'homme qui menaçait Big Jim, mais il fit demi-tour, alerté, et tira un épieu de sa ceinture. Elle recula, esquiva le premier coup et vit au même moment un corps filer devant elle et se dissoudre en plein vol.

Bryan venait d'éliminer la danseuse.

Le cercle de protection qui retenait Mary prisonnière était brisé. Le Maître était auprès d'elle. Il la saisit et la jeta brutalement à travers la pièce. D'un bond, Jessica se positionna pour la rattraper, avant que sa fragile carcasse ne s'écrase contre le mur.

Le Maître traversa alors la pièce et gifla violemment Big Jim, qui s'effondra. Jessica hurla : le rouquin lui avait agrippé les cheveux et tirait en la secouant brutalement. Elle détendit le bras, réussit à bloquer le sien, vaguement consciente que Lucien arrivait juste à temps pour éviter que le Maître ne morde Big Jim, puis bondissait devant Bobby à l'instant où le Maître allait lui briser le cou.

Ragnor, juste derrière, s'attaqua au rouquin, libérant Jessica. Le Maître fonça sur Stacey, l'attrapa, puis se rua avec elle vers la fenêtre.

Bryan se jeta sur lui et lui donna un violent coup

de poing sur la gorge. Déstabilisé, le Maître vacilla, se retourna avec un hurlement de rage, jeta Stacey sur Bryan, qui fut bien obligé de la rattraper, stoppé dans sa course.

Un tourbillon de fumée vaporeuse s'éleva, tourbillonna un instant dans la pièce, puis disparut par la fenêtre…

Ragnor avait éliminé le rouquin, qui n'était plus sur le sol qu'un tas de cendres mêlées au verre brisé.

Jessica se tourna vers Bobby. Il tremblait de tous ses membres, le regard encore frappé de stupeur.

— Bobby… Comment est-il entré ?

Barry Larson, par terre, essayait de se relever. Jessica l'aperçut et, sans attendre la réponse, fondit sur le musicien.

— C'est toi ! cria-t-elle.

Elle leva son épieu, prête à le transpercer.

— Non, non ! réussit à articuler Bobby. Il s'est battu… Il a essayé de les arrêter.

— Qui a trahi, alors, si ce n'est pas lui ?

Bryan allongea Stacey à côté du corps inanimé de Mary. Puis il s'approcha de Jessica, les yeux emplis de tristesse.

— Réfléchissez, Jessica. Qui cela laisse-t-il, à votre avis ?

— Gareth ? murmura-t-elle, saisie de nausée.

Elle secoua la tête, incrédule. Lucien s'était approché du gardien et le retournait.

— C'est à cause de cette image, sur l'écran. Il était contrôlé. Il…

Bryan rejoignit Lucien et se pencha sur Gareth.

— Il revient à lui, murmura-t-il.

Jessica écarta les deux hommes pour s'agenouiller. Gareth ouvrit les yeux et la regarda.

— Vous êtes belle, hoqueta-t-il, mais c'est lui le Maître.

Ses paupières se fermèrent.

— Il meurt, dit Jessica. Comment… Pourquoi ?

— Peut-être parce qu'on lui a fracassé le crâne, souffla Lucien.

Bryan lui effleura le visage. Gareth rouvrit un instant les yeux.

— Que veut le Maître ? lui demanda Bryan d'un ton pressant.

Gareth remua les lèvres, prononçant des mots à peine audibles. Jessica se pencha.

— Igrainia et Ian. Comme avant…

Puis il referma les yeux. Bryan se releva. Il ne pourrait plus poser d'autre question. Gareth était mort.

18

On avait rebouché avec des planches la porte-fenêtre de la chambre donnant sur le balcon et disposé de nouveau tout autour les protections nécessaires.

Comme Bobby s'était trouvé sur les lieux, ils avaient pu signaler l'incident aux autorités, faire transporter Barry Larson à l'hôpital et préciser qu'il y avait un mort sur place. Lucien et Ragnor avaient emmené Mary avec eux, ce qui évitait d'expliquer que le cadavre disparu avait en quelque sorte ressuscité.

Sean prit en main tous les aspects administratifs. Nancy et Jeremy retournèrent se mettre à l'abri, avec Brent Malone et les autres. Pourtant, Jessica avait l'impression que cette nuit ne se terminerait jamais.

Bryan regarda l'équipe de scène de crime se mettre au travail, mal à l'aise dans sa position de simple observateur.

Il avait toujours travaillé seul et, en fin de compte, il trouvait cela nettement préférable. Il n'y avait qu'à voir la façon dont Jessica avait été trahie… En même temps, il ne pouvait s'empêcher de penser qu'en ne faisant jamais confiance à personne, depuis la mort du père Gregore, il était passé à côté de beaucoup de choses. Certes, pour un guerrier voué à la destruction du Mal, la quête devait rester solitaire. Mais ce groupe uni autour de Jessica, aussi étrange et improbable qu'il fût, poursuivait avec autant de succès le même but que lui.

Des siècles auparavant — si loin dans le passé que cela semblait presque devenu irréel — il avait connu cette sensation de camaraderie et de partage. Il s'était battu pour son roi avec des hommes aussi intrépides que lui. Ils avaient beau porter du cuir, du métal et des cottes de mailles, au lieu de jeans Levis ou de chemises Armani, ils formaient un groupe assez semblable.

Il regardait l'agitation qui l'entourait, silencieux, échafaudant ses propres plans.

L'enquête préliminaire donna ses premiers résultats. L'intrus, entré de toute évidence par la porte-fenêtre, portait des gants. On n'avait retrouvé aucune empreinte digitale et aucune trace de pas dans le jardin. Bobby, dûment sermonné par la petite troupe, avait décrit l'agresseur comme un homme de haute taille qui avait sauté par la fenêtre à son arrivée. Bryan constatait avec surprise qu'en dépit du choc, le jeune policier gérait bien la situation.

Finalement, il laissa Jessica aux soins de gens qui veilleraient sur elle et se rendit à l'hôpital.

On le fit attendre une heure avant de l'autoriser à voir Barry Larson. Il en profita pour prendre des nouvelles de Dave Hayes.

— Je n'avais jamais vu personne perdre autant de sang, lui dit l'un des médecins qui s'étaient occupés du jeune homme, mais je pense qu'il s'en remettra.

Celui ou ceux qui ont attaqué les policiers lui ont profondément entaillé les veines du bras. Ce qui est étrange, c'est…

— Quoi donc ?

— Il est convaincu qu'il a été agressé par des vampires, deux fois de suite. La première fois, par une jeune fille nue, dans la morgue. La deuxième, dans sa chambre, par un homme vêtu d'une blouse blanche.

— Il est conscient, alors ? A-t-il le droit de recevoir des visites ?

— Ce sont les policiers qui décident qui peut entrer, dit le médecin.

Bryan le remercia. George Mendez, de faction, le laissa entrer sans problème.

— Bonjour, comment vous sentez-vous ? demanda Bryan, en s'approchant du lit.

Le jeune homme lui jeta un regard intrigué.

— Nous nous connaissons ?

— Je suis professeur à l'université. J'étudie les légendes et les croyances anciennes, dont celles touchant aux vampires.

— Ils existent, fit Dave d'un ton grave.

— C'est vrai…

Le jeune homme écarquilla les yeux, stupéfait que quelqu'un le croie enfin.

Bryan sourit.

— Mais personne d'autre que moi ne vous croira ! A votre place, je n'évoquerais plus ce genre de chose, si vous voulez devenir médecin.

Hayes secoua la tête.

— Vous ne comprenez pas. Je suis… pétrifié.

— Faites tout ce qu'on vous dira et tout ira bien. Le vampire qui vous a attaqué dans votre chambre ne s'en prendra plus à vous. Il a une autre cible. Attendez calmement la fin de la transfusion et vous pourrez reprendre sans problème vos études.

— Ce… c'est tout ?

— Vous pouvez aussi manger beaucoup d'ail et mettre des symboles religieux chez vous. Ça ne fera pas de mal.

— Des croix ?

— Ça ou autre chose, suivant votre foi. Quel que soit le pouvoir de cette créature, au final, c'est la façon dont les hommes s'entraident sur cette Terre qui l'emportera, vous savez.

Dave le regarda d'un air abasourdi.

— Vous avez de la chance. Ne la laissez pas passer, conclut Bryan.

Il se releva et se dirigea vers la porte.

— Professeur ? Est-ce que… vous restez dans le coin, au cas où je… où j'aurais besoin d'aide ?

— Pas dans l'immédiat. Mais ne vous inquiétez pas. Il y aura quelqu'un pour veiller sur vous.

Bryan retourna aux urgences demander dans quelle chambre était Barry Larson et alla le trouver. L'homme salua son visiteur avec exubérance.

— J'ai failli l'avoir, vous savez !

— Vous avez été brave.

— J'avais bien senti qu'il se tramait quelque chose d'anormal, dans cette maison. Big Jim aussi. Mais je vous rassure, je suis resté discret, avec la police. J'ai dit que je ne me rappelais pas grand-chose, juste qu'un grand type avait fait irruption par la fenêtre et qu'on avait tenté de l'attraper.

Après avoir échangé une ou deux plaisanteries, Bryan prit congé.

Quand il revint chez Jessica, Stacey était dans le salon avec Bobby. Le jeune policier était encore sous le choc, mais il avait repris quelques couleurs.

Il leva sur Bryan un regard las.

— Il va falloir trouver quelqu'un pour remplacer Gareth, dit-il.

— C'est vrai. Où sont les autres ?

— Sean a été appelé d'urgence parce que Niles Goolighan est devenu fou dans sa cellule et a agressé un gardien. Les autres sont presque tous chez Canaby, en train de prendre des dispositions.

Il hésita, puis reprit :

— Comme ils trouvaient dangereux de laisser Mary dans une maison où il y a des enfants, ils l'ont emmenée chez un type qui s'appelle Malone, en attendant de trouver une solution. Mais Jessica est ici. Elle se repose là-haut.

— Elle ne se repose pas du tout. Elle culpabilise comme si tout était sa faute, corrigea Stacey.

— J'y vais, dit Bryan.

A l'étage, il trouva Jessica en train de tourner comme un lion en cage dans sa chambre.

Quand il apparut, elle s'immobilisa et le fixa en retenant son souffle.

— Bonjour, fit-il doucement.

— Oh, Bryan…

Elle se précipita vers lui et il la prit dans ses bras.

— Toutes ces années avec Gareth… Je l'ai connu avant même de venir m'installer ici ! Il a vite compris ce que j'étais, mais il n'avait pas peur. Au contraire, il voulait m'aider. Et il l'a fait, Bryan. Il est resté avec moi pendant dix ans. Je laissais Stacey avec lui sans aucune crainte. Je lui faisais confiance…

Il lui caressa les cheveux.

— Nous avons tous besoin de pouvoir faire confiance aux autres, murmura-t-il, même s'il nous arrive de nous tromper. Il ne faut pas que cette expérience vous rende amère, Jessica. Vous devez rester prudente, bien sûr, mais…

Il lui prit le menton.

— N'oubliez jamais qu'il y a des gens qui vous aiment, qui vous sont loyaux. Vous avez de vrais amis. Big Jim, par exemple, alors que je l'ai longtemps soupçonné. Et même Barry. Je pense finalement que c'est un type bien.

— Comme quoi…, répondit-elle en souriant.

Elle secoua la tête et poussa un profond soupir.

— Sean a dû retourner à son bureau. Niles Goolighan a attaqué un gardien.

— Le Maître voulait laisser le chaos derrière lui… on peut dire qu'il a réussi. Et ce n'est pas tout… Je pense qu'il est parti pour que nous le suivions. Il est venu ici faire un certain nombre de dégâts, mais c'est ailleurs qu'il compte mener la bataille finale, sur son propre terrain. Et nous n'avons pas le choix. Nous devons y aller.

— Où ça ?

— Là où tout a commencé. J'ai parfois du mal

à y croire moi-même, à me rappeler que j'ai été un chevalier combattant pour une juste cause, amoureux de la fille de son roi… Voilà ce que veut le Maître, Jessica. Il veut revivre ce jour-là. C'est en Ecosse qu'il nous attend.

Elle recula d'un pas, les yeux agrandis d'effroi.

— Ce sera une bataille très différente de la première, ajouta-t-il. Mais… nous ne manquons pas d'atouts.

— Lesquels ?

— N'y a-t-il pas, là-bas aussi, quelques bons vampires que vous pourriez contacter ?

Elle sourit et revint se lover dans ses bras.

— Mais avant, nous devons prendre un peu de repos…

— Nous n'avons pas le temps.

— Si.

Elle leva les yeux.

— Alors, peut-être qu'avant de dormir, un peu d'activité physique…, murmura-t-elle.

Il ne se le fit pas dire deux fois.

Il lui fit l'amour, avec lenteur, savourant chaque geste, chaque regard, chaque mot chuchoté. Ils ne s'embrasèrent que tout à la fin, dans un tourbillon de passion et de jouissance, retrouvant la même plénitude extatique, fusionnelle, que celle qu'ils avaient connue dans un lointain passé.

Puis Jessica s'endormit.

Bryan se leva et, au rez-de-chaussée, retrouva Bobby et Stacey, serrés l'un contre l'autre sur l'un des divans.

— Comment va-t-elle ? demanda Stacey.

— Elle dort.

— J'aimerais bien aller voir Sean, commença Bobby, mais…

Il regarda Bryan, l'air déconcerté.

— Stacey essaye de tout m'expliquer…

Bryan fit une petite grimace.

— Toutes les explications du monde ne suffiront jamais à comprendre exactement les choses, Bobby…

Le policier hocha la tête.

— Il va tout de même falloir agir, quand tout le monde sera reposé. Et alors…

Il marqua un temps d'arrêt, regardant Bryan droit dans les yeux.

— Alors, nous aurons besoin de toute l'aide possible.

— Il faut réunir tout le monde ici, dès ce soir, lança Stacey, en souriant. Je m'en occupe.

— Je serai là, dit Bobby. Et cette fois, je n'échouerai pas. Je le promets.

— Vous n'avez pas échoué, Bobby, lui dit Bryan. En outre, la prochaine fois, vous serez préparé. Mais ce n'est plus ici que les choses vont se passer. J'en suis pratiquement certain.

— Je serai prêt, affirma Bobby.

Stacey entrelaça ses doigts aux siens et regarda Bryan avec un sourire empreint de gravité.

— Nous n'échouerons pas, dit-elle.

Mais Bryan secoua la tête.

— Je ne vais vous demander à tous les deux qu'un soutien psychologique. Non que je ne vous fasse pas confiance, au contraire. Mais vous êtes humains. Votre capacité d'action est limitée…

Bobby soupira.

— Entendu… Nous ferons les baby-sitters…

Bryan retrouva Sean Canady à la prison.

— Vous pensez pouvoir me faire entrer en cellule ? demanda-t-il au policier.

— D'ordinaire, il aurait fallu que je remplisse des paperasses et demande des autorisations. Mais aujourd'hui… Ça devrait aller. Suivez-moi.

Tandis qu'ils se dirigeaient vers la cellule de garde à vue, Bryan lui exposa son hypothèse sur la bataille à venir. Au passage, Sean assura aux gardes qu'il pourrait se débrouiller sans leur aide. En théorie, il n'aurait pas dû rester seul avec un détenu et moins encore accompagné de Bryan : c'était contre le règlement. Mais les gardes refusaient de s'aventurer dans la zone où Niles Gooligan était enfermé.

Quand ils arrivèrent à sa cellule, Bryan évita de se montrer. En voyant approcher Sean, Gooligan, de l'autre côté des barreaux, sourit jusqu'aux oreilles. Il était couvert de sang.

— Petit, petit ! dit-il d'un ton triomphant. Entre donc. J'ai le pouvoir, maintenant, et tu vas mourir !

— Tu n'es qu'un simple voyou, Niles, répondit Sean. Tu l'as toujours été et tu le resteras.

L'autre secoua la tête.

— Non. Il a tenu promesse. Il est venu à moi.

— Qui donc ? demanda Sean d'un ton faussement négligent.

— Le Prince des Ténèbres, répondit Gooligan avec emphase.

— Il n'est prince de rien du tout. Juste un voyou, comme toi, un peu plus expérimenté et un peu moins bête.

— Je ne suis pas bête ! Et je vais devenir tout-puissant, parce que je suis son allié.

— Désolé de te décevoir, Niles. Même si tu l'as convié à entrer, tu restes un minable voyou. Cal a mangé le morceau, à propos. Maintenant, nous connaissons le site internet. Nous savons comment il vous contacte, pauvres imbéciles !

Mais Goolighan n'avait plus l'air d'écouter. Il ricanait comme une hyène prise de folie.

— Je vais même assister à l'ultime bataille, jeta-t-il. Entre donc, petit porcelet. Je vais te tuer et ensuite, je mourrai pour revenir quand le combat fera rage.

— On y aura sûrement besoin de petites gouapes dans ton genre, effectivement, fit Sean. Où cette bataille doit-elle se tenir ?

— Qu'est-ce que ça peut te faire ? Tu seras mort. Tu ne peux pas me résister ! Entre donc, essaye de m'avoir.

— Je vais peut-être céder. Mais réponds-moi d'abord. Où la bataille aura-t-elle lieu ?

Niles se mit à hurler de rire, comme s'il n'avait jamais rien entendu d'aussi drôle.

— Ah, c'est qu'il va faire frais, là-bas, dans la brume ! cria-t-il.

— Il sera là, sur la falaise, n'est-ce pas ?

Niles s'esclaffa de nouveau.

— Bien vu ! C'est la fille, qu'il veut. Depuis le début. Pour la tuer. Je pense qu'il la voulait d'abord pour lui, mais elle est comme toutes ces chiennes, elle lui a préféré un autre. Une espèce de chevalier des Highlands…

Il prononça ces derniers mots avec l'accent écossais, puis se plia en deux, riant aux larmes, et poursuivit avec le même accent :

— Il aura sa place-forte dans les ruines du château MacDonnough, d'où il commandera toute la vallée et toute la lande. Et on verra enfin le trépas de ceux qui ont fait de sa vie et de sa mort un enfer !

— Parfait. Merci, dit Sean.

Et, tirant le verrou, il entra dans la cellule.

Bryan fut aussitôt derrière lui. Niles l'aperçut, comprit et se mit à rugir de rage.

Sean s'écarta. La suite se déroula avec la rapidité de l'éclair : il n'y eut presque pas de lutte. Niles, stupidement, fonça sur Bryan et vint s'empaler sur le petit épieu pointu que le guerrier tenait à la main et qu'il n'eut même pas besoin de brandir.

— Il va falloir que je donne des explications, commenta Sean, quand ce fut fini. Enfin, ce ne sera pas la première fois, ni d'ailleurs la dernière…

— Repose en paix, pauvre minable, murmura Sean.

— Nous n'avions pas le choix, lui dit Bryan.

— Je sais. Mais quel gâchis…

Il soupira, se redressa puis conclut :

— Allons-y.

Tous se retrouvèrent chez Jessica, rue Bourbon. La cuisine était pleine et, à première vue, on aurait pu croire à de simples retrouvailles entre amis. A l'exception de Stacey et de Bobby, qui gardaient les enfants

Canady, le groupe était au complet. Sean raconta ce qui était arrivé à Niles Goolighan.

— Comment as-tu justifié le fait de l'avoir tué dans sa cellule ? lui demanda Jessica, en se servant un café.

Sean hésita avant de répondre :

— En fait, ça n'a pas été simple. Tout le monde était convaincu que c'était moi qu'il attaquait, et j'ai dû dire que j'avais eu de la chance que Bryan soit venu avec un épieu.

— Avec un épieu ? répéta-t-elle. Et comment tu as expliqué ça ?

— Facile : un accessoire pour une de ses conférences…

— Tu t'en es bien sorti, commenta Maggie. Comme d'habitude.

Sean sourit.

— Heureusement qu'à La Nouvelle-Orléans, on est habitué à côtoyer la décadence, le vaudou, l'histoire, le jazz, le mystère… D'ailleurs, j'ai eu une autre conversation intéressante, aujourd'hui.

— Avec qui ?

— Florenscu.

— Florenscu ? Le policier de Roumanie ?

— Lui-même, répondit Sean. Je lui avais demandé d'interroger quelques-uns des assistants de la fameuse soirée, pour vérifier l'une de mes intuitions. Il m'a rappelé très vite pour me dire qu'effectivement l'événement avait été annoncé sur le site du « Maître » vingt-quatre heures à l'avance. Si nous avions été au courant, je suis sûr que nous aurions trouvé le même type d'annonce pour celle qui a eu lieu ici.

— Alors, nous devrions en trouver une pour ce qui va se passer en Ecosse, commenta Jade.

— Je peux déjà vous dire quand la fête aura lieu, annonça Bryan.

Tous les regards se tournèrent vers lui.

— A la lune du diable, évidemment. Le phénomène ne se produit qu'une fois par siècle. Ce n'est pas une éclipse, mais un alignement particulier de planètes qui donne une lune rouge.

— Je l'ai déjà vue, souffla Maggie.

— Moi aussi, dit Jessica. Comme le château MacDonnough. Il n'était pas très bien fortifié, ni même très étendu. Il y avait une palissade autour des demeures des clans et le château lui-même était en pierre, mais…

Jade DeVeau s'approcha d'elle, une liasse de feuilles imprimées à la main.

— Au XVIe siècle, poursuivit-elle, le clan MacDonnough s'est enrichi et a fait construire des remparts autour du donjon. On voit sur cette photo ce qui reste de la cour intérieure. Durant la révolte jacobite, au XVIIIe siècle, les lieux ont été abandonnés, puis repris par la Couronne et oubliés. Il n'en reste plus aujourd'hui que des ruines.

Tara s'approcha à son tour pour montrer à Jessica une autre page.

— Voici la chapelle d'origine. Il y a des tombeaux dans le sous-sol, un certain nombre, car c'était apparemment une grande famille. Ils sont reliés entre eux par tout un réseau de catacombes et il y a aussi une vaste crypte. La chapelle elle-même n'est plus consacrée depuis longtemps. Il me semble me rappeler qu'il y a eu plusieurs disparitions inexpliquées dans la région, au cours des années. Je pense que le Maître se sert du château comme base pour reprendre des forces. Je parie qu'il y a réuni une véritable armée et qu'il n'a sûrement pas choisi de jeunes vampires inexpérimentés et incapables de se défendre.

Elle regarda Bryan et ajouta à voix basse :

— Il faudra vous montrer prudent. Je sais que vous disposez de pouvoirs surhumains et que vous cicatrisez très vite, mais personne n'est à l'abri d'une faiblesse. Pour être franche, je ne suis pas sûre que vous devriez y aller…

— La question ne se pose même pas… Je *dois* y aller, dit-il.

Il se retourna pour faire face aux autres.

— Je dois y aller, répéta-t-il. Et peut-être vaudrait-il même mieux que j'y aille seul.

— Je savais que vous diriez ça, soupira Tara.

— Il est absolument hors de question que vous y alliez seul ! Je viens avec vous, s'écria Jessica.

— Je ne sous-estime en rien vos pouvoirs, Bryan, mais nous serons en face d'une armée, intervint Lucien. Même Jessica aura besoin de notre aide.

— C'est une bataille que Bryan et moi devons livrer seuls, objecta Jessica.

— Si quelqu'un doit ne pas y aller, c'est vous, Jessica, dit encore Bryan. Moi, je dois détruire le Maître.

— *Nous* devons le détruire, corrigea-t-elle.

— Mais c'est exactement ce qu'il veut ! Que nous soyons là tous les deux pour pouvoir nous éliminer…

Tout à coup, la sonnette tinta et tout le monde sursauta.

— Qui ça peut être ? demanda Sean, les sourcils froncés.

— Voulez-vous que j'aille voir ? proposa Ragnor.

— Non, j'y vais, dit Jessica.

Bryan la suivit discrètement. Une femme en larmes se tenait sur le seuil. Il l'avait déjà vue. Mais où ?

— Je me doutais qu'il était sur une mauvaise pente, balbutiait la femme.

Jessica lui avait posé la main sur l'épaule, tentant de l'apaiser.

— Il n'est pas rentré depuis hier, mais je suis sûre qu'il n'a pas pris la fuite. Et cette note… ce n'est pas une demande de rançon, mais… je ne sais pas ce que c'est. La police ne m'écoute pas et comme il y a votre nom dessus… Oh, mon Dieu, je ne sais plus quoi faire !

Brusquement, la mémoire revint à Bryan. C'était Mme Peterson, la mère de Jacob, l'adolescent qui se prenait pour un vampire. Celui qui lui avait donné l'adresse du cimetière.

La femme tendait à Jessica une feuille de papier à demi déchirée.

— Nous retrouverons Jacob, je vous le promets, madame Peterson, dit Jessica.

— Vous croyez qu'il est vivant ?

Jessica hocha la tête.

— J'en suis sûre. Je retrouverai votre fils et je vous le ramènerai. Maintenant, rentrez chez vous, servez-vous un verre de vin, appelez une amie pour vous tenir compagnie et laissez-moi faire.

— Je vous remercie. La police n'a pas voulu signaler sa disparition, sous prétexte que les adolescents peuvent fuguer et qu'il n'est parti que depuis hier. Mais ce papier m'inquiète…

Sean venait d'arriver dans l'entrée et se tenait debout derrière Bryan.

— Je vais raccompagner cette dame, lui dit-il. Je ne peux pas quitter la ville pour l'instant, de toute façon.

Il s'avança sur le seuil et reprit à voix haute :

— Je suis le lieutenant Canady, madame Peterson. Je vais vous raccompagner chez vous et prendre votre déposition.

Dès qu'ils eurent disparu, Bryan s'approcha de Jessica.

— Voyons un peu ce papier…

Elle le lui tendit.

En haut de la feuille, noté au stylo, on lisait : « Pour Jessica Fraser. » Au-dessous, trois mots étaient écrits l'un au-dessus de l'autre, apparemment avec du sang, et celui du milieu était souligné :

Ian

et

Igrainia

19

Depuis la dernière fois qu'ils l'avaient vue, des siècles plus tôt, la lande s'était métamorphosée. Elle n'était plus cette étendue détrempée de sang, résonnant de la clameur de la bataille, jonchée de cadavres…

Debout au bord de l'à-pic, Bryan avait sous les yeux la beauté sauvage d'un paysage austère, égayé par les cottages disséminés derrière leurs murets de pierre et les taches colorées des champs et des prairies. Des moutons et des vaches des Highlands y paissaient. Les fleurs sauvages abondaient. C'était un panorama superbe.

La nuit, pourtant, allait tomber et la lune du diable se lèverait bientôt.

C'était Florenscu qui, le premier, avait repéré l'annonce de la soirée sur internet. Il avait aussitôt alerté Sean, qui avait prévenu les autres. D'un commun accord, conscients qu'ils risquaient fort d'avoir besoin d'aide une fois la fête terminée, ils avaient signalé aux autorités locales que des problèmes risquaient de se produire.

Bryan laissa son regard courir sur les pâturages, savourant les odeurs, la brise, les teintes pastel, doucement lumineuses, du paysage, que la nuit tombante allait assombrir et modifier.

Tout deviendrait d'abord d'un gris neutre, puis virerait au rouge avec le coucher du soleil.

Et la lande, de nouveau, paraîtrait gorgée de sang.

— Alors ? demanda Lucien, debout à côté de lui.

Bryan tendit le doigt vers un point de l'horizon.

— C'est là que se trouvait le campement des troupes d'Edouard III, après la capture d'Igrainia. Ce sentier, sur la droite, mène au château MacDonnough.

Ragnor et Brent, partis en exploration aux alentours, revinrent à ce moment-là.

— La seule fuite possible, vers l'ouest, est par la mer, indiqua Brent. Exactement comme vous vous le rappelez…

Bryan hocha la tête et son regard les dépassa pour se fixer sur Jessica, debout à l'écart, plongée dans la contemplation de l'ancien champ de bataille.

Tout cela remontait à des siècles. Pourtant, en fermant les yeux, debout dans le vent qui balayait les Highlands, il lui semblait encore entendre le fracas des épées et le cri des combattants.

Peut-être Jessica — Igrainia — éprouvait-elle la même sensation, à moins qu'elle ne revive sa capture, ses tourments, les flammes qui l'avaient brûlée, la morsure enfin du Maître lui déchirant la gorge…

— Il est temps de partir. Nous n'avons plus que quelques heures avant le crépuscule, dit Lucien.

Maintenant, il leur fallait simplement attendre et espérer. L'armée qu'ils allaient affronter s'entraînait depuis longtemps, sans doute depuis des centaines d'années.

Et ils étaient eux-mêmes bien peu nombreux, songeait Bryan. Lui-même, Jessica, Lucien, Ragnor, Brent et un dernier vampire, appelé à la dernière minute en dépit des réticences de Lucien, qui le trouvait trop néophyte.

Sean leur avait rappelé qu'il s'agissait d'un policier et ils s'étaient laissé convaincre. Le jeune homme, Rick Boudreaux, témoignait, comme ses compagnons, d'une détermination à toute épreuve. Jade avait longtemps bataillé avec son mari pour venir aussi, mais avait dû se résoudre à rester à La Nouvelle-Orléans. Aucune des autres épouses, bien trop humaines, n'avait été autorisée à les suivre.

— Prêt, Bryan ? demanda Lucien.

— Juste un petit moment encore…

Il s'approcha de Jessica. Le vent ébouriffait les cheveux de la jeune femme, les plaquant par instants contre son visage. Elle avait un regard d'une infinie mélancolie. Elle ne portait ni costume, ni perruque de dominatrice, ayant résolu de se présenter à cette ultime soirée en jeune innocente rêvant d'être l'élue du Maître. Bryan avait dû céder.

Maintenant, il veillait jalousement sur elle, comme un faucon autour d'un nid.

Avec ses lunettes et son long manteau blanc à col de fourrure, elle semblait l'archétype de l'ingénuité et de la candeur.

Bryan arborait sa longue redingote de cuir habituelle et son chapeau à bords rabattus. Il se fichait complètement qu'on puisse le reconnaître.

— Ça fait si longtemps…, murmura-t-elle.

Il la prit dans ses bras.

— Je continue à penser que vous ne devriez pas venir, dit-il.

Elle sourit avec douceur.

— Si, Bryan. C'est ici que j'ai appris à quel point nous devons savoir être forts.

Elle lui caressa la joue.

— Vous êtes resté le preux chevalier toujours prêt à donner sa vie pour les autres, n'est-ce pas ? Mais n'oubliez pas qu'à moi aussi, on m'a volé ma vie, mon destin. Vous devez me laisser combattre à vos côtés.

— Ça ne me plaît pas et vous le savez…

Tout près d'eux, Brent murmura qu'il était temps.

Jessica se dégagea de l'étreinte de Bryan.

— Il faut y aller un par un, leur rappela-t-elle. Inutile d'éveiller les soupçons par une arrivée en force.

Ils étaient venus à cheval, les voitures passant difficilement dans les chemins de tourbe. Bryan regarda Jessica, plus gracieuse et plus fière que jamais, enfourcher comme jadis sa monture.

Elle était royale, digne fille d'un roi. Et si chère à son cœur, depuis toujours…

Cette fois, il n'échouerait pas.

Jessica se faufila dans la foule qui s'agglutinait aux abords des ruines. Le danger était encore plus grand qu'en Transylvanie, car il n'y avait, entre la mer d'un côté et les falaises déchiquetées de l'autre, qu'un seul sentier à découvert pour fuir.

— Salut, beauté !

Elle avait à peine eu le temps de s'asseoir au bar, installé dans la cour, à l'intérieur des murailles, que déjà un homme l'accostait. Il était assez beau, avec une chevelure d'un noir de jais et un regard bleu perçant. Il avait l'accent irlandais.

C'était un vampire.

— Bonjour, répondit-elle, en souriant.

— Américaine ?

Donc, il ne voyait pas qu'elle était elle aussi une vampire. Pourtant, il n'avait pas l'air très jeune et aurait dû savoir reconnaître une de ses semblables. Il était vrai que de nombreux vampires, plongés dans leur quête de plaisirs, ne prenaient pas le temps d'apprendre tout ce qui aurait pu leur servir.

— Oui, je suis américaine.

— Vous savez que la plus jolie fille de la soirée aura droit à une surprise ?

— Vous me flattez…

— Pas le moins du monde. Je regrette seulement de ne pas pouvoir vous réserver moi-même.

— Qu'est-ce qui vous en empêche ?

Il s'appuya sur le comptoir en la contemplant avec admiration. Sans répondre à sa question, il proposa :

— Je vous offre un verre ?

— Volontiers. Merci.

— Deux Bloody Mary, ordonna-t-il au barman.

Jessica remarqua que, cette fois, le barman était lui aussi un vampire. Il fronçait les sourcils en dévisageant l'Irlandais.

— Alors, ces Bloody Mary ?

Il se tourna vers Jessica et lui tendit la main.

— Je m'appelle Bruce, Bruce Mayo. Et vous êtes ?

— Jesse.

On les servit. Jessica but une gorgée. C'était bien un Bloody Mary.

— Vous savez ce qu'il y a là-dedans ? fit Bruce, les yeux brillants.

— Les ingrédients habituels ?

— Oui. Mais avec du vrai sang !

Elle fit mine de frissonner et le regarda avec de grands yeux.

— Vraiment ?

Il opina, puis eut un mouvement d'épaules.

— C'est du sang de bœuf, évidemment, mais c'est le fantasme qui compte, non ?

Il la prit par la main et ajouta :

— Je vais vous faire visiter. Le plus intéressant est en bas.

Il la conduisit à l'intérieur des ruines, dans la chapelle, et lui fit descendre l'étroit escalier en colimaçon qui menait aux catacombes. La disposition des lieux correspondait exactement aux plans qu'ils avaient imprimés à La Nouvelle-Orléans. Jessica en avait mémorisé les moindres recoins.

— Vous avez peur des morts ? la taquina son compagnon.

— Non, mais ils m'attristent, murmura-t-elle.

— Il y en a partout, ici, dit-il, en montrant les cercueils moisis disposés dans les niches des murs.

Elle devinait ce qu'il pensait vraiment : qu'en fait, les morts présents n'étaient pas seulement les squelettes, mais aussi tous les vampires comme lui.

— Nous y sommes, dit-il. Attendez ici. Arrangez-vous un peu, si vous voulez. Vous verrez que vous ne resterez pas longtemps seule.

Elle reconnut, dans la salle, l'ameublement que le Maître utilisait chaque fois : le lit à baldaquin, la coiffeuse... Elle s'assit et entreprit de jouer son rôle, en se coiffant les cheveux.

Bryan arriva à son tour, discrètement, fendant la foule d'un pas nonchalant, portant de temps à autre la main à son chapeau, quand il dépassait des groupes de gamines en train de pouffer.

Il s'installa au bar, devina lui aussi que le barman était un vampire qui, de son côté, le jaugeait aussi.

Il commanda une bière et la tint serrée entre ses deux mains, conscient qu'on le regardait à la dérobée. Jessica n'était nulle part. Il était sûr qu'elle avait été choisie par le Maître, comme elle l'espérait. Cela lui déplaisait qu'elle ait déjà disparu, mais il avait lui aussi repéré les lieux et se lancerait à sa recherche dès que les autres seraient là. Evidemment, s'ils tardaient...

Mais ils arrivèrent.

Rick Boudreaux et Brent Malone entrèrent les premiers, avec l'allure de deux touristes américains en quête de bon temps. Lucien et Ragnor surgirent peu après, jouant le rôle de ce qu'ils étaient vraiment : des vampires avertis.

Lucien s'approcha discrètement du bar. Bryan et lui se saluèrent brièvement, comme deux inconnus qui se croisent fortuitement.

Ensuite, Bryan se leva. Il y avait maintenant suffisamment de monde pour qu'il puisse se faufiler dans l'ancienne chapelle sans qu'on le remarque.

Une fois sur place, il dévala en hâte l'escalier en colimaçon qui menait aux cryptes.

Un grand homme brun l'arrêta au bas des marches.

— On ne passe pas !

— Pardon ? J'ai mal entendu, mentit Bryan, en posant le pied sur le plancher de bois brut.

L'homme eut un sourire sardonique.

— On ne passe pas, répéta-t-il, en secouant la tête. Je ne sais pas ce qui me retient… Après tout, pourquoi pas ?

Il ricana, dévoilant de longs crocs jaunis, et fonça sur Bryan.

Il n'eut même pas le temps de le toucher. Bryan le transperça d'un coup vif, sans faire de bruit. Le vampire se réduisit instantanément en poussière.

— Vieux, mais stupide, marmonna Bryan.

Jusque-là, c'était facile. Trop facile.

Il s'engouffra dans le corridor des catacombes. En entendant de la musique, il accéléra le pas. Devant lui, par une fente du mur, il distingua de la lumière.

Il se précipita dans la pièce. Une femme en mousseline blanche était assise devant la coiffeuse : Jessica.

Et cette silhouette massive, à côté d'elle, drapée dans une cape, c'était le Maître.

Jessica se brossait lentement les cheveux, pendant que le Maître, debout derrière elle, lui caressait les bras. Elle avait le regard hypnotisé d'une biche prise dans la lueur des phares.

Le Maître leva la tête, aperçut Bryan et éclata de rire.

— Je ne sais pas si vous êtes capable d'imaginer ce que je vais lui faire avant de lui couper la tête, dit-il. J'espérais bien que vous alliez accourir à la rescousse, en preux chevalier que vous êtes. Eh bien, regardez donc… Elle est entièrement en mon pouvoir…

Tout en l'écoutant, Bryan perçut un léger bruit. Il avait beau être saisi de rage, comme l'escomptait le Maître, il n'en restait pas moins aux aguets. Or, des ennemis s'approchaient.

Il fit demi-tour, brandissant deux courtes épées. Elles étaient parfaitement affûtées et le premier vampire qui se précipita sur lui fut immédiatement coupé en deux.

D'autres, cependant, surgissaient des cercueils moisis dans lesquels ils s'étaient dissimulés, se libérant de leurs linceuls avec des cris de rage, enfiévrés, farouches. Bryan n'arrivait plus à les compter. Deux sur la gauche, un à droite, un autre rampant sur le mur, au-dessus de sa tête…

Il sauta de côté pour éviter le glaive d'un vampire en armure et, dans le même mouvement, trancha la tête de celui qui le surplombait. Retombant sur ses pieds, il se plaça alors dos au mur, pour faire face à la horde qui fonçait sur lui.

Les premiers l'attaquèrent, farauds comme des collégiens, certains de ne faire de lui qu'une bouchée. Mais au fur et à mesure qu'il répliquait, les cendres s'accumulaient sur le sol, mêlées pour les plus jeunes de débris de chair et d'ossements, de fragments de tissu cellulaire. D'autres, cependant, arrivaient encore…

Du coin de l'œil, il surveillait le Maître. Les mains

toujours posées sur Jessica, il allait l'emmener et elle n'arrivait pas à résister.

— Igrainia ! hurla-t-il.

Et sans plus se soucier des assaillants qui pouvaient l'attaquer par-derrière, il changea d'objectif. L'idée d'un avenir sans la jeune femme lui était insupportable.

Jessica, à qui rien n'échappait, malgré son atonie, aurait voulu crier, mais aucun son ne sortait de sa gorge. Cela n'avait plus d'importance. Elle sentait, maintenant, que Bryan se déplaçait dans son dos, derrière le Maître. Elle l'entendait, plus vif que l'éclair, fulgurant, mettre en pièce les vampires qui se dissolvaient à ses pieds.

Les doigts du Maître se resserrèrent sur ses épaules comme un étau. Comme des siècles plus tôt.

Elle leva les yeux vers lui et vit, dans ses pupilles, s'allumer une lueur cruelle. La même, exactement, que celle d'autrefois…

C'était comme si toute l'avidité de la créature, sa cupidité, sa soif de puissance et de violence se concentraient là, dans ses prunelles, comme autant d'échardes de verre.

Il la tira à lui pour la mettre debout. Elle n'avait aucun moyen de lutter. Sauf, peut-être…

Ses dents.

Elle ne sentait plus la présence de Bryan. Le pouvoir de la horde de vampires était trop fort.

— Venez, ma chère, nous partons. J'aurais préféré jouir à mon gré du peu qui reste de votre prétendue vie, mais…

Il sourit, comme il lui avait souri dans une autre vie.

— Mais, une fois de plus, ce valeureux Ian, champion du misérable traître Robert Bruce, va être vaincu, taillé en pièces par des ennemis trop nombreux pour que la moindre créature leur résiste.

Les dents !

Elle tourna brusquement la tête et lui mordit la main, arrachant un énorme lambeau de chair, qui avait sous ses lèvres un goût de poison. Elle s'en moquait.

Le Maître hurla de douleur, puis le silence régna durant quelques secondes avant qu'il ne pousse un rugissement de colère. C'était trop tard : Jessica, libérée du sortilège, était passée à l'action. Elle lui expédia un violent coup de pied dans les tibias, avec toute la maîtrise acquise à son cours de tae kwon do de la rue Royale. Le Maître en heurta la paroi, avant de se retourner pour se jeter dans la mêlée des vampires qui s'agitaient au-dessus de Bryan comme des mouches.

— Bryan ! cria-t-elle. Ian !

Des armes traînaient partout sur le sol. Elle s'empara d'une épée, la souleva en l'agitant comme on lui avait appris à le faire dix siècles plus tôt et plongea vers l'essaim des assaillants.

Prenant conscience de sa présence, ils commencèrent à se retourner vers elle mais, bizarrement, aucun ne brandissait son arme.

Elle fit demi-tour… Une poigne d'acier s'abattit sur son épaule et l'entraîna avec une force démoniaque. Une fois de plus, elle se retrouva face au regard enflammé du Maître.

*
* *

— Ça a commencé, murmura Ragnor.

Lucien descendit de son tabouret, tira son épée et abattit le barman, qui venait d'exhiber une hachette. Au même instant, Ragnor se tourna à demi, souleva à deux mains une lourde épée viking, la fit tournoyer en arc de cercle et sabra trois vampires d'un seul coup. Il descendit à son tour de son tabouret, tandis que Lucien bondissait sur le comptoir. L'effet de surprise était fini. Il se préparait pour le plus grand combat de sa vie.

La panique commença à gagner les humains de l'assistance. Ils se mirent à courir dans tous les sens, en hurlant.

Lucien vit Rick Boudreaux recharger calmement son vieux revolver d'ordonnance, à l'autre bout de la salle. Le jeune policier l'avait modifié pour qu'il puisse tirer des balles contenant du bois et il se révéla excellent tireur.

Un vampire forcené arracha le pied d'un tabouret en rugissant et se précipita sur Brent. Brent attendit qu'il soit presque sur lui, détendit le bras, s'empara du pied et projeta l'énorme créature dans les flammes de la cheminée à demi en ruines.

— Désolé ! Je ne suis pas un vampire, grommela-t-il.

— Baisse-toi ! lui hurla Rick.

Brent se voûta. Une balle d'argent siffla au-dessus de sa tête et explosa contre la muraille. Brent se redressa pour répliquer et, surpris, vit une hachette tournoyer puis s'enfoncer profondément dans le cou de l'homme armé du pistolet qui venait de tirer. L'homme s'effondra.

— Merci ! lança-t-il à Ragnor.

— A ton service…

— Brent et Rick…, cria Lucien, quand vous en aurez fini ici, sortez surveiller le sentier. Il faut qu'aucun humain ne soit suivi.

— Entendu…

Ragnor balaya rapidement la salle du regard. Plus aucun vampire n'était debout.

— Je crois que c'est bon pour cette salle…

— Alors, descendons, dit Lucien, l'air sombre.

Bryan avait l'impression de revivre la même scène que des siècles auparavant. Il y avait cependant une différence : cette fois, Jessica n'était pas neutralisée et elle se battait. Il avait bien l'intention, lui aussi, d'en faire autant.

Ses sens étaient si aiguisés qu'il devinait à l'avance le moindre mouvement de l'adversaire. Il courait, bondissait, plongeait et frappait avec une telle vélocité et une telle fureur qu'il ne ratait jamais sa cible. La tension était extrême car il s'efforçait, chaque fois, de couper une tête ou de transpercer un cœur pour éliminer complètement ses ennemis : s'il ne faisait que les blesser, ils risquaient de revenir à l'attaque.

Ses bras lui faisaient mal. Ses muscles tiraient, brûlaient comme de l'acier en fusion. Il n'y prenait pas garde.

Il entendit Jessica pousser un cri dans le corridor.

Il renversa d'un coup de pied un vampire qui venait de surgir, le transperça en plein cœur, puis se fraya un chemin à coups d'épée au milieu de ses assaillants.

Leurs rangs commençaient à se clairsemer et, à son grand soulagement, il aperçut Ragnor non loin de lui, manier avec frénésie la hache et l'épée. Derrière lui, Lucien se servait d'une épée à double tranchant identique à la sienne.

— Allez-y ! Allez chercher Jessica ! lui hurla Lucien

Bryan fonça entre les combattants, les dents serrées, laissant son instinct le guider.

Oui, ce tunnel vers le sud…

Il se mit à courir.

Le Maître traîna Jessica dans le labyrinthe des catacombes pendant un interminable moment, avant d'émerger à l'extérieur, sous la voûte nocturne qu'éclairait la lune du diable.

Il la jeta alors brutalement à terre.

En se relevant, elle se rendit compte qu'ils se trouvaient exactement au même endroit que la fois précédente, des centaines d'années plus tôt, dans la même nuit baignée d'une sanglante lueur lunaire.

Le Maître, qui la dévisageait maintenant, les traits tordus par une rage séculaire, semblait irradier cette même teinte cramoisie.

Elle lutta pour rester debout. Elle avait perdu son épée et se retrouvait sans armes. Sans rien d'autre que son intelligence.

La lame aiguisée que le Maître tenait semblait dégoutter de sang, mais ce n'était que le reflet de la lune. Il fit le geste de la transpercer avec. Mais Jessica se transforma instantanément en brume et l'épée trancha dans le vide.

Puis elle se rematérialisa aussitôt.

— Bien joué ! Dommage que ton père ait été un traître.

— Mon père était au service de ses sujets. C'était un grand roi !

— Il t'a pourtant laissée mourir. Il est vrai que tu n'étais qu'une bâtarde…

— Mon père est mort depuis longtemps et la postérité a prouvé sa valeur, riposta-t-elle.

Il la transperça du regard, immobile, puis eut un sourire railleur.

— Tu es sans armes. Sans rien. Combien de fois pourras-tu te dissoudre, avant de tomber d'épuisement ? Pas beaucoup et alors je te vaincrai. Je te déchiquetterai et lorsque tes souffrances seront devenues insupportables, je construirai un bûcher funéraire sur lequel tu te consumeras. A moins que…

— A moins que ?

— A moins que tu ne te retournes contre *lui*, fit le Maître à voix basse. Il est devenu un guerrier et les guerriers tuent les vampires. Ce que tu es, espèce d'idiote ! Crois-tu qu'il puisse l'oublier ? Il a feint de l'ignorer parce qu'il voulait t'utiliser contre moi, mais le crois-tu capable de *t'aimer* de nouveau ? Non. Et un jour où tu soupireras dans ses bras, comme une vulgaire fille des rues, il te plongera son épieu dans le cœur. Vampire tu es et vampire tu resteras ! Si tu m'aides, tu pourras exister encore…

Elle soutint son regard sans ciller, souriant même, surprise de constater que toute frayeur était abolie en elle.

— Vous êtes toujours aussi fou ! Vous croyez que

je suis votre création, mais ce n'est pas vrai. Vous avez beau avoir transformé ma nature, vous n'avez pas changé mon âme. Je préférerais mourir mille morts plutôt que me retourner contre lui !

Elle vit son visage se tordre de fureur, devenir hideux, marbré de plaques rouge sombre, comme si des veines éclataient sous la peau.

Il fit un pas en avant ; elle un saut de côté. Il pivota ; elle se dématérialisa pour s'envoler et aller chercher une arme. Mais il plongea le bras dans sa silhouette vaporeuse et elle fut contrainte de reprendre forme, maintenue par une poigne ferme.

— Tu n'as plus qu'une seule vie à donner pour lui, Igrainia. Et tu vas la donner maintenant…

Bryan émergea du tunnel, reconnut la lune, le terrain et comprit aussitôt où il se trouvait.

Le Maître était là, à l'endroit précis où, des siècles auparavant, il avait torturé Igrainia.

Une brume légère l'environnait, puis cette brume se solidifia et Jessica apparut. Sa longue chevelure blonde dansait autour de son visage, auréolant d'or la fourrure blanche de son col, comme la plus angélique des apparitions.

Le Maître l'étreignait, mais elle se débattait, fière et acharnée comme jadis la jeune femme dont il était tombé follement amoureux.

Il poussa un hurlement de rage, si puissant que la terre en trembla sous ses pieds.

Le Maître pivota, l'aperçut, lui qui le poursuivait

depuis si longtemps au-delà de la mort. Il repoussa la jeune femme et s'avança vers lui.

— Ce sera donc toi et moi. L'ultime bataille, dit-il.

— Oui. L'ultime bataille, répéta Bryan.

Ils tournèrent l'un autour de l'autre en se toisant.

— Auras-tu le courage de te battre ? railla le Maître. Oublies-tu les hordes de vampires à mon service qui, à cet instant même, pourchassent d'innocents agneaux venus goûter l'interdit et les rendent fous de terreur, incapables de fuir ? Sais-tu combien de ces agneaux vont mourir, pendant que tu lutteras avec moi ?

Tout en parlant, il bondit sur Bryan, ses deux armes brandies. Bryan esquiva et contre-attaqua. Leurs lames s'entrechoquèrent. Le Maître repoussait chaque coup.

Ils reculèrent un moment, pantelants. Soudain, un feulement étrange s'éleva, déchirant l'atmosphère.

Bryan vit le Maître plisser le front et retint un sourire.

— Un loup-garou, expliqua-t-il, avec un haussement d'épaule. De ceux qui dévorent les vilains vampires, les déchiquettent et les recrachent.

Le Maître revint à l'assaut avec fureur. Bryan para l'attaque et riposta, lui arrachant l'une de ses armes. Le combat continua. Bryan croisait le fer avec dextérité, s'efforçant de prendre l'avantage. Le Maître résistait pied à pied, puis Bryan lui transperça l'épaule.

L'immonde créature couvrit sa blessure de la main avec un cri de fureur.

— Te voilà donc associé à des loups-garous ? Tu es tombé bien bas, pour un guerrier !

— Le monde a changé. Il n'y a que toi qui ne le sais pas encore…

Son adversaire tournoya, se pencha pour ramasser son arme et du même mouvement le frappa au bras.

Une vive douleur le parcourut, mais elle ne l'empêchait pas de se mouvoir.

— Je vais te tailler en pièces ! hurla le Maître. Te vider de ton sang, mais avant cela, je t'obligerai à la voir brûler.

Du coin de l'œil, Bryan vit Jessica se déplacer.

Elle était vivante.

Vif comme l'éclair, il fonça sur le Maître en faisant virevolter son épée. L'autre riposta, mais trop tard : Bryan lui arracha de nouveau l'une de ses armes.

Le glaive n'eut pas le temps d'atteindre le sol. Jessica l'avait pris en main et venait de surgir à côté d'eux, majestueuse comme une déesse de la justice.

— Vous avez perdu quelque chose, *Maître* ? ironisa-t-elle.

Le vampire poussa un nouveau cri de fureur et fonça sur elle comme un taureau rendu fou. Elle brandit l'arme, repoussa l'attaque. Il pivota pour attaquer Bryan qui lui assena un coup violent à mi-corps.

Vidé de sa force, l'autre dut s'arrêter pour reprendre son souffle. Il poussa néanmoins un cri à glacer le sang, comme s'il pensait que ce seul bruit allait forcer Bryan à se recroqueviller de terreur.

Mais Bryan se borna à sourire.

— J'aurais aimé, moi aussi, vous tailler en pièces et vous vider de votre sang, à la mémoire de tous ceux que vous avez fait souffrir et agoniser sur cette terre. Mais il est bien plus important de vous éliminer définitivement, dit-il, en s'avançant vers lui.

— C’est toi qui vas mourir !

Bryan l’attendit de pied ferme, puis fit un saut de côté et dessina de ses deux épées un immense arc de cercle dans la nuit pourpre.

Quelque chose voltigea dans l’obscurité.

La tête du Maître.

Elle tournoya, dans une dernière étincelle d’énergie, puis s’évapora en poussière, comme le corps qui gisait aux pieds de Bryan.

Voilà… C’était fini. Vraiment fini.

Il entendit Jessica crier son nom, en se précipitant dans ses bras. Il enfouit son visage dans ses cheveux.

— Igrainia…, murmura-t-il.

Mais c’était la dernière fois qu’il l’appellerait par ce nom.

Epilogue

L'orchestre entama un air de jazz langoureux. Dehors, une foule bruyante envahissait les rues, mais Bryan, conscient que Jessica n'était jamais plus heureuse que quand la ville reprenait vie, n'y prêta pas attention. Pour la première fois depuis très longtemps, peut-être depuis toujours, il se sentait entièrement détendu.

Quelle importance si c'était un loup-garou qui offrait les bières et si une bonne moitié de ses nouveaux amis étaient des vampires ? Quelques-uns, au moins, étaient entièrement humains.

Jessica regardait l'orchestre en souriant. Big Jim lui rendit son sourire. Barry Larson aussi, rayonnant d'une assurance toute neuve.

Personne de leur petite équipe n'avait trouvé la mort en Ecosse. Bryan jugeait cela miraculeux, mais ceux qui s'étaient battus à ses côtés estimaient simplement avoir fait du bon boulot. Les autorités locales, après avoir déniché une bande de jeunes hallucinés errant sur la lande, avaient conclu aux méfaits de la drogue.

Certains de ces jeunes gens n'oublieraient jamais ce qui s'était passé réellement. D'autres, sans doute, en tireraient la leçon. D'autres encore devraient suivre une thérapie toute leur vie. Au moins, ils avaient tous survécu.

Dans le cas de Mary, plus épineux, Bryan avait fini par reconnaître qu'elle souhaitait réellement se vouer au Bien. Ils avaient alors mis un plan au point : la théorie de l'erreur médicale avait été évoquée et elle s'était présentée un jour dans un commissariat, en prétendant être devenue amnésique. Elle expliqua qu'elle s'était enfuie de la morgue, horrifiée qu'on ait pu la croire morte et qu'elle ne s'était rappelé son identité qu'en voyant sa photo à la télévision.

Sean, assis entre Jessica et Maggie, avait l'air pensif, presque malheureux.

— Qu'est-ce qui t'arrive ? lui demanda sa femme.

— Nous avons perdu deux très bons flics, répondit-il tristement. C'est irréparable.

Jessica fronça les sourcils.

— Ce n'est pas ta faute, Sean. Je t'interdis de le penser !

Au même instant, le loup-garou réapparut avec les bières.

— Dis donc, Jessica, il serait temps que tu commences à dessiner ta robe de mariée ! dit Maggie.

Jessica faillit s'étouffer avec sa bière.

— Mais, Maggie, personne ne m'a demandée en mariage !

Maggie regarda Bryan, l'air entendu.

Il tourna la tête vers Jessica, un sourire aux lèvres.

— Qu'en pensez-vous ? murmura-t-il. Pensez-vous qu'un guerrier et une vampire puissent trouver le bonheur, à notre époque ?

Elle soutint son regard, l'air grave.

— Je ne sais pas. Quel est votre avis ?

Il se leva et la prit par la main.

— Je ne sais pas non plus. Mais il est bon, parfois, de tenter de nouvelles expériences, non ?

Il l'attira dans ses bras.

— Je sais, en tout cas, que je vous aimerai pour l'éternité…

Elle l'embrassa sur les lèvres.

Le jazz jouait en sourdine.

C'était La Nouvelle-Orléans, après tout.

REMERCIEMENTS

A Rich Devin, Lance Taubold, Ripper, Eddy et Jack (sans oublier le canard !) ;

A Tammy, Brian Russotto et Little Sly, Laura Mills-Alcott ; avec toute mon affection et mes remerciements.

Une pensée particulière pour Bayley Crow, porté par les flots de l'ouragan Katrina jusqu'en Floride, où il a rencontré Rita et Wilma ! Et une pensée aussi pour ses parents et pour cette incroyable ville de La Nouvelle-Orléans.

A tous, encore merci !

Best-Sellers n°486 • suspense

Un mystère à Black Falls - Carla Neggers

La petite ville de Black Falls, dans le Vermont, semble bien paisible sous son rideau de neige… jusqu'à ce que Rose Cameron, experte en sauvetages d'urgence, découvre un corps carbonisé, presque méconnaissable. Presque… car Rose est sûre de savoir de qui il s'agit, et elle est convaincue que cette mort n'a rien d'un accident. D'autant que Nick Martini, un pompier expérimenté qui est venu la trouver, soupçonne lui aussi l'intervention d'un pyromane. Nick, un homme séduisant qu'elle n'avait jamais revu depuis la nuit de passion qu'ils ont partagée l'année précédente. Bouleversée par ces retrouvailles mais décidée à faire le jour au plus vite sur cette sombre affaire, Rose met de côté ses sentiments et accepte de collaborer avec Nick pour traquer un dangereux criminel – au risque de se retrouver prisonnière d'un piège de feu.

Best-Sellers n°487 • suspense

Mémoire à vif - Brenda Novak

De retour dans le Tennessee à Whiterock, sa ville natale, après douze années d'absence, Sheridan Kohl redoute de voir son passé refaire surface, et avec lui les terribles souvenirs qui ont bouleversé sa vie. Et même si elle a peu à peu reconstruit son existence autour de l'association d'aide aux victimes qu'elle a créée en Californie avec deux amies, elle sait que seule la vérité sur son agression et sur le meurtre dont elle a été le témoin adolescente pourra la libérer des cauchemars qui hantent ses nuits. Mais à peine arrivée, Sheridan est à nouveau victime d'une agression et ne doit la vie sauve qu'à l'intervention de Cain Granger, son amour de jeunesse. Cain, un mauvais garçon au charme ravageur que toute la petite communauté de Whiterock soupçonne encore d'être l'auteur du crime que Sheridan est venue résoudre.

Best-Sellers n°488 • suspense

Menacée - Karen Harper

Lorsqu'elle se rend dans un coin perdu de l'Alaska pour un stage professionnel, l'avocate Lisa Vaughn espère profiter pleinement de ces quelques jours en pleine nature. Pourtant, dès son arrivée, une étrange impression d'être épiée la met mal à l'aise. Un malaise qui se transforme en panique lorsque Lisa est précipitée dans les eaux tumultueuses et glacées du torrent Wild. Un torrent dont elle ne serait jamais sortie vivante si Mitch Braxton ne s'était embarqué en kayak dans une course folle sur les rapides pour la sauver. Mitch, le directeur du stage, mais aussi et surtout son ancien fiancé, cet homme qui lui a déchiré le cœur en partant vivre loin d'elle plusieurs années auparavant. Bouleversée et désorientée, Lisa accepte la proposition de Mitch de veiller sur elle et de l'aider à enquêter. S'agit-il d'un simple accident, d'une menace ? Ou, aussi incroyable que cela puisse paraître, quelqu'un souhaite-t-il réellement la tuer ?

Best-Sellers n°489

Magie d'hiver

Les cinq histoires réunies dans ce livre explorent la magie d'un hiver de givre où la douceur ouatée de la neige et la chaleur réconfortante des feux de bois accompagnent toutes les promesses d'amour… Amour impossible d'Alanna qui, le soir de Noël, ne peut pas accepter la demande en mariage de Ian alors qu'il va bientôt devoir partir. Amour renaissant de Noelle et Thom, séparés depuis dix ans, qui se retrouvent au moment des fêtes de fin d'année. Amour passionné d'Elaine et Tony qui, depuis leur adolescence, se donnent rendez-vous à chaque veille de Noël. Jusqu'au jour où Elaine attend Tony en vain… Amour fou et imprévu de Devin pour Robin et le bébé qu'elle met au monde un soir de tempête. Un amour qui fait naître en lui le désir d'une vraie famille. Amour absolu d'Amy qui rêve pour ses enfants du plus merveilleux des réveillons de Noël. Autant de rencontres imprévues, de brûlantes étreintes, de retrouvailles bouleversantes et de tendres réconciliations…

Best-Sellers n°490 • suspense

L'île des disparues - Heather Graham

Quand Chloé Marin, jeune et talentueuse psychologue, collabore à une enquête de police sur la mystérieuse disparition d'un jeune mannequin sur une petite île de Floride, elle ne s'attend pas à voir son propre passé ressurgir. Et surtout pas ces meurtres terribles qui l'ont brisée lorsqu'elle était adolescente et qu'elle a essayé d'enfouir au plus profond de sa mémoire. Pourtant, à peine démarre-t-elle ses recherches que des crimes sont commis et lui rappellent le drame dont elle a été témoin dix ans plus tôt. Mais le plus perturbant, ce sont encore ces visions qui s'emparent de son esprit. Des visions incroyablement réalistes de la jeune femme disparue implorant son aide. Dès lors Chloé n'a plus le choix. Prête à tout pour faire la lumière sur cette affaire, elle s'associe à Luke Cane – un détective privé secret et mystérieux à qui elle a rapidement accordé sa confiance. Mais elle ne sait pas encore à quel point sa protection lui sera précieuse. Ni qu'elle est désormais la cible d'un tueur implacable. Un tueur qui n'est jamais loin …

Best-Sellers n°491 • thriller

Le silence de la peur - Karen Rose

Son projet était désespéré. Mais Mary Grace Winters savait que la seule manière pour elle et pour son fils d'échapper à son mari, un policier violent qui les maltraitait, était de mettre en scène leur propre mort…

Aujourd'hui, tout ce qu'il reste de leur ancienne vie gît au fond d'un lac. Sous une nouvelle identité, Mary Grace a trouvé refuge avec son petit Tom à Chicago, loin de sa ville natale. Et sous le nom de Caroline Stewart, elle a presque oublié le cauchemar qu'elle a fui sept ans auparavant, au point de se laisser aller à une relation amoureuse avec son nouveau collègue, Max Hunter. Max, un homme qui est lui aussi hanté par d'anciennes et profondes blessures, et qui lui a spontanément inspiré confiance. Pourtant, elle l'ignore encore, son passé est sur le point de ressurgir et de faire voler en éclats la vie paisible qu'elle s'est construite. Car son mari a retrouvé sa trace et celle de son fils. Pas à pas, il se rapproche…

BestSellers

Best-Sellers n°492 • historique

Innocente trahison - Kat Martin

Angleterre, 1854.

Depuis qu'ils l'ont recueillie chez eux après la mort de ses parents, Lily Moran voue une loyauté sans faille aux Caulfield, et surtout à leur fille Jocelyn dont elle est devenue la dame de compagnie. Une loyauté qui est mise à rude épreuve lorsqu'elle rencontre Royal Dewar, duc de Bransford, auquel Jocelyn est promise depuis des années. Car si Lily sait que cet homme ne lui appartient pas, elle ne peut ignorer l'intense désir qui s'installe entre eux dès les premiers instants. Et bientôt, incapable de résister à la tentation, Lily s'abandonne entre les bras du duc pour un baiser d'une incroyable sensualité.

Pourtant, elle le sait, Royal n'a rien de plus à lui offrir que ces quelques instants de plaisir volés. N'a-t-il pas promis à son père qu'il épouserait Jocelyn, ainsi que sa fortune, pour restituer son prestige au duché de Bransford ? Alors, déterminée à mettre un terme à ce vain jeu de séduction, Lily fait tout pour éviter le fascinant Royal. Jusqu'à ce que le destin les pousse à commettre l'irréparable…

Best-Sellers n°493 • suspense

Tensions - Francis Roe

Pour la première fois depuis le début de sa brillante carrière de chirurgien à New Coventry, le docteur Caleb Winter est confronté à un terrible cas de conscience : afin de sauver la vie de sa patiente, Céline de la Roche, il devrait normalement pratiquer une intervention classique et en accepter les effets secondaires indésirables. Et pourtant, cette fois, il se sent prêt à risquer sa carrière et sa réputation pour tenter une « première » médicale en pratiquant sur elle une greffe très risquée. Caleb a en effet des raisons personnelles de vouloir tenter le tout pour le tout. Et même si son devoir de médecin lui impose la plus stricte neutralité, il sent bien que son jugement est altéré par l'irrépressible attirance qu'il éprouve pour Céline. Car sa patiente – une femme de pouvoir qui dirige une maison d'édition new-yorkaise -, est jeune, belle et intelligente. Fragile aussi. Une fragilité qui fait écho à sa propre solitude dans un monde hospitalier fait de rivalités et de querelles de pouvoir, où Caleb suscite de terribles jalousies. Mais peut-il vraiment se lancer dans une lutte sans merci pour Céline… au risque de tout perdre ?

2 ROMANS et 2 CADEAUX surprise !

- Offre réservée à la Suisse -

OUI ! Envoyez-moi mes **2 romans gratuits** de la collection que j'ai choisie et **mon cadeau surprise**. Sauf contrordre de ma part, j'accepte ensuite de recevoir chaque mois les romans de la collection choisie, simplement en consultation. Chaque livre me sera proposé à -10%. La participation aux frais de port de SFr.4,05 par colis est incluse dans le prix. Je n'ai aucune obligation d'achat et je peux annuler à tout moment. Dans tous les cas, je conserverai mes cadeaux.

*** COCHEZ la collection choisie :**

- ☐ **AZUR** ....ZZ1FS1 ..... 4 romans par mois SFr.28,53
- ☐ **HORIZON** ....OZ1FS1..... 4 romans par mois SFr.29,25
- ☐ **BLANCHE** ....BZ1FS1 ..... 2 volumes doubles par mois SFr.23,31
- ☐ **LES HISTORIQUES**......HZ1FS1 ..... 2 romans par mois SFr.23,13
- ☐ **BEST SELLERS**.............EZ1FS1...... 2 romans par mois SFr.26,55
- ☐ **PRÉLUD'**........................AZ1FS1 ..... 2 romans par mois SFr.20,97
- ☐ **PASSIONS** ....RZ1FS1 ......2 volumes doubles par mois SFr.24,75

*** COMPLÉTEZ vos coordonnées et renvoyez cette page à :**
Service Lectrices Harlequin – BP 20008 – F.59718 Lille Cedex 9

N° d'abonnée Harlequin (si vous en avez un) ☐☐☐☐☐☐☐☐☐

Mme ☐ Mlle ☐ Nom : ____________________

Prénom : ____________________ Adresse : ____________________

____

Code Postal : ☐☐☐☐☐☐ Ville : ____________________

Tél. : ☐☐☐☐☐☐☐☐☐☐ Pays : Suisse

E-mail : ____________________

☐ Oui, je souhaite recevoir par e-mail les offres promotionnelles des éditions Harlequin.
☐ Oui, je souhaite recevoir par e-mail les offres promotionnelles des partenaires des éditions Harlequin.

Date limite : 20 octobre 2011. Vous recevrez votre colis environ 20 jours après réception de ce bon. Offre soumise à acceptation et réservée aux personnes majeures, résidant en Suisse, dans la limite des stocks disponibles. Offre limitée à 2 collections par foyer. Prix susceptibles de modification en cours d'année. Conformément à la loi Informatique et libertés du 6 janvier 1978, vous disposez d'un droit d'accès et de rectification aux données personnelles vous concernant. Par notre intermédiaire, vous pouvez être amenée à recevoir des propositions d'autres entreprises. Si vous ne le souhaitez pas, il vous suffit de nous écrire en nous indiquant vos nom, prénom et adresse à : Service Lectrices Harlequin BP 20008 59718 LILLE Cedex 9.

Composé et édité par les
éditions Harlequin
Achevé d'imprimer en août 2011

BRODARD & TAUPIN

La Flèche
Dépôt légal : septembre 2011
N° d'imprimeur : 64217

Imprimé en France